# Guida, caríssima Guida

Romance

Direção Editorial: **Silvio Testa**

Coordenação Editorial: **Andressa Veronesi**
Revisão: **Fabiana Medina** e **Laila Guilherme**
Capa: **Fabiana Yoshikawa**
Ilustrações: **Joice Trujillo**
Diagramação: **Estúdio Dito e Feito**

1ª Edição: 2025

Dados Internacionais de Catalogação na Publicação (CIP)
(Angélica Ilacqua CRB-8/7057)

Queiroz, Dinah Silveira de
Guida, caríssima Guida : romance / Dinah Silveira de Queiroz. — 1ª ed. — São Paulo : Editora Instante, 2025.

ISBN 978-85-52994-40-4

1. Ficção brasileira I. Título

CDD B869.3
25-3978 CDU 82-3(81)

Índices para catálogo sistemático:
1. Ficção brasileira



Texto fixado conforme o Acordo Ortográfico da Língua
Portuguesa de 1990, em vigor no Brasil a partir de 2009.

**www.editorainstante.com.br**
facebook.com/editorainstante
instagram.com/editorainstante

*Guida, caríssima Guida* é uma publicação
da Editora Instante.

Este livro foi composto com as fontes Arnhem
e Monroe e impresso sobre papel Pólen Natural 70g/m²
em Edições Loyola.

FSC
MISTO
Papel | Apoiando o manejo florestal responsável
FSC® C008008

# Guida, caríssima Guida

Romance

Dinah Silveira de Queiroz

instante

Advertência ao leitor: Escrito e publicado nos anos 1980, *Guida, caríssima Guida* deve ser compreendido em uma chave de leitura que considere tempo e espaço bastante específicos. Mantivemos eventuais expressões e situações que revelam a perpetuação de estereótipos preconceituosos na vida social brasileira, entre outros termos e comportamentos passíveis de problematização no contexto atual, para não enfraquecer a voz narrativa e preservar o uso empregado pela autora na contextualização do período histórico.

# Apresentação

Neste romance, escrito em Lisboa entre 5 de novembro de 1980 e 12 de fevereiro de 1981, procurei reunir ambientes verdadeiros como cenário para personagens criados por mim. (O único não inventado é um fantasma. Dona Olimpia Maidalchini, primeira senhora do Palácio Doria Pamphilj, em Roma.)

A inspiração para o livro me veio do conto "Guida", publicado em 1972 no Suplemento Literário de *O Estado de S. Paulo* e anos mais tarde, 1980, na revista *Colóquio Letras* da Fundação Calouste Gulbenkian de Lisboa. Lido por Lygia Fagundes Telles, a grande escritora e amiga fez a pergunta: "Por que você *jogou* isto num conto? Deveria ser um romance. Acho que deve escrevê-lo". E assim foi feito. Os acontecimentos históricos que surgem no decorrer do entrecho aparecem em tempo de *romance*, e não do calendário desses três meses em que redigi a narrativa. Na sua aparência primeira, a do princípio do livro, deve parecer obra fútil. Previno ao leitor que é um romance *cruel* e seu final, talvez, o mais carregado de dramaticidade de tudo que escrevi, ficando como um contraste entre seu fascínio e sua abissal personalidade. Pergunto-me se *Guida* não é o reflexo de hoje de *Margarida La Rocque* de ontem? Respondam, críticos, leitores. A criatividade ainda tem sua força de arrastar o leitor, como a torrente em que se transformou este livro, num mistério para sua própria autora que em três meses mudou, inteiramente, sua escrita.

**Dinah Silveira de Queiroz**
Lisboa, maio de 1981

# Primeira parte

# Tempo de Marcos

# 1
# O mais fabuloso dos jantares diplomáticos

Da janela, Marcos Antunes podia acompanhar a chegada de Guida. Os policiais já haviam preparado o cordão de isolamento, e aqueles imponentes guardas, de enormes chapéus, plenos de cordões dourados, constituíam, lado a lado, a garantia da passagem dos convidados da Embaixada até o portão do Palácio Pamphilj. Marcos pensou com tristeza que, mesmo sendo aquele um dia de explosão romana — que é a festa dos Reis Magos —, sua mulher estaria cometendo exageros. Por sua mente, sempre precavida, passaram algumas possíveis manchetes: "A Embaixada do Brasil dá a mais grandiosa festa do ano, malgrado o espantoso déficit em que o país se encontra"; "O Carnaval brasileiro mistura-se à festa da Befana".* Uma outra, possivelmente, ainda poderia dizer: "Extravagância e riqueza na despedida de diplomatas".

Isso ele fabricava para si mesmo com um deleitoso prazer, entre baforadas de um de seus quarenta cachimbos — velhos e curtidos. Entre a saída do último embaixador e a chegada do próximo seriam decorridos mais de três meses, e Guida preparara aquela festa para marcar, como inesquecíveis, os dias em que ele estivera como encarregado de negócios. Ela fora chamada, sem corrigir o equívoco, de senhora embaixatriz.

---

* De acordo com a tradição italiana, Befana é uma senhora muito velha que, voando em uma vassoura, visita as crianças na noite entre 5 e 6 de janeiro, dia em que se celebra a Epifania (ou Dia de Reis). [N. E.]

Mais alguns minutos, e, lá no pátio, Guida saltava do carro, barafustava pelas escadas, ajudada por um empregado. Trazia enorme quantidade de embrulhos e pacotes. No palácio seiscentista e modorrento com sua nova e viva decoração ela explodia com fala enérgica:

— Estou atrasada porque a *maledetta*[*] da costureira só me entregou o vestido agora, e só agora trouxe os mantos dos Reis Magos!

Entrou rapidamente no quarto. Ele a viu fechar-se. Ouviu a água do chuveiro caindo e, como estivesse já semipronto para o banquete, aguardou calmamente que Guida, agora auxiliada por uma camareira da última embaixatriz, terminasse de se vestir e se maquilar. Reacendeu o cachimbo, ficou fumando, apoiado no encosto da poltrona e observando através da janela a praça onde se comprimiam as pessoas em torno das barracas. Subia um cheiro acre de castanhas assadas, de vinho derrubado, de carne assada na brasa. Ouviam-se vozes de discussões e de ditos maliciosos, e os guardas permaneciam hieráticos, prontos, entretanto, para resguardar a entrada do palácio da intrusão daqueles curiosos fanáticos vistos um pouco por toda a Itália como um povo que quer saber tudo e ver tudo. O ministro Marcos Antunes, de sua janela no largo muro, colhia, aqui e ali, partes da visão da festa da Befana na praça, que ele sabia ser uma bruxa festeira, a personificação da Epifania, dando presentes e alegrando crianças e adultos. Houve um jovem que quis forçar a passagem, e os guardas impediram: "Podia ser o meu Thomaz", pensou, "já deve estar assim, mas não creio que venha a ser tão indisciplinado". (O jovem bateu com o pé nas botas do guarda, e, por sua careta, Marcos viu que ele dizia um *scusa* num quase ofensivo pedido de desculpa.)

"Meu Thomaz não seria capaz dessa façanha", pensou Marcos, e uma funda saudade do filho brotou daquele simples acontecimento de rua.

---

* Optamos por não incluir a tradução de palavras/expressões conhecidas e de fácil entendimento pelo contexto em que se encontram. [N. E]

A porta abriu-se, e o conselheiro Fagundes entrou muito vermelho, com seus tiques. Esfregava as mãos e franzia a testa.

— Senhor Ministro, sabe que teremos os três Reis Magos e mais artistas de um circo *aqui,* nesta Embaixada? Na mais linda Embaixada de Roma!

Ele parecia furioso, porém Marcos não lhe deu atenção.

— Se for por questão de verba, não se assuste, meu caro. O circo Florença fechou, eles são os remanescentes, vão ganhar uma ninharia.

— Mas o Senhor Ministro não acha que dona Guida está exagerando?

— Exagerando como? Você não está vendo a Befana lá fora? Na praça há uma festa do povo e aqui uma de *élite*, compreendeu?

O nervoso conselheiro ia sair do quarto quando Guida entrou. Trazia um vestido de grande originalidade e beleza. O busto estava coberto apenas por um trançado de pedrinhas brilhantes. A saia de um azul cambiante era muito larga e leve, deixava entrever a linha das pernas. Os cabelos louros pendiam na face de um moreno cor de madeira, e no alto da cabeça enfiara uma pequena tiara de flores azuis. O conselheiro olhou com admiração.

— Se me permite...

— Não posso permitir nada — disse Guida com voz áspera. — Estamos atrasados.

Marcos fez-lhe ver que o vestido estava muito transparente e aquela coroinha de flores não parecia ser de bom gosto. E o decote?

— Quanto a meu decote, pensem o que quiserem. Vejam no salão as gravuras das mulheres que compareceram às primeiras festas, aqui no Pamphilj. Tinham os seios quase de fora e usavam flores nos cabelos. Não estamos fazendo um banquete de época?

E, antes que todos pudessem sair dos aposentos do ministro, Bianca, a secretária muito esguia e pálida, olhos verdes enormes, toda de negro, impecavelmente discreta, pediu desculpas e apresentou o plano de mesa já com os lugares marcados. Guida protestou:

— Mas eu não quero esse príncipe Astaldi tão perto de mim!

Bianca baixou os olhos, confusa.

— A senhora está aqui no centro da mesa, entre o embaixador da França e o ministro de Estado Viggiani.

— Pois você passe o príncipe para mais longe, ao lado da embaixatriz da França e perto de Marcos, e me ponha o conde Giudice bem perto, preciso conversar com ele.

Voltou-se para o marido:

— Negócios, meu bem, e de seu interesse, sabe?

*

Cresciam o alvoroço e a afluência dos mercadores da Piazza Navona. Um homem com enormes seios dentro de uma blusa de malha, peruca branca e o rosto pintado de carvão exibia uma saia vermelha montando numa enorme vassoura e gritava que era a bruxa Befana. Na Fontana del Moro um jovem pálido se debruçava e chamava a atenção:

— O que tem? — perguntavam, sempre curiosas, as pessoas. E uma valente mulher vestida de negro dizia:

— É mais estúpido do que um copo de vinho que só aceita o que lhe pode caber, compreenderam?

E o moço, em convulsões seguidas, baixava a cabeça sobre a água, enquanto os carros ali rente, lustrosos, levavam as Excelências da festa e alguns aristocratas decaídos, todos fazendo uma espécie de salto, freando e prosseguindo, para não esbarrar nos outros carros, o que dava a ideia de que também eles, os automóveis, faziam parte de uma dança incompreensível e alvoroçada.

*

Todo o pátio do palácio estava iluminado por tochões, e até o fim da escada onde se postavam Marcos e Guida havia criados de libré com candelabros. Um infeliz terceiro secretário, apelidado Silvinho, levava os convidados até os anfitriões, subindo e descendo a escadaria num frenesi de grande impaciência, pois mal havia introduzido na residência o chefe do Protocolo quando ainda lá de cima avistara o ministro Viggiani, sorridente e lépido, avançando para a festa com grande disposição, malgrado as palavras de escândalo sussurradas à sua passagem. Entre um sorriso e outro *per favore*, mostrando aos convidados que deveriam entrar no salão, Guida muito baixo disse ao marido, designando os criados de libré:

— São roupas alugadas a um teatro, quase de graça.

Uma entre tantos convidados subiu soberanamente a escada sozinha, pedindo antes a Silvinho que não a acompanhasse, com sua voz macia e nasalada:

— Marcos *è proprio mio fratello...* [é mesmo meu irmão...]

Uma bela senhora, sim. Muito alta e um tanto forte que se ajustava a um vestido vermelho com uma esvoaçante capa cinza, pontilhada por contas cor de coral. Os longos cabelos negros formavam uma coroa à volta da cabeça da qual pendiam pequenas flores silvestres unidas a fios de pedrinhas iguais às que ornamentavam a capa. Nenhuma joia, naquela imponência bastante exagerada. Beijou levemente risonha os que a receberam, e Marcos sentiu que havia posto o seu (dele) perfume preferido: Opium. Quando a mulher tomou a direção do grande *ingresso* — como chamam na Itália as entradas que dão para a sala da casa —, houve alguns cumprimentos afetuosos e certo mal-estar, que se notava principalmente entre duas pessoas a um canto, aconchegadas à janela. Não quiseram ir a seu encontro quando, amigavelmente, ela distribuía cumprimentos.

— Deixou o *povero marito* em casa, quase morrendo, e vem à festa! — Isso era dito pelo homem, enquanto a mulher, uma ruiva muito jovem, dizia baixo:

— Não pode haver mais dúvida de que ela agora está com o ministro Antunes.

E rapidamente depois que a mulher, Caterina Bertini, passou, sempre notada pelos convidados, explicou maliciosamente:

— Ainda não sei se ele a quer por suas porções de carne e de saúde ou para que ela acabe o que resta ainda da sua disposição. Não viu como ele estava pálido?

Enfim chegava o convidado de honra ao banquete, o ministro das Finanças, Francesco Viggiani. Lentamente, deslocaram-se as pessoas de seus lugares para inquirir o semblante de um ministro envolvido num dos maiores problemas. Havia apenas uma semana que ele abrira à nação os segredos mais tremendos de sua pasta. E em apenas três dias, pela TV, ele confirmara ter havido uma fraude de mais de oitenta milhões de dólares em contrabando de petróleo. Quando outras figuras da política italiana desde 1974 eram ainda apontadas nas ruas e no Congresso pelo provável lucro no famoso caso Lockheed, foi como um câncer o desfile de escândalos, a ponto de, em 1978, o presidente Giovanni Leone ter decidido renunciar a seu mandato, causando uma comoção ainda não esquecida e retirando dos homens públicos a confiança necessária para governar, muito embora tantos tivessem visto em seu discurso de renúncia uma alta peça de literatura política, até mesmo de certa beleza romana. Notável aquela consideração de que a demissão de um presidente nunca é um fato que lhe pertença exclusivamente como pessoa — assinalava uma jornalista italiana da *Associazione della Stampa Estera* [Associação de Imprensa Estrangeira], com um tom magisterial enquanto rearrumava o lacinho da miniatura de sua condecoração brasileira.

Depois, era o escândalo do banqueiro Sindona, que fez a Itália amargurar em desesperança. Quinhentas personalidades teriam enriquecido à custa de corrupção! Tudo estava na *stampa* [imprensa].

Agora, enquanto se dirigiam à mesa, já para o banquete na Galeria Cortona com seus poderosos afrescos que a revelavam em seu esplendor, através das luzes, fixadas na famosa pintura, imaginava-se o que seria a reprodução do primeiro banquete dado no palácio. Corria de boca em boca o nome de um general que durante muito tempo fora o comandante das Guardas das Finanças. O fisco, no contrabando do petróleo, teria — de acordo com os convidados que cochichavam — sido lesado em seiscentos milhões de dólares!

— *Carina* — disse o marido da jovem ruiva —, aquele ali — e mostrava o ministro das Finanças ao lado de Guida — sabe que o povo italiano foi despojado em seiscentos milhões de dólares, e deixaram, veja, minha querida, que esses impostores fugissem, como pôde acontecer?

Com simplicidade a mulher respondeu:

— Basta atravessar a fronteira com a Áustria.

Os cumprimentos do ministro das Finanças a Guida por sua beleza e pelo deslumbramento de sua festa eram calorosos.

— Uma dama brasileira *come lei* [como você] tem a elegância e as graças das mulheres romanas da Renascença. Eu não creio em espiritismo, mas, se acreditasse, diria que a *ambasciatrice* é uma alma escapada do Renascimento que veio parar aqui neste misterioso e belíssimo palácio.

Um jovem de pouca altura, cabelos louros, descerrou a imitação de um longo pergaminho onde leu o menu que se seguiria:

*Caviar d'Arkangel aux Blini*
*Consommé Diplomate*
*Langouste de Cascais aux hors-d'oeuvre d'Italie*
*Paupiettes de veau à la parisienne*
*Asperges à la flamande*
*Langue en Bellevue*
*Salade de saison*
*Riz glacê à l'Impératrice*
*Coupe de fruit au marasquin*

E o embaixador da França, Rolland Mercier, sobre cuja lapela ressaltava uma esplêndida *boutonnière* da cobiçada Ordem de Cristo, bateu palmas. Sempre lhe ficava uma pontinha de orgulho em pensar que os outros iam saber, por seu idioma, o que iam comer. Ele murmurou a Guida:

— Nem Brillat-Savarin faria melhor!

Imediatamente, porém, o *menu* foi traduzido para o italiano. Isso aliviou a breve tensão, e o conde Giudice — Arnaldo Giudice — cochichou com Guida, querendo mostrar cultura:

— Se não me engano, houve na França um grande cozinheiro, um *cuoco dei cuochi* [*chef* dos *chefs*], que, não tendo peixes suficientes para uma comitiva de Luís XIV que almoçava no castelo em que servia, firmou uma espada na parede e atravessou a pança. Não o peito, mas a barriga, que para ele era o centro simbólico de sua culinária na *sventura* [desgraça] de fracassar diante do Rei.

— *Bello, bellíssimo* — respondeu-lhe o embaixador francês. Mas o conde já estava em outras ideias e demoradamente reparava no decote da anfitriã.

Do lado esquerdo de Marcos, estava a condessa Caterina Bertini, a mulher que causara tantas sensações à sua chegada. O príncipe Astaldi fazia um pequeno discurso contra a decadência do Vaticano que ela ouvia com um sorriso estático.

— Todo rei tem sua corte — dizia. — Sem dúvida, o papa é o rei dos reis, mas desde Paulo VI que todos os dignitários e todas as famílias tradicionais ligadas ao Vaticano não dispõem senão de pequenas gentilezas. Seus direitos legítimos foram esquecidos, e, se quiserem ver o papa, o verão como qualquer turista que venha a Roma. Isso significa a queda de um império, pois não há rei sem nobreza.

Marcos pensou que Guida tivera bastante razão em não querer aquele príncipe murcho, cansado e gemente a seu lado, e Caterina apenas teve forças para responder com grande displicência, mudando de assunto.

— Já não estamos mais nos tempos em que esta belíssima Galeria Cortona teve seu teto pintado pelo famoso Pietro da Cortona, que, inspirado na Eneida, contou aqui — e seus olhos grandes se voltaram para o alto — a fabulosa vida de Eneias incluindo nela o pedido de Vênus, sua mãe, para que ele fosse acolhido no Olimpo.

— Carnuda, hem! — disse o príncipe observando a figura de Vênus com interesse malicioso. — Mas agora lindamente reconstituída. Como se pintam agora, como se pintam sempre as mulheres.

Ouvindo a conversa, Guida interveio:

— A reconstituição deste teto foi maravilhosa e assombra até hoje, Alteza, todos os visitantes. Enfim, admitamos que Vênus não foi apenas a mais bela das deusas, mas a melhor mãe. É difícil conjugar amor, beleza e dedicação materna. Não acha?

— E por que não? — respondeu ele. — A figura da mãe entre nós, encarnada entre tantas madonas e madoninas, reflete sempre a beleza.

— Isso é blasfêmia — disse Guida, risonha. — Não confundir a pura beleza das madonas com Vênus, deusa também do amor!

# 2
# A melodia dos alaúdes

Na ponta da mesa, Bianca fez um sinal discreto a Guida. Começou, então, e foi crescendo a melodia dos alaúdes, cujos músicos circularam em torno da mesa do banquete, antes de principiar o volumoso serviço da entrada, exibida numa bandeja descomunal e servida por criados de libré. Notava-se que a parte de baixo daquela estupenda bandeja tinha uma espécie de pequeno degrau para que sobre ele aparecessem, entre geleias e frutos do mar, todas as degustações dos *antipasti* que poderiam figurar num prato desse tipo em determinada mesa real, dos tempos em que ali, naquela casa, naquele palácio, a *cognata* [cunhada] do cardeal com ele recebia outros cardeais, príncipes, escritores e poetas que conheceram as delícias da famosa Galeria Cortona.

Diriam depois os convidados que a festa fora demorada e que os números apresentados, a imitar artistas que poderiam ter aparecido nos banquetes de trezentos e quatrocentos anos atrás, eram pobres vítimas da falência de um circo e destacavam, por sua magreza e languidez, as distâncias entre os que pretendiam divertir-se e os que ofereciam divertimento, como a moça contorcionista, o jogador de pratos e um pobre mágico de casaca lustrosa que usava uma pintura preta a escorrer sobre o colarinho de um duvidoso branco, felizmente mal divisado através das luzes dos candelabros.

O jantar chegou ao fim com uma saudação de Marcos qualificando o ministro de Estado como um homem sem temores, amigo da retidão, que se expunha de peito aberto às críticas mais desfavoráveis, pois toda a gente sabia que ele tudo estava fazendo para a recuperação financeira da Itália. Enquanto o anfitrião discursava, o ministro trocava palavras em tom baixo com Guida, e seus olhos varavam a tessitura das pedras de seu vestido. O conde Giudice, de testa franzida, cuidava dessa inesperada atenção. Felizmente, o embaixador da França chamou baixo a atenção do ministro de Estado:

— Já está a findar o discurso... em sua honra.

Marcos acabava o discurso com discretas e delicadas palmas dos convivas. Afinal, um ministro cercado por tamanhas dificuldades do momento não deveria comparecer às festas, pensava a maior parte dos que ali estavam. Mas ele, o principal personagem de um drama que tanto afetara os cofres públicos de seu país, tendo ordenado todos os inquéritos nas várias áreas de sua administração, levantou a taça do mais fino *brut,* aparentada com remotos antepassados de copos reais: dourada, com pedras incrustadas na parte em que se deveria segurá-la. Deitou sua oração com portentosa voz.

Agradecia e saudava, dentro desse palácio de tantas memórias históricas, toda a elegância e o vigor de um espírito tipicamente *brasiliano,* capaz de fazer da popular Befana um carnaval, como em épocas anteriores os cardeais faziam nos banquetes carnavalescos.

Mas ele não queria ficar apenas elogiando o mais fabuloso dos jantares diplomáticos ocorridos nestes últimos anos em Roma. Queria exprimir a admiração pelo crescimento do Brasil, "nosso rival e amigo que, segundo as estatísticas, poderá em breve passar à nossa frente em produto bruto, se continuar neste *sviluppo senza uguale fra i paesi dei Terzo Mondo*" [desenvolvimento sem igual entre os países de Terceiro Mundo]. Falou depois que estava ligado ao Brasil por alma e sangue, pois tinha primos-irmãos em São Paulo e até vários sobrinhos. Louvou a atuação diplomática da Embaixada do Brasil e acrescentou uma particular palavra de afeição à anfitriã. "Sem seu encanto pessoal e sua imaginação, não teríamos todos sido transportados para os tempos em que, nesta Galeria Cortona, papas homenagearam ou foram homenageados nesta mesma sala. Mas nem mesmo um papa poderia ter sido tão feliz quanto nós, pois não havia, no palácio, creio eu, naquele tempo, uma mulher tão encantadora a seu lado." E levantando mais uma vez a taça, "pela amizade e felicidade de nossas pátrias, unidas tanto pelo sangue, pela semelhança de nossos temperamentos fraternos, quanto pela identidade de propósitos de nossas políticas. Obrigado pela magnífica e inesquecível oportunidade, quando consegui esquecer, pela mágica hospedagem que aqui tenho", e o ministro teve uma expressão endolorida, "todos os meus pesadelos de responsável por uma das pastas mais difíceis de nosso governo. Felizmente fui compreendido e apoiado pelo povo italiano".

Vieram as palmas, que variavam em moderação e entusiasmo, e todos passaram à Sala Palestrina. Entre o busto de Pierluigi da Palestrina colocado bem no alto e, num nicho, ladeado por dois anjinhos, o de Inocêncio X, que foi dono do palácio quando era cardeal, ali se defrontando no grande salão com o do célebre músico, criados serviam o café, os artistas circulavam em torno dos convidados com seus alaúdes dedilhados suavemente. As conversas se faziam numa tonalidade menos aquecida pelo vinho. E, ao terminar, no momento em que chegavam os licores, três gordos e imponentes personagens surgiram, postos os refletores habilmente manejados em sua direção. São os três Reis Magos, com suas três raças: o branco, o amarelo e o negro, vestidos com trajes também da ópera (três aproveitamentos de "Otello"), trazendo capas enormes e ricos turbantes. Sobre os lamês que lhes cobriam a testa, coroas de ouro, prata e cobre (na verdade, latão), materiais usados para as suas imponências. No entanto, os reis dadivosos do Menino Jesus estavam ali para dar ouro, incenso e mirra. O primeiro abriu, enquanto os alaúdes entravam em acordes vivos e solenes, sua caixa de madeira trabalhada e, com reverências e altanaria, espalhava seu *ouro* que é feito de confeitos de amêndoas douradas e de moedas de chocolate, cobertas de papel dourado. O primeiro convidado, o ministro Viggiani, fez a pergunta mais cômica que a noite permitia:

— Queres ajudar-me nas finanças?

Houve uma estrondosa gargalhada. O segundo rei trouxe na mão um pequeno incensório, cuja ligeira nuvem, balançada em várias direções, lembrava vagamente conhecidas essências de perfumes franceses e parecia dar certo alívio à atmosfera úmida e um tanto desagradável que se sentia ao penetrar no salão.

— O Rei Mago deveria ter posto todos estes desodorantes no palácio que cheira a centenas de anos — disse a bela ruivinha.

O marido deu-lhe um balançar de cabeça de circunstância: sua ruiva estava ficando alvoroçada, e em sua bolsinha de cetim já não cabiam mais os punhados de *ouro* que apanhara, mais que todos, na distribuição geral aos convidados.

Houve um leve bater de palmas, e o mesmo jovem que anunciara o menu dirigiu-se unicamente às senhoras:

— Para a intimidade de vossas peças de roupa e dos mais doces linhos que recebam vossos leitos.

O que parecia insólito e até atrevido tornou-se gracioso. O rei negro, o último dos "mouros", oferecia pequenos sachês perfumados com resina que ele dizia ser de mirra da Abissínia, sim, mas que poderia vir a ser tirada de qualquer essência de pinho comum, pensavam as convidadas. O essencial é que representassem ali a mirra em pequenos sachês para perfumar os linhos e as camisolas das belas senhoras presentes à festa. Os pequenos presentes foram disputados, aspirados, elogiados, e aquela visita dos Reis Magos como que significou o fim da *serata*. Eles se retiraram magnificamente iluminados por um tom azul que se desprendia do deslumbrante teto da Sala Palestrina, aparentemente "abençoados" por Inocêncio X entre seus anjos, e se encaminharam para a saída do salão, onde, com três curvaturas e sempre segurando seus baús de madeira, um a um foram desaparecendo nas profundezas do corredor.

*

Agora, à saída dos convidados, com mil agradecimentos, ruidosos beijos nas faces, delicadas intenções de alguns ao beijar a mão à anfitriã, um sólido, expressivo e sonoro beijo do ministro das Finanças na face de Guida, houve um elogio não pequeno a Marcos.

— Só por esta festa, meu caro, você deveria ser promovido a *ambasciatore domani stesso* [embaixador amanhã mesmo].

Marcos explicou:

— Um dia contarei ao Senhor Ministro como se faz o acesso, isto é, a subida até o último posto. Não é simples. Há sempre muitos candidatos.

— Pois o governo brasileiro tem aqui o melhor deles.

Depois disso, abalou pela escadaria com a agilidade peculiar dos romanos, sempre acostumados a subir e a descer longos degraus. Entrou em seu carro, disse adeus ainda lá de baixo. Houve um monótono despedir de convidados que só teve o seu momento mais expressivo quando o conde Arnaldo Giudice beijou um pouco mais demoradamente do que devia a mão de Guida e lhe disse enquanto Marcos se ocupava da embaixatriz da França, ajudando-a a vestir seu mantô de peles:

— *A domani*, cara.

Os olhos negros e um tanto másculos de Guida o fixaram com firmeza.

— Até amanhã.

*

A criadagem comum do palácio cerrava as portas, limpava ligeiramente os salões pondo tudo em seu lugar. Guida cantarolava baixinho, fazendo vagos passos de dança: "*La serata è finita"*. Marcos observava sempre aquela energia. Estava profundamente cansado e sentia um aperto no peito. Despiu o casaco do *smoking*, desafogou-se, desabotoando a camisa e retirando a gravata. Disse à mulher:

— Eu precisava de ar puro, agora. Não queria respirar estes cheiros de comida. Também esse seu incenso me deixou tonto. Podíamos descer à *piazza*.

— A guarda já se foi, querido — disse friamente Guida. — É uma hora muito própria para assaltos. Por que não subimos ao terraço?

# 3
# Seus cabelos crescem e a vestem

Vagarosamente, subiram a pequena escada que levava ao teto do palácio, e lá de cima tudo lhes parecia um sonho, tudo era irreal, mesmo aquele corpo caído junto à Fontana del Moro.

— Um drogado — disse-lhe Guida. — Hoje até que estamos com sorte. Veja! Já começaram a levar as barraquinhas da Befana. A praça já não cheira mal. Há muita calma e silêncio por aqui.

— Mas aquele rapaz...

— Que importa? Todas as noites eles se enchem de tóxicos. Foi por isso que eu não quis que Thomaz viesse.

Fingiu uma zanga repentina.

— E até hoje você não me agradeceu por ter impedido esta inevitável convivência com a mocidade perdida aí da praça.

— Pois, minha cara — disse Marcos —, acho que estou ficando doente, e parte desta doença é a saudade que tenho do nosso Thomaz. Você confunde esta praça com toda a Roma. Ele continua sempre sozinho em Portugal, mas com sua boa mesada nunca nos deu um único desgosto. Thomaz deveria participar de nossa vida, conhecer amigos no meio do Corpo Diplomático, aprender a falar de forma brasileira para que sua pronúncia não interfira quando chegar ao Brasil e entrar no Rio Branco...

O casario romano amontoava-se à vista deles, banhado por uma luminosidade difusa, e um ponto luminoso atravessou o espaço. Marcos seguiu-o com o olhar.

— Não me venha dizer que você viu um disco! Nesta transparência costumamos avistar satélites-espiões, ou os que fazem transmitir esses programas Eurovisão...

— Está bem, não é um disco, é um satélite, mas lá vai ele com uma velocidade incrível na direção do Pantheon. Pensou um pouco e concluiu: — Os romanos contam que no tempo de César sua alma transformou-se numa estrela muito bela, com uma cauda, um cometa. Está bem, não é um óvni, mas eu quero que seja, então, a alma de César. Seria o nosso melhor visitante desta noite.

Tudo isso, ele pensava com tristeza, todas essas palavras cheias de fantasia eram para encobrir aquele assunto seu, que tanto o dilacerava: a falta que sentia do filho. Ainda deram uma pequena volta, chegaram do outro lado que dá para a Piazza di Pasquino, aquele primeiro jornal mural cujo tema mais insistente era a *cognata* do cardeal, cujo quarto ainda se podia visitar com sua janelinha, no tempo aberta para a igreja de Sant'Agnese, por onde ele assistia a ofícios religiosos. Como que voluvelmente, sempre tentando afastar do marido a ideia do filho distante, Guida dizia:

— Sempre se inventam aqui histórias voluptuosas. Até mesmo no martírio de Santa Inês, a nossa vizinha! A igreja bem que podia ser nossa, pertencer à Embaixada do Brasil. Acho a de Inês uma história sensual. Pensar no corpo de uma mulher belíssima, exposta nua, para castigo público, e de repente seus cabelos crescem e crescem aos olhos do povo, ávido de sua beleza, e a vestem de uma túnica dourada. Que maravilha de milagre o de Santa Agnese!

Marcos não conseguia disfarçar a preocupação.

— Por que você sempre foge quando eu falo de Thomaz?

— Porque esse assunto já foi discutido mil vezes. Em Portugal, ele está bem, estuda a nossa língua, prepara-se na Faculdade de Letras para depois fazer o seu Instituto Rio Branco e está ao abrigo desta cidade tão cheia de padres como de sensualidade. Gostaria você que seu filho andasse às voltas com aquelas mulheres que mais parecem demônios e se oferecem à noite à beira do Tibre, a dez minutos de São Pedro, em torno de fogueiras feitas da queima de pneus velhos? Cada vez que vejo aquilo é como se avistasse o próprio inferno do vício. E é para cá que você queria trazer seu filho?

Marcos fez uma pequena fricção com a mão direita à altura do peito, respirou fundo e soltou mais uma baforada.

— Você não me engana, querida. A única razão pela qual você não quer o Thomaz aqui perto é para esconder sua idade. Afinal, uma jovem *signora,* louvada como sendo das mais belas mulheres do Corpo Diplomático, não pode, não deve ter um filho talvez mais alto do que ela; um filho que vai fazer vinte anos. Essa é a triste razão. E também não pense que Lisboa é uma cidade totalmente santa.

*

Guida pouco dormira. Tomara uma ducha fria, como era de seu costume, escovara os cabelos ainda úmidos, de um louro tão claro que seu rosto parecia sempre escurecido, na verdade, mais do que o tom de pele que tinha. Vestiu-se rapidamente, usando uma saia preta e um simples casaco de lã branca. Telefonou ao *chauffeur* para pedir o carro:

— O *meu* carro, entendeu?

Em breve descia ela a escadaria, e quem a visse a julgaria quase uma menina de tão fina e estreita de quadris e tão ágil que era.

— Vou só — disse ela ao *chauffeur.*

— *Signora* — respondeu o motorista —, o ministro não quer ver sua *moglie* dirigindo só. Roma agora é uma cidade com bastantes perigos... E dizem que *lei ha troppi soldi* [ela tem muito dinheiro].

Ela bateu a porta, o grande portão já se abrira, e o *chauffeur* ficou lá atrás coçando a cabeça, aborrecido.

Deixando a Piazza Navona que ainda mostrava restos da festa popular da Befana, ela atravessou rapidamente o centro e, no outro lado do Tibre, se dirigiu a Montemario, bairro moderno com belas casas e edifícios de apartamentos. Subindo pela encosta, nela reparava. Havia uma limpidez e uma condição de encantadora forma de vida. Em algumas casas, ainda plenas de plantas, apesar da estação, via nos terraços empregadas violentamente batendo nos tapetes, usando pás de palha com a força das mãos italianas, quando o pó é sacudido para cada novo dia. Guida fazia as voltas da colina, achando-se fresca, livre, bem-disposta e considerando a festa da véspera como um bom pedaço de vida que ela degustara. Vinha-lhe a lembrança dos tempos em que jamais poderia sonhar com esses prazeres, essas festas em salões tão lendários. Por sinal, ela pensara, olhando fixamente para a gloriosa prataria e cobertura da mesa, os arranjos florais que compunham pequenas arvorezinhas de flores e a toalha de cetim com ligeiros franzidos na barra de ouro e desenhos de gosto árabe, que por seu prazer ela a usufruía, por nunca ter conhecido e aspirado a tal luxo. Que esplendor, naquelas salas que haviam recebido visitas de papas, cardeais, príncipes e até mesmo de soberanos, como os reis da Saxônia e da Sardenha!... Enfim, a subida acabara, estava chegando ao Hotel Hilton.

O porteiro já a conhecia. Chamou um companheiro para que levasse e guardasse o carro da *ambasciatrice del Brasile.* Teve tempo de dizer-lhe com amabilidade que sabia que sua festa fora *la più bella di tutte.* E, quando Guida saltou do carro para entrar no hall, ele lhe deu um daqueles olhares de conhecedores de damas elegantes, de finas mulheres que jamais teria, mas lhe fabricavam todo um mundo de sonhos. O cabineiro também a conheceu.

— Excelência — perguntou —, vai ao cabeleireiro, à sauna?

— Não. Vou à exposição, no subsolo.

— Mas ainda não está aberta!

— Por isso mesmo. Vim porque ainda não está aberta. Vamos descer.

Desceram ao subsolo, no qual havia um amontoado de quadros, jarrões de prata, preciosidades chinesas, figurinhas de Gandara, ícones gregos, placas antigas de ruínas romanas. Lá no fundo daquele pequeno universo confuso e triste que é sempre uma herança dilapidada, veio vindo, com o cuidado já de sua experiência, o conde Giudice.

— *Cara, caríssima,* não a esperava tão cedo. Veja que desordem. Eu me sinto um miserável a seu lado.

Beijou-lhe a mão. Desejava beijar-lhe a face, mas havia três ou quatro empregados que observavam a chegada de Guida.

— Ninguém no mundo diria que foi ontem a rainha da mais extraordinária festa!

Manteve a mão de Guida segura e perguntou:

— Mas o que quer ver? Os renascentistas? A coleção de alaúdes? Ou as pequenas miniaturas chinesas, lindíssimas, lindíssimas?

— Meu caríssimo conde — disse Guida, batendo a mão na boca e deixando escapar um repentino sinal de sono —, vim para ver os tapetes. Sempre admirei os tapetes na bela mansão dos Rinaldi. Mas vieram todos?

— Vieram alguns. A família guardou, naturalmente, alguma coisa, não?

Levou-a pela mão, àquela mulher que ele descobrira numa *serata* em casa de amigos. Aquela mulher que dominava os homens com seus olhos pretos, enormes, seu encanto, a beleza diferente e marcada pela altivez sedutora que sabia às vezes pôr de lado para mostrar algum carinho capaz de enfeitiçar. Lembrou-se dela naquele primeiro encontro, quando todos os mais desapareceram e ficaram como aquelas sombras ou desenhos em torno de uma figura principal num quadro renascentista. Ele agora a levava com cuidado, porque pisavam um mundo de preciosidades espalhadas até chegar ao fundo, onde estavam depositados os tapetes. Então Giudice chamou os empregados e pôs-se a abri-los. Ela os estudava um por um.

— Este é bom, é um Kirman. Tem mais de cem anos. Lindo Anatolia. Este Kashan é divino. Mas este Aubusson não vale grande coisa. Tem uma bela aparência, mas... —

Guida fingia depreciar, não obstante Giudice apontar com um estilete a marca célebre: *Manufacture Royale d'Aubusson, 1747*.

— Tudo o que tenho aqui é realmente antigo, de valor.

— Antigo, antigo! — E juntamente com os dois empregados que abriam os tapetes: — Este seria um pouco mais velho do que minha pobre avó se ela vivesse! Não tem cem anos. Ah, vejo que tem a cópia de um Savonnerie do tempo de Luís XIV.

— Não é cópia. Faziam-se peças iguais, sob encomenda, no tempo. Eu não exibiria um falso tapete por coisa alguma. Sou o melhor *marchand* de Roma, não se esqueça.

Estiveram ali por algum tempo mais, e por fim Guida suspirou, cansada e um tanto nervosa.

— Quanto quer pelo lote? Incluindo os bons e os maus, porque sabe que com os bons estão coisas que valem muito pouco... embora legítimos, porque você é o melhor *marchand* de Roma...

Arnaldo Giudice entrou com Guida no elevador e disse ao cabineiro:

— *Andiamo sulla terrazza* [Vamos para o terraço].

Guida fez uma objeção um tanto irritada:

— Já disse o que tinha a dizer.

— Mas eu não — disse o conde Giudice. — Tomemos juntos um drinque lá em cima. É uma boa hora para conversarmos.

Guida estava impaciente, sentia-se cansada. Ela pensava: "E o dom de si mesma já não significava tudo? Precisa-se de minúcias comerciais?". Estava irritada, voltava o rosto para aquela Roma que se descobria nua, cor de carne, com palácios, jardins, encostas, a grave face da Catedral de São Pedro, o terroso Coliseu, as ruas novas e a leve fumaça do trânsito: "Tão pura de longe e de perto tem tantos santos quantos demônios". A visão não amenizava seu mau humor provocado talvez pela falta de sono ou quem sabe achasse que sua pessoa valia bem mais que o depósito mínimo que seria necessário para o negócio.

— Caro conde — disse ela, querendo dar formalidade às relações já tão íntimas —, mando entregar-lhe meu anel de esmeralda, a grande esmeralda que já conhece, ou então a placa de brilhantes. Qualquer uma dessas joias deverá ser muito mais cara do que a quantia necessária nesses leilões tão confusos e, me perdoe, tão pouco honrados. E agora digo e prometo. Daqui a três meses, ou ainda menos, esses objetos, em geral, são pagos no prazo de três meses, você receberá integralmente e pode, desde já, avisar a família.

— Minha cara Guida, não foi para isso que a trouxe aqui diante do testemunho de toda a Roma. Foi para dizer mais uma vez o quanto penso em minha caríssima Guida. Às vezes, repito seu nome, Guida, Guida, Guida, quando o coração parece sufocar-me à noite, mas seu doce nome me vem tão repetido que deve chegar a seu próprio palácio, de qualquer forma, não é? Impossível que você não pense que me lembro sempre de minha caríssima Guida, *non è vero?* [não é verdade?]

— Então é para isso que me trouxe aqui! Não conhece o ditado: "Amores, amores" — ela riu um riso seco, e seus olhos endureceram — "e negócios à parte"?

Ele tomou uns três goles de Rosso Antico, com uma pelezinha de laranja.

— Eu não aceitaria sua joia. Em troca do que você me oferece, eu é que vou lhe dar a mais bela joia que está aqui em exposição.

— Não quero — disse Guida. — Dê-me notícias se a família aceita fechar a venda dos tapetes antes do leilão. Ela tem uma bela oportunidade, porque nós todos sabemos que a crise foi a responsável por todas estas brilhantes ofertas. Você tem de trabalhar, e eu tenho de dormir.

Ele procurou retê-la ainda, olhando discretamente para o *barman,* buscando saber se ele prestava alguma atenção, e beijou demoradamente a mão quente e nervosa de Guida, que, entretanto, pensava: "Esses italianos! Eles pensam que são os melhores amantes do mundo. Mas, às vezes, bem que eu desejaria menos demonstrações. Afinal, ele não deve esquecer que, pelo menos nestes meses, estou no lugar da embaixatriz, uma dama, uma alta dama".

# 4
# Estes pobres diplomatas quando são aposentados

Quando Guida chegou a seu apartamento no Doria Pamphilj, notou que o quarto ocupado por Marcos estava com visitas. No entanto, já era hora de trabalho na parte reservada à Chancelaria.

— Mas o que é isso aqui?

Marcos estava pálido, a cabeça semilevantada entre travesseiros e fez com a mão um sinal para que ela esperasse.

— Estou ditando um telegrama. Fiquei doente. Vai descansar que tenho muito que fazer aqui, nesta cama.

Bianca, de pé junto dele, anotava o telegrama e ia repetindo as palavras:

— Em encontro que ontem manteve comigo, o ministro das Finanças me disse que o governo italiano está seriamente interessado em conhecer e eventualmente adquirir a tecnologia do álcool motor que está sendo implantada no Brasil. Não só pelo interesse de, na medida do possível, aplicá-lo na Itália, mas também, pelo que deduzi, pelo desejo de enriquecer a capacidade italiana de prestar cooperação a países tropicais nesse terreno. Oportunamente deverá ser enviada ao Brasil uma missão especializada no assunto.

O conselheiro disse que ia fazer um relatório sobre a festa. Marcos aborreceu-se:

— Lá vem você com suas fantasias. Isso não interessa à Secretaria Geral. Vão pensar que gastamos fortunas, quando tudo está dentro do orçamento e devemos aquela magnífica aparência dos criados de libré e dos artistas de circo a uma contribuição de Guida. Não se esqueça de que ela é o melhor adido comercial desta Embaixada.

O conselheiro ainda teimou:

— Mas foi um jantar que repetiu o mais famoso banquete histórico deste palácio em 1687. Pelo menos uma nota ao Ibrahim sobre alguns aspectos da festa ficaria bem. Além do mais, devo dizer um segredo — e sorriu franzido e róseo, ao confessar que havia tirado com sua pequenina câmera vários instantâneos belíssimos, belíssimos. — Um filme de Visconti, aquela galeria...

— Sim, não vejo inconveniente, mas, por favor, não exagere, sim? Porque ficaremos como uns dilapidadores de verbas, em lugar de obtermos a admiração que você julga que isso irá despertar. Seja prudente e... bom êxito. Você pode ir e despachar já o telegrama, enquanto Bianca me faz um pouco de companhia. Pode ser, Bianca?

— Naturalmente, ministro. Estou sempre às suas ordens.

O conselheiro saiu e, ao descer as escadas, falava baixo para si mesmo. Era um sestro impossível de conter: "Está doente e ainda vai ficar pior com a Bianca lá em cima".

Entretanto, a secretária debruçava-se sobre Marcos e lhe punha uma pastilha à boca, tendo um copo com água à mão para que, depois que a pílula se desfizesse, ele a bebesse, conforme indicação do médico. Demorou uns segundos, ele tomou a água e disse a Bianca:

— Você acredita que eu ainda possa viver alguns anos?

— O ministro viverá muito mais do que pensa. Isto não é doença, é cansaço.

E, reconhecendo que não podia deixar de ser íntima, sozinha naquele quarto com o homem que amava, disse:

— Meu amor, você sabe que tenho provas de que é ainda muito mais jovem do que pensa. Agora descanse, durma que é o que precisa, enquanto vou à Chancelaria tratar de sua correspondência. Até mais tarde.

*

O ouvido de Marcos captava os movimentos de Guida. Sentiu-a trocar de roupa pela camisola de dormir, pois o soalho do velho palácio rangia, e também soube pelo macio desvelar das cobertas que ela se punha na cama. Guida dormia pouco, mas dormia bem, com uma característica especial. Sabia, sem precisar de relógio, a hora em que deveria acordar. Tudo nela parecia medido, certo e confortável. Marcos esperou ainda uns dez minutos — era o tempo em que a mulher deveria cair em seu sono tranquilo e profundo — e tomou o telefone:

— Diga ao Senhor Cônsul — pediu à telefonista — que me venha ver no quarto.

O encarregado do Serviço Consular, revestido de suas funções de tabelião, era um homem amargurado pelas preterições na carreira, mas extremamente duro em cumprir deveres em seu cotidiano. Não deixava de atender a qualquer brasileiro e, como as secretárias acudissem aos visitantes, de acordo com velho costume de outros tempos de proteger os chefes em seus cargos, colocou sua mesa na sala de trabalho que ficava aberta à entrada. Assim, ninguém, nenhum caso lhe escaparia. Era o seu consolo. Estar vigilante, fazer render o trabalho que antes caíra na modorra e dar aos que o procurassem a impressão de um verdadeiro chefe de serviço da Embaixada. Sepultou para sempre aquela frase que ouvia à distância. Alguém deveria responder pelo telefone: "*Il signore console stà in conferenzia*" [o senhor cônsul está em conferência]. Somava pequenos a grandes e estafantes trabalhos. Raro era o dia em que não apareciam pessoas espavoridas tendo perdido seus passaportes, outras que haviam sido vítimas de pequenos assaltos. Tudo vinha dar ali, inclusive questões entre marido e mulher — ele não se responsabilizando por compras que ela fizera e apelando para o Senhor Cônsul — até inesperadas tentativas de suicídio, a manifestações de loucura como a do hóspede que andou nu em honrada pensão romana. Entretanto, o dia mais feliz de sua vida de suspiroso e pessimista funcionário, sempre preterido por outros diplomatas que julgava de muito menor merecimento, foi quando realizou o casamento de dois jovens artistas, acompanhados por outros brasileiros, e ele pôde fazer um pequeno discurso efusivo e cálido na ocasião.

Davi Lima acabara de terminar a feitura de um novo passaporte para um aflitíssimo deputado que o havia perdido na noite anterior, numas voltas pela Via Veneto, e deveria embarcar no dia seguinte de regresso ao Brasil, quando uma funcionária lhe veio dizer:

— O Senhor Ministro pede que suba a seu quarto. Ele está ao telefone e espera.

Davi, um tanto nervoso, correu ao aparelho. Raramente Marcos falava com ele e não interferia nas suas funções, embora o lugar reservado às atividades consulares e a Chancelaria da Embaixada fossem encravados no mesmo prédio.

— Ministro, como vai?

— Não estou bem, Davi. Queria que você desse um pulo a meu quarto. Procure não fazer barulho.

O cônsul subiu a escada com o coração acelerado. Teria finalmente entrado em acesso para a promoção? Àquela hora o chamado era extraordinário. Marcos, ele próprio, abriu a porta do apartamento. Levou-o até a pequena sala onde tomavam o café da manhã, decorada por uma barra onde se viam frutas, ninfas e trechos de bosques, e ficou falando em voz baixa com Davi, que balançava a cabeça, afirmando ou vez por outra negando:

— Peço-lhe o favor de me trazer testemunhas, boas testemunhas — disse Marcos. — Mas não devem ser meus subordinados, você já sabe, não preciso ensinar padre-nosso...

Davi estava pálido e à sua decepção acumulara um profundo sentido de tristeza, de mau agouro.

— Acho que tudo isto é péssimo — disse contrariando seus pensamentos. — Vou mandar-lhe desde já um excelente médico que me tratou esta semana de umas dorezinhas parecidas com as suas. Estamos em janeiro, e aqui em Roma as mudanças de tempo... Vem sol, depois é frio, tudo isso produz essas dores, esta falta de ar.

— Obrigado, Davi, estou medicado, basta tomar esta pílula e as dores melhoram e passam. Mas não se esqueça do que lhe estou pedindo e que seja logo antes que Guida acorde. Teremos umas três horas para isso.

— É bastante — disse o encarregado do Consulado. — Mas torno a dizer que está cansado e, como eu faço, faz seu trabalho e mais o trabalho dos outros.

Baixou a voz, porque sentiu que estava falando um pouco alto demais.

— Fique descansado que estarei breve, aqui.

Com pisadas macias, saiu da sala, entrou no corredor seguido por Marcos, também silencioso. Ao fechar a porta, Marcos sentiu-se profundamente aliviado.

— Agora vou mesmo descansar um pouco.

*

Guida, ao despertar, viu que as sombras da tarde criavam aqueles reflexos de riscos luminosos no teto em relevo, semeado de pequenos anjos que se coroavam, risonhos e brincalhões, em seu quarto.

— Dormi como uma tonta. Nunca me aconteceu isso. Estava como morta e não sabia.

Foi ao banheiro, enfiou um levíssimo penhoar, dirigiu-se ao quarto do marido. Ele ainda dormia profundamente. Tocou-lhe o ombro de leve. Marcos abriu os olhos com aquele assombro dos que despertam repentinamente, depois de uma boa dose de sedativos, e com um olhar de surpresa que mostrava o quanto ainda deveria dormir.

— Que fizeram com você? — perguntou Guida usando uma voz mais carinhosa do que sempre.

Ele soergueu-se um pouco.

— Acho que me deram qualquer coisa para a falta de ar e até algum sedativo, sei lá. O que sei — ele espreguiçou-se — é que hoje me aconteceu uma tristeza.

— Passou o dia sem trabalhar como um louco, não é?

— Sim, começo a envelhecer, mas você resiste melhor.

— Nós não somos velhos.

— E é a mim que você está dizendo isso.

— Ainda é capaz de lidar até com a condessa Caterina, um volume se não respeitável, pelo menos difícil — baixou a voz —, até para um abraço mais forte. Creio que essas mulheres gordas destes afrescos o impressionaram.

Ele voltou as costas à mulher, mas não estava zangado. Sabia que ela fingia ter ciúmes, vez por outra, exatamente quando desejava alguma coisa de sua parte.

— Por favor — disse ele —, peça um consomê para mim, qualquer coisa bem quente para ver se melhoro desta fraqueza.

Guida:

— Um consomê *per te* e um bom bife à fiorentina *per me*. Estou com uma fome terrível. Fiquei sem almoço, dormi como não esperava, e agora... esses empregados não vão ficar nada satisfeitos. Teremos de *mangiare e bene* [comer e bem].

Apertou a campainha, a camareira chegou, deu o recado pelo telefone ao cozinheiro, e Guida ouviu o estrondo de sua voz reclamando, mas já estava habituada a "esses italianos tão malcriados" quanto bons servidores.

Voltou novamente para junto de Marcos. Ele parecia não querer deixar a cama. Guida estava impaciente.

— Você não vai dormir de novo quando estamos esperando a comida, não é?

— Não, Guida. Pode dizer o que quer.

— Bem, vou levantar seus travesseiros, assim darei mais conforto para você, pois deve ouvir uma coisa extraordinária. Comprei, ouça, preste atenção a esta maravilha: comprei o lote de tapetes mais belos que já vi na Itália, do espólio da família Rinaldi.

De repente, ele como que despertou da fraqueza:

— Mas como? Com que dinheiro vamos pagar? Por que tanta grandeza? Aqui não nos falta nada.

— *Aspetta* [espera] — disse ela, brincando e abrindo de todo a persiana, usando, quando queria brincar com o marido ou com outra pessoa, qualquer pequena expressão em italiano. — Estou aumentando o patrimônio do casal e você já quer me castigar por isso? — disse de forma bem brincalhona e acrescentou: — Tenho três meses para pagar, e só a colheita da cebola e o recebimento da parte do café, já entregue, darão de sobra para essa despesa extra.

— Mas o que vamos fazer com esses tapetes? Neste palácio não há mais lugar para eles.

Ela riu.

— Querido, eles vão para nossa casa na fazenda. Daqui a uns dias apanho um navio em Gênova que vai direto a Santos e levo nossos tapetes.

— Mas e o que você vai ter de pagar à Alfândega?

Ela fingiu estar escandalizada com a pergunta do marido.

— Vou mostrar o lote dos tapetes dizendo ao guarda da Alfândega: "Veja, são todos tapetes velhos e usados, de meu uso particular". Você acha que ele é capaz de desconfiar que um tapete quanto mais velho tanto mais precioso é? Além do mais, é possível que eles nem abram nada com o meu passaporte vermelho. E sempre ouvi dizer que a Alfândega no Brasil deixa entrar peças de mais de cem anos sem direitos para melhorar o patrimônio do país. Seu pessoal pode tirar isso a limpo, não é?

Ele ficou pensativo, triste. A ganância de Guida não conhecia limites. Vestiu o roupão, dirigiu-se à sala de banhos, voltou, sentou-se à pequena sala de almoço. Ela o acompanhou. Sabia que sem a sua permissão, a do marido, não conseguiria levar os tapetes.

— Tudo isto que eu faço é para que guardemos um pouco mais do que estes pobres diplomatas que, quando são aposentados, choram miséria.

Bateram à porta. Guida mandou entrar, e a comida teve um serviço ligeiro. O mau humor de Marcos não passou despercebido aos empregados que serviam o casal. O camareiro foi solícito:

— Senhor Ministro, coma uma maçã assada ou qualquer coisa como algumas frutas, do contrário, só com o consomê, o Senhor Ministro continuará muito fraco para recuperar-se.

Ele aceitou a maçã assada, esperou por ela. Guida mostrava-se atenta a seus movimentos, um tanto angustiada.

— Ah, se ele me atrapalhar o negócio!

Depois da refeição, Marcos mostrou-lhe uma carta:

— Isto é que é o principal, e você... sempre fugindo.

# 5

# Permita meu pai que estejamos juntos na Páscoa

Apesar das tentativas de Guida procurando lembrar ao marido esta ou aquela passagem da festa, exagerando o riso quando se referiu ao ministro das Finanças e seu espirituoso dito ao Rei Mago sobre os tesouros que ele espalhava: "Queres ajudar-me nas finanças...", uma única ideia parecia habitar a mente de Marcos.

— Sim, tudo foi bem, mas desde ontem que já lhe disse: precisamos conversar.

Ela ficou supersticiosa. Vagamente, pensava naquela dona Olimpia Maidalchini que diziam dar má sorte. Subitamente seu humor mudou, e ela esperou até o último bocado do bife à fiorentina e que seus empregados levassem o que ficara das maçãs assadas e as xícaras de café, para continuar a dissimular o afetuoso convívio com Marcos.

— *Beníssimo...*

— Por favor, Guida, vamos parar com as suas brincadeiras, já disse que é coisa séria.

Tirou do roupão uma carta.

— Veja, é de Thomaz.

Leu, destacando as palavras: "Querido pai, estou a sentir um grande peso. Colegas da Faculdade de Letras convidaram-me para as festas nesta quadra de Ano-Novo. Fui convidado e vi que as famílias trocavam prendas, beijavam-se e, quando se dirigiam a mim, era como se fosse a um pobre órfão, com piedade por minha solidão. Contei-lhes que o pai estava a fazer na Embaixada em Roma importantes cerimônias, todas com pessoas da política ou da nobreza romana que eram para mim altas demais para que pudesse vir a ser também convidado e sentir-me bem com elas. Quanto a esse pormenor, não se aflija o pai, tive muitos convites e não me faltaram até os doces regionais: filhoses, rabanadas, bolo-rei, castanhas e um bom peru assado, levado que fui a comer em casa do adido da Aeronáutica que tem um filho, meu colega, capaz de dizer as gírias mais exageradas, mas um bom 'chapa', como costuma dizer ao afirmar que só fala em português do Brasil.

Neste ponto Guida deu um suspiro.

— Mas que carta mais infantil! Vê se você anda mais depressa. Esse menino parece que não está progredindo muito, não.

— Engano seu, Guida. Ouça só esta parte: "Mais do que nunca desejo estar ao pé do meu querido pai. Tenho um retrato da mãe sempre à frente de mim, e há colegas astuciosos que me perguntam: 'Esta é a tua namorada?'. Eles fazem isso para troçar, pois sabem perfeitamente que se trata do retrato de minha mãe que o destino tanto tem afastado de meu caminho. Escrevo-lhe para dizer que *suplico*. Pelo menos, permita, meu pai, que estejamos juntos na Páscoa. É bem certo que Lisboa não é assim tão longe de Roma e podemos passar dias felizes, já que sua profissão impede que fiquemos sempre juntos. Aqui vi o retrato da minha mãe numa revista brasileira e ela estava tão bonita, tão bonita que fiquei orgulhoso de sua elegância e beleza. Diga à mamã que sinto saudades — é verdade o que digo — de quem não conheço! Muitas e muitas vezes penso nela. Receba com minha mãe o extremado amor de seu filho Thomaz".

Guida não podia deixar de sorrir.

— *Mamã*. Olhe que é um portuga muito engraçado.

Ao que Marcos respondeu:

— Isso demonstra que Thomaz não aprendeu a dizer mamãe e papai, o que você deve considerar um tanto trágico, minha querida, para um menino brasileiro.

Ela ficou um pouco parada. Os olhos negros, baixos. Com as longas unhas riscava delicadamente o pesado tecido que cobria a mesa.

— Na Páscoa você terá muitas ocasiões de viajar com Thomaz e mais alguém que quiser levar, porque ainda devo estar na fazenda. Não posso deixar de ver algumas erratas que estão fazendo por lá e que tenho ocultado de você porque seu trabalho é pesado. Mas andaram fazendo loucuras com a venda da cebola e graves erros no plantio do alho, infestado por uma praga. Você não entende nada disso e não me faz justiça, por isso nem comento as cartas que recebo da fazenda. Eu sei ser mulher de diplomata aqui e ao mesmo tempo fazendeira em São Paulo. Não é pouco! Preciso escolher outro administrador.

— Guida, que diria você se eu afirmasse que de agora em diante pretendo ficar com o Thomaz perto de mim?

— Eu diria que é uma loucura, porque esta Piazza Navona é o centro mesmo do vício. Durante quantas manhãs não vi rapazinhos da idade dele dormindo na rua com uma seringa de injeção ao lado?

— Ele tem boa formação moral, Guida. E aqui não faltam bons educadores e jovens da idade dele, perfeitamente bem-educados. O que você não quer, como eu já disse, é parecer mais velha, mas deve ter até orgulho de Thomaz. Vê-se que é um lindo rapazinho que pode até fazer uma bela moldura à sua *cantada* e *famosa* beleza...

Guida pestanejou, como se voltasse a ter sono, e encerrou o assunto:

— A Páscoa ainda está longe, e, quando o novo embaixador chegar, é bem capaz de trazer alguém que o substitua. Você sempre não me ensinou que cada embaixador tem seu ministro de confiança? Mas tudo se arranja. Vamos ter o Thomaz em qualquer lugar em que estivermos: você, por exemplo, comissionado embaixador num país como a Arábia Saudita... Será ótimo para ele, não é verdade?

Levantou-se sorrindo, alisou a fronte de seu marido, beijou-o e agilmente retirou-se para seu quarto onde, trancada, iria falar com o conde Arnaldo Giudice. Já havia reparado que Marcos parara de fumar. Melhor assim. O cachimbo, por vezes, tinha um sarro enjoativo. Ele cuidava-se, quem sabe se para fortificar-se e enfrentar melhor Caterina?

*

A luz da tarde de inverno aparecia esbatida na colina de Santana. A igreja do Convento da Encarnação, em Lisboa, abrigo arcaico das mulheres, filhas e viúvas daqueles que foram condecorados com a Ordem de Avis, ainda hoje o era, através de tantas gerações postas em procissão a atravessar os muros dos corredores, dos tempos em que a cidade os fazia densos e fortes para, num corredor-túnel, chegar à nave do templo, onde se celebrava todos os domingos, às dez horas, a missa, a única do dia. Poucas pessoas a ela assistiam, além daquelas sombras humanas. Thomaz sempre ali estava. Tudo naquele conjunto — as grades de um mosteiro tornado abrigo, aquele coro débil, quase infantil, as janelas postas no alto com ferros que mais pareciam de prisões e, daquela frieza de grossos muros, o brotar radioso de uma igreja formosa entre as formosas, plena de riquezas — fascinava Thomaz.

O mistério o envolvia naquela igreja que para ele era como a matriz de um corpo de mulher iluminado. Pensava, principalmente, no mistério divino da Encarnação. A bela Senhora pisando a meia-lua, conforme a descrição do Apocalipse, era a Virgem Santíssima. A Virgem e, no entanto, a mãe intocada de todos os homens. Dentro dela, porém, como crescem as criancinhas vindas do pecado, embora fosse Maria a escolhida do Espírito Santo, o Menino Jesus tomava forma como planta humana que se cria no ventre das mulheres comuns. Primeiro, um quase nada. Depois, uma longínqua parecença com um ser humano; a cabeça maior, o corpo arredondado. Mais tarde, meses depois, viria ao mundo o Menino Jesus, filho da mulher concebida sem pecado. Esse mistério o subjugava e, por mais que o bom padre, o velho jesuíta, lhe punha às mãos tantas obras de Ascética, dos Novíssimos ou as de Santo Agostinho, quanto as da literatura brasileira da qual era mestre — e dentre esses livros ele preferia sempre José de Alencar, sobre quem já escrevera uma tese —, o fio de sua vida, a explicação mesma de seu destino humano, estava, não sabia por que longínquas impressões, ligado àquele espantoso e extraordinário mistério. Não era o Menino Jesus da estrebaria que ele admirava nos festejos de Natal, era o Menino Jesus oculto ainda no sacratíssimo ventre da Virgem que o perturbava, na sua ligação simbólica, como a da planta à terra, a mais formosa planta, o entreaberto lírio entre os mais formosos lírios.

Assim a missa para ele — quantas vezes Thomaz confessava a seu mentor na Faculdade — era uma concha imensa na qual reboavam séculos de preces, orações segredadas, e todas elas subiam em angústia para a mulher que pisava a meia-lua e trouxera para a Humanidade o fruto de seu ventre. Era o que ele ouvia quando soava o "bendito é o fruto do vosso ventre, Jesus".

A missa acabava, as velhinhas retornavam pelo corredor aberto ao longo e dentro do próprio muro da igreja. Ele retomava o sol de inverno no bairro de Santana e ia saltar para o carro quando o amigo, filho do adido da Aeronáutica, correu-lhe à frente:

— Pera aí, meu chapa. Deixa entrar no teu carango. — Voltou-se para Thomaz e disse: — Aposto que você não sabe o que é carango, apesar de todos os nossos papos.

Thomaz suspirou.

— Vai. Diz logo: o que é carango?

— Um carro, meu chapa, um carro qualquer. Pode ser uma droga de carro ou então novinho em folha como este que teu pai ministro te deu. Você é que tem sorte.

E pelas ruelas confinadas e sinuosas desceram do bairro de Santana para a largueza confusa do Martim Moniz, em busca dos ares mais novos de Lisboa, mais abertos, livres daquelas bolorentas e descascadas paredes que em nada encantavam o companheiro de Marcos.

Passaram enfim à avenida da Liberdade. Entraram num pequeno bar. Tomaram uma bica — um café —, e de súbito o amigo de Thomaz, que se chamava Walter e era tratado por seus colegas como Vavá, apontou para um grande cartaz ali perto.

— Olhe lá o *Gigolô americano*. Tão dizendo que é legal às pampas.

— Oh, Walter, não sejas exagerado, só para me maçares. Falas assim com teu pai?

— O velho é quadrado, mas você é um buzunta, uma barra-pesada que ninguém topa, só o papai aqui.

Thomaz ouvia sorrindo aquele amigo que fazia questão de mostrar sua brasilidade através daquela gíria bem carregada.

— Não me apetece assistir ao *Gigolô americano*.

— É isso aí, filhinho de papai. Tem medo de mulher, fica todo vermelhinho quando aparece mulher nua nos filmes. Vai ver quer assistir *Kramer vs. Kramer*.

— É, é isso mesmo. Lembra-te que foi um filme premiado muitas vezes, e nós, que estudamos na Faculdade de Letras, devemos conhecer o melhor cinema.

Walter ficou quieto por uns momentos, coçando os cabelos duros e espetados. Uma vez, seu pai perguntou: "Você se penteia com ventilador?".

Ele rira. Embora não usasse mais aqueles longos cabelos dos *hippies*, gostava de andar arrepiado. Isso chamava a atenção das garotas. Mas com toda a sua maneira ousada era quase tão inexperiente em matéria de sexo quanto Thomaz.

Walter vencido, pediu um bagaço — uma aguardente. Empinando o peito, tomou o pequeno copo de uma talagada só. Thomaz observava toda aquela bazófia com infinito bom humor. Era seu amigo, seu único amigo. Levava-o à sua casa onde conversava horas inteiras com suas duas irmãs mais velhas, que falavam um português-brasileiro mais compreensível, e com o adido da Aeronáutica que estimava porque era como a sombra de seu próprio pai, sempre tão distanciado.

À noite foram ver *Kramer vs. Kramer*, e a namoradinha portuguesa de Walter, muito moderna e tendo decorado as melhores gírias das telenovelas brasileiras, depois de saírem para a noite fria e iluminada e entrarem na torrente humana que retomava seus carros ou apanhava o metrô, voltou-se para Thomaz com seus muito lindos olhos portugueses e firmemente declarou:

— Um barato. Legal às pampas, esse *Kramer vs. Kramer*. — O que de certa maneira irritou Walter. Ele tinha dentro de si mesmo a vocação de fazer uma pequena revolução linguística, mas não gostava de ter seguidores. Afinal, ele se notabilizara no meio dos companheiros com sua fala, e agora apareciam lá uns bobocas que andavam a imitá-lo só para fazer concorrência.

Tomaram o carro de Thomaz e os três foram bem juntinhos, na frente. Thomaz sentiu no agasalho que vestia a rapariga um resto de suor guardado através dos anos de frio. Era uma casaquinha curta, mas a transpiração vinda do aquecimento do cinema era agradável de sentir, como expressão de um corpo muito novo e — ele acreditava — ainda não tocado totalmente, embora Walter andasse na "paquera" havia alguns meses.

6

# Seriam pés, patas ou o quê?

Do seu telefone direto, Guida falava baixo e muito discretamente com Arnaldo Giudice. Depois de um cumprimento, quando perguntava pela *più bella signora di Roma*, afirmou que, apesar de *sconvolto* [chocado] pelo trabalho do leilão, arranjara maneira de visitar a família Rinaldi.

— *Tutto va bene, capisce...*

— *Capisce* o quê, diga logo.

— *La famiglia mi è molto grata. Devo dire...* [A família está muito grata a mim. Devo dizer...]

Ela cortou:

— Você sabe falar português, já esteve no Brasil muito tempo. Vamos deixar esse italiano de lado. Você me deve dizer o quê?

— Que a assinatura do documento tem que ter a de seu marido, isto é, *le due* [as duas].

— Mas que absurdo, o negócio foi feito por mim, posso deixar até joias em garantia, como expliquei.

— *Sim, cara, mas é uma tradizione della banca. Qui in ltalia tutti...* [Sim, querida, mas é uma tradição do banco. Aqui na Itália, todos...]

— Por favor, estou nervosa, fale em português, mesmo misturado.

— *Tutti i documenti sono cosi. Assina a moglie com l'assistenza do marito ou, allora, assina o marito. E non dimenticare, cara, que em tuo compromisso legale com pagamento promesso a ire mesi...* [Todos os documentos são assim. Assine como esposa com a assistência do marido ou, então, assina o marido. E não se esqueça, querida, que em seu compromisso legal com pagamento prometido para os próximos meses...]

— Você deve compreender que isso é novo. No Brasil só precisa de assinatura para vender, não para comprar.

Houve um silêncio em que o conde parecia estar muito impaciente porque dizia para si mesmo coisas meio desconexas. Por fim, Guida, com a voz muito gelada, disse:

— Não queria dever este negócio a meu marido. Seria só *meu*, sabe, mas você me impele, me obriga. Telefonarei mais tarde. Sim, daqui a umas duas horas. *Addio*, conde.

*

Depois da leve refeição, Marcos, sentindo-se mais disposto, desceu, atravessou o pátio e foi à chancelaria. Havia um boletim do Brasil no qual se notificava, para os devidos fins, que o ministro da Educação e Cultura havia pedido demissão. "Uma simples notícia, não é?", diriam os assessores, mas Marcos chamou às pressas o conselheiro e o secretário e com eles se reuniu a portas fechadas, debatendo o assunto, considerando o significado dessa mudança no governo.

"Que tolos segredos de Estado", pensou Guida quando foi avisada pelo contínuo de que estavam em reunião.

"Reunião, reunião", pensou. "É o que eles mais fazem. Só me resta esperar. E se meu amigo tiver muita pressa, ele que mande a leilão os *meus* tapetes. Afinal, minha ideia é positiva, merece elogios de meu marido, mas estou certa de que Marcos vai dar para trás. Eu bem sei como ele é precavido. Sua precaução, de virtude ela já se tornou vício. Vamos aguardar." — Olhou o relógio. — "São apenas oito horas da noite. Jantamos cedo demais. Lá para as nove e meia a dez horas, telefono dando o resultado, seja lá qual for. Se for mau e Arnaldo zangar-se, mando que ele próprio se leiloe também com os tapetes. Ele já cheira a naftalina de tanto viver entre velhos Aubusson, tapetes antigos e coisas que se desfazem em nossas mãos."

De repente, lembrou-se de como ele se perfumava e se banhava para vê-la e teve uma súbita descaída de sua raiva. Voltou a seu apartamento e aguardou o marido.

*

Logo bateram-lhe à porta. Era o empregado Dionísio, o único brasileiro que na ocasião trouxera do Brasil. Sua cor se esvaía como se fosse de dentro para fora. Estava quase branco e mostrava um grande susto.

— Que é que você viu? Que está fazendo aqui?

Ele não queria olhar para a madama, como chamava Guida. Voltava-se para o teto, inibido, o pomo de adão saliente aparecendo no uniforme enquanto ele punha os olhos nas rosinhas do teto, como procurando tomar fôlego para dizer qualquer coisa.

— Sempre as fofocas lá embaixo. Não é?

— Não, madama, eu juro. Não tem fofoca. É que agora mesmo ninguém estava na Sala Palestrina, e de repente ela começou a tocar. Sempre me dizem isto: que naquela sala de repente começa uma espécie de cantochão e depois tudo acaba. Outras vezes, diziam, eram vozes que falavam e respondiam, mas não se entendia nada.

— Você acha que eu ainda posso ouvir?

— Madama, é horrível. Dá um gelo na espinha...

— Vamos já para lá.

E ela agasalhou-se com um pesado mantô que estava em cima da cadeira, junto do leito. Desceram as escadas, e Guida teve ainda um murmúrio de aborrecimento porque não estavam convenientemente limpas. Por fim, atravessaram o corredor de acesso à grande Sala Palestrina, semi-iluminada. Guida julgou perceber vozes confusas como em eco, mas baixas e longas. Dionísio colocou a mão atrás do ouvido. Ela bateu-lhe no braço.

— Estou ouvindo. Estou ouvindo.

Caiu o silêncio, e então o fundo da sala se foi iluminando, lançando o contorno primeiro dos pés. Seriam pés, patas ou o quê? Surgiam contra a débil luz cinzenta. Mas logo depois vieram os grossos tornozelos. O ventre, um tanto gordo, se delineou, e por fim, de um pescoço que se construiu mais forte, a grande e pálida face apareceu, com bochechas caídas no vulto esmaecido de uma mulher troncuda e forte. A ela se vieram juntar duas crianças que não eram tão visíveis quanto... dona Olimpia Maidalchini, a robusta senhora cunhada do papa que habitara o Palácio Pamphilj. Dona Olimpia como que "revistava" com infinito desprezo o salão ainda não de todo arrumado. Com suas crianças nebulosas entrou um tanto suspensa, boiando na débil claridade, rumou à galeria Cortona, parou, e o mesmo fenômeno voltou a acontecer, manifestando-se ao contrário. Desapareceu primeiro a cabeça, mais nítida, depois a nuca, os ombros, as vastas ancas, a saia rodada, os tornozelos e por fim os pés vistos com seus tacões de madeira, mas que não ressoavam no soalho, estavam acima dele. As crianças, estas simplesmente se desfizeram como nuvens, e, apesar de estar aberta ainda a calefação, um sopro de frieza, como a lufada de um vento gélido, atravessou o salão, varou pela sala Cortona. Guida achou-se a sós com seu empregado. Trincou os dentes de raiva e recitou baixo:

— *Chi dice donna, dice danno; chi dice danno, dice malanno* [Dizer mulher é dizer engano; dizer engano é dizer dano].

O empregado segurou-lhe o braço.

— Não ofenda dona Olimpia! Ela vai castigar!

— Você sabe se já rezaram missa aqui? Que estúpido! Tenha mais medo dos vivos.

— Já rezaram missa, sim, mas parece que não deu certo, porque ela era amiga do papa e tem lá em cima muita gente importante que dá licença que ela desça e ande por aqui quando quiser.

Retomando o espírito sempre forte, Guida animou Dionísio, simples e crédulo, e acrescentou:

— É verdade.

Sentou-se, entretanto, derreada de um cansaço infinito, a cabeça pousada no espaldar de uma cadeira. Foram segundos, o empregado a observava.

"Quando eu contar, já não me chamam de mentiroso", pensou. "Porque só eles, os italianos, acham que viram dona Olimpia."

Depois de alguns momentos, Guida disse bem alto:

— Dizem que suas *visitas* são muito más, *danno e malanno* [dano e mal], que sempre anunciam qualquer coisa terrível.

— Coisa ruim é ela. Essa alma penada que não quer deixar o palácio e vive tomando conta dele que nem no tempo que era — o mulato persignou-se — a cunhada querida do papa daqueles anos em que este palácio era novinho em folha.

— Proíbo que venha espalhar o que nós vimos.

— A madama não tem confiança em mim?

— Tenho. Mas você não consegue segurar a língua solta. Agora me ajude a subir a escada. Não sei o que aconteceu que meus joelhos ficaram dormentes. É o frio.

Ele a auxiliou a entrar depois de terem subido aquela longuíssima escada que era a que correspondia ao apartamento do ministro. Guida largou-se na cama. "Era verdade. Dona Olimpia ainda vivia no palácio."

— Pode ir, estou bem. Tome um gole de vinho. Você está pálido.

Que desejava aquela mulher que tinha um busto feito numa antiga estátua, talvez com muita vontade de agradar, onde ela aparecia formosa e com suas bochechinhas no lugar, o queixo pequeno e grandes olhos? Talvez com a idade fosse ficando como aparecia agora, feia, gordalhona e nada apetecível. Vira a mulher da qual o Pasquino mais se ocupava. Aquele jornal escandaloso do tempo em que não existia a imprensa. Vira aquela que ainda se assenhoreava da casa. Fez três vezes o sinal da cruz.

— O que estará para acontecer de mal?

# 7
# ...vi com estes olhos a *Pimpaccia*

Quando o marido chegou, contou-lhe sobre o que vira. Ele respondeu calmo:

— Falam muito num fenômeno chamado de *contágio mental*. As pessoas veem o que outros dizem que já viram. Essa legenda tem posto a correr daqui muita gente, por motivo destas aparições constituídas pelo medo inconsciente de dona Olimpia.

— Eu vi, e você sabe que eu sou corajosa. Não me faça um discurso diplomático para dizer que "tudo está bem, nossas relações são ótimas" etc. Eu vi, e Dionísio também viu. Mas se eu lhe falei de Olimpia Maidalchini foi porque estou perturbada. Tenho que pedir um grande favor e em troca prometo que serei muito generosa para você.

— Você, generosa? — disse tristemente Marcos, pensando em Thomaz.

— Sim, eu sei no que você está pensando. Traremos o Thomaz para cá ou para outro lugar qualquer que você bem entender.

— O que a fez mudar tanto? Dona Olimpia?

— Não, querido, não. Você deve assinar comigo a letra da compra dos tapetes que só vence, como eu já disse, daqui a três meses. Eu juro que nós já temos dinheiro pronto na fazenda. Você sabe como são esses italianos. Bastaria a minha assinatura, mas eles reclamam: querem também a sua.

Ele baixou a cabeça e depois, resoluto, disse malicioso:

— Para envolver o nome da Embaixada e o dinheiro sair de qualquer modo, não é?

O marido falava áspero, mas Guida fingia não ouvi-lo:

— É verdade. Isso, ou porque talvez sejam machistas mesmo, como todos os italianos. Lembre-se do que eu prometi e, por favor, tenha em mente que a oferta que lhe propus você só conseguiu agora. Se perder a oportunidade...

— Quem disse que perdi essa oportunidade? Assino quando você quiser.

*

Era sábado, e, findo o leilão que transcorrera naqueles dias, Guida foi dar a boa notícia ao conde Arnaldo Giudice. Fora ao apartamento em que habitava Arnaldo, no último andar de seus enormes depósitos de arte antiga, na Via di Monserrato — com pratarias, tapeçarias do século XVIII, gobelinos, estátuas romanas, cristais —, enfim, um mundo triste de objetos rejeitados que ele escolhia com o prazer degustante de saber que cedo ou tarde viriam dar-lhe proveito. Toda esta parte da *palazzina* da *Vecchia* Roma era protegida por grandes paredes de aço. Quanto a seu apartamento, subida a escada, lá no topo, era todo moderno, muito iluminado e apresentava um aspecto de bravata contra seu próprio negócio. Desde o leito, cheio de almofadas, aos quadros abstratos que povoavam as paredes, até a enorme banheira redonda de mármore — onde, dizia ele, caberiam três pessoas como uma piscina —, reinava o moderno. Até o *attico*, ao qual se subia por uma pequena escada e onde imperecíveis arbustos, sob um toldo de rígido plástico, eram protegidos do frio e ofereciam uma espécie de fuga, com colchões fofos onde se podia descansar, ter boas conversas e — quem sabe? — amar no ambiente que era um refúgio tornado bem agradável por uma boa lâmpada de inverno, sentia-se a galante disposição do dono.

Guida foi convidada logo a subir. Ele a desejava sempre a céu aberto, ainda que o céu noturno fosse visto através de uma cúpula de plástico. Mas Guida estava inquieta e feliz. Ela julgaria uma troca indigna, na ocasião. Sentou-se numa poltrona, fez um gesto quando ele demorou demasiadamente em abraçá-la.

— Não, meu caro. *Aspetta, aspetta.* Venho dizer que meu marido está de acordo. Ele assinará o documento. O machismo ficará plenamente satisfeito, e creio ter com isso terminado com a última dúvida.

De repente, Guida pôs a mão à cabeça e disse:

— É curioso, eu esperava que tudo me corresse mal.

— *Perchè?*

— Porque vi com estes olhos a *Pimpaccia*.[1]

— *Una avventura magnifica per te. Non è vero?* [Uma aventura magnífica para você. Não é verdade?]

Ele ria, como se fosse parte de seu desafio amoroso.

— Não brinques — disse ela. — Eu a vi e a meu lado estava nosso empregado, que quase morreu de pânico.

Ele principiou a rir de mansinho. Depois sua boca rubra, pastosa de sensualidade, teve um passear de língua.

— *Divertente* [Divertido]. E o que fez você?

— *Chi dice Olimpia, dice danno; chi dice danno, dice malanno* [Dizer Olimpia é dizer engano; dizer engano é dizer dano]. Repetindo o Pasquino, fiz com que ela desaparecesse mais rápido. Primeiro a vi de baixo para cima, depois de cima para baixo.

Como desejosa de afastar o que poderia ser um mau presságio, ela firmou seus grandes olhos pretos na face desabrochada e cheia de gozo do amigo.

— Mas até agora nem *danno*, nem *malanno*.

Ele a beijou e a levantou com carinho, mas sem aquela efusão que sabia fazê-la assustar-se.

---

1 A gorducha, como era chamada dona Olimpia.

— *Cara, ho tanto bisogno di te. Uno baccio, carina* [Querida, preciso muito de você. Um beijo, querida].

Ela beijou-o com frieza — os lábios cerrados — e disse:

— Amanhã terei mais tempo. Devo voltar a ver-te. *Oggi, non. Non è possibile. Domani* [Hoje, não. Não é possível. Amanhã] — e em seguida voltou a seu português —, amanhã estarei aqui três horas inteiras. Manda-me vir o almoço e escolha um vinho muito especial, um rico *soave. Abboccato*, não! Hoje *non*. Não te parece que seria como uma conclusão do negócio? Isso não me agrada.

Ele ainda procurou retê-la. Amava-a tanto. Nunca conhecera ninguém como Guida. Seria um amor para sempre se ela não fosse *sposata* [casada]. Desceram as escadas juntos, mas ela pediu que ele vigiasse a saída. Ele lhe fez sinal, e ela correu para sua *macchina*, que célere subiu a Via di Monserrato e desembocou na Piazza Farnese. Daí para o Pamphilj, era um átimo.

Estava feliz consigo mesma. Afinal, não fora tão "suja" assim sua compra. Quanto ao menino... "*Dio mio!*" Ela chegava a misturar palavras em italiano em seu próprio pensamento. Haveria tempo para resolver a questão.

Mais tarde, já em sua cama, despertou sobressaltada. Bateu furiosamente no quarto de Marcos, enquanto tinha a sensação de que uma bomba, outra bomba, explodira na Embaixada. Marcos fechou a porta atrás de si. Não sabia, também, o que pensar. Novamente, mas então de forma longínqua, ouviram-se estrondos. O palácio parecia estar vivo. Marcos teve a impressão de que um vidro da janela do quarto de Guida se fazia em pedaços. Em breve, corria a criadagem assombrada. Marcos ligava o rádio, a mão tremente, e logo saberia que toda a região de Nápoles estava alcançada por terremotos sucessivos. Era a tragédia. Muito pior do que a do Friuli, no Norte, em 1976, em que perderam a vida, sob o signo do *orco*,[2] pelo menos mil e duzentas pessoas.

---

2 Ogro, besta da maldição, comum na mitologia popular do Norte da Itália.

*

A memória de dona Olimpia atravessou, como um relâmpago, a cabeça de Guida.

— *Maledetta!*

E, enquanto todos revistavam o palácio, ela ajustaria a cortina para que não entrasse vento frio e, antes de readormecer no meio da grande confusão feita pelos funcionários da Embaixada, pensou que seus planos iriam por água abaixo.

Seus olhos escuros custaram a fechar, e dormiu rígida e tensa. Bem mais tarde despertou, sentindo certa náusea. O lustre de cristal, que havia deixado semiaceso, balançava como um pêndulo sobre o leito. Pensou que junto de Marcos seria melhor, mas preferiu, bravamente, com força de homem, mudar a cama de lugar. A cabeceira de talha dourada pendeu torta, presa só de um lado à parede. Tornou a dormir, depois de ter dado uma olhadela através da vidraça quebrada.

Pela madrugada, a Piazza di Pasquino, as vias dell'Anima e del Governo Vecchio formigavam de gente assustada. Ao amanhecer, soube que haviam ocorrido sete grandes tremores de terra em toda a região sul da Itália. Falava-se que os mortos seriam mil, dois mil, muitos mais, não se sabia quantos.

— O Senhor Ministro foi apresentar o *cordoglio del Brasile* na Farnesina — disse uma empregada.

"E agora" — pensou alto Guida —, "como se faz para realizar a compra?"

— Todas as portas estão fechadas, *signora. La tragedia è molto grande!*

# 8
# Em lugar de reter fiéis na igreja deveria mandá-los para fora

Durante o dia, Guida telefonou várias vezes ao conde Giudice. Silêncio em sua casa, em seu gabinete de trabalho, silêncio até na *osteria* vizinha onde ele costumava fazer um pequeno almoço. Arnaldo não respondia. Mas por quê? Nada havia acontecido em Roma. Ligado o aparelho de televisão, chegavam já as primeiras imagens de terror, pranto e desconsolo. Os sinos das igrejas de Santo Adriano, de São Pantaleão, de Sant'Andrea della Valle dobravam pelos mortos, e na transparência das visões da TV apareciam casas esburacadas, caídas no chão, a grandiosa silhueta do Vesúvio já mostrando o alto de seu pico totalmente nevado. Sim, estava começando a nevar naquelas tristes regiões afetadas. Apareciam crianças solitárias, chorando, policiais com seus cães focinhando entre os destroços em busca de salvar pessoas presas sob os escombros. Milhares e milhares de criaturas, fosse por curiosidade ou por dó, atulhavam as cercanias interrompendo o trabalho da Cruz Vermelha, dificultando a saída das ambulâncias e até a instalação de obstáculos que significariam a recuperação talvez de uma vida ou de um corpo para consolo de uma família que poderia pelo menos velar e enterrar quem perdera.

A televisão mostrava com insistência uma igreja na qual haviam perecido mais de cem pessoas. De repente, aquela multidão desordenada apertou-se formando um claro, um mínimo para que um personagem pudesse chegar até ali. Era o papa que vinha trazer consolo e socorro às populações.

Um padrezinho mirrado e moreno agarrou-se a ele como a uma tábua de salvação gritando:

— Deveria mandá-los para fora da igreja... Mas, Santo Padre, misericórdia... *Io non sapevo che questa tragedia sarebbe caduta sopra tutti... Io sono colpèvole perchè potevo dire: via, via!* [Eu não sabia que essa tragédia cairia sobre todos... Eu sou culpado porque poderia ter dito: vão embora, vão embora!] — Ele batia furiosamente no peito. O povo rezava, e ele rezava com o povo! — Misericórdia, Santo Padre!

E o padrezinho sofria e chorava porque, em lugar de reter os fiéis na igreja para que orassem, deveria mandá-los embora: *via, via!*, porque a igreja era velha e não suportava abalos, ele deveria saber. Ele fora o culpado da morte de *cosi tanta buona gente*! O papa levantou-o quase como se ele fosse uma criança, nos braços fortes, e o beijou na face, dizendo que tudo fora feito pela fé e que os mortos seriam salvos por ela. Não tinha culpa alguma. Viam-se pessoas chorando, tocando as vestimentas do Santo Padre, mas um napolitano rancoroso gritou:

— *San Gennaro non è stato soddisfatto, perchè lo portarono via! La venerazione di tutti per San Gennaro non perdona questa umiliazione* [São Genaro não ficou satisfeito porque o levaram embora! A veneração de todos por São Genaro não perdoa essa humilhação].

E o papa voltou-se para esse grito de ódio e de dor. Ainda na TV, através de figuras que se interpunham, conseguia-se ver que ele vergava os ombros. Decerto chorava.

— *San Gennaro* derrama seu sangue por todos os napolitanos e por todos que nele acreditam e continua a dar seu sangue por eles. Como poderá um santo, que foi um bispo de Nápoles, um grande bispo dos primeiros tempos, voltar-se contra sua cidade? *Non, figlio mio. Quello che dice non è vero* [Não, meu filho. O que diz não é verdade].

Ouviu-se uma cantilena, um murmúrio: "*San Gennaro... San Gennaro... San Gennaro...*". Soluços romperam novamente, e o papa teve de socorrer o padre em seus desesperos e em seu sentimento de culpa.

— *Figlio mio*... seu lugar é aqui. *Aiuta questa povera gente* [Ajude essas pessoas necessitadas].

Depois, enquanto uma fina camada de gelo cobria os corpos enrolados em toscos panos, João Paulo II abençoou um por um a longa fila dos mortos. Anônimos, quase todos irreconhecíveis, eram enrolados em cobertores e levados à vala comum.

*

Contra sua vontade, Guida ficou tremendo de horror. Estava tão perto de Nápoles e de suas pequenas cidadezinhas. Doze entre essas vilas haviam desaparecido. Quantas e quantas vezes não fora por lá almoçar em restaurantes à beira-mar, com amigos, e tivera a impressão de estar chegando ao Rio, um Rio feliz, vibrante, divertido!

A campainha de seu telefone particular soou. Ela desligou rápido a televisão e procurou melhorar o ânimo para atender a chamada de Arnaldo. Mas a voz era distante, parecia... seria mesmo? Sim, era Thomaz.

— Está? Está? Estou a falar com dona Guida, minha mãe?

— Sim, sou Guida. Por que você telefonou?

— Aqui a televisão está dando notícias terríveis da Itália. O pai está bem?

Guida teve vontade de rir, aquele seu másculo riso amargo. Que logro! Era Thomaz que telefonava.

— O pai vai bem, sim. Nós todos aqui vamos bem. Ele foi à Famesina, o Palácio do Ministério das Relações Exteriores, dar pêsames. Mas nós todos aqui vamos muito bem. E você?

— Por mim não há novidades, senhora minha mãe, dona Guida. Sempre estou a esperar a vê-la e ao pai.

— Sim, nós também estamos esperando. Mas, se você não veio até agora, o certo é adiar... porque, embora tudo esteja bem aqui na Embaixada, os dias são de tragédia.

— Sim, tragédia — disse Thomaz concordando. — Também uma tragédia para mim.

Era tão dolorosa a fala do garoto que ela não deixou de concluir:

— Mas tudo passa e você terá lindos dias aqui na Itália, que é um país belíssimo.

— Adeus, senhora minha mãe.

— Adeus, meu alfacinha. Não tenha preocupações. Estamos, como já disse, em paz. Só que o momento não é bom para sua vinda, compreende, não é?

— Compreendo, sim, senhora minha mãe.

— E desligue, porque esta ligação já está ficando muito cara para você! Receba um beijo nosso. Pronto. Adeus!

*

Novamente soou o telefone, mas o som veio do quarto de Marcos. Era a condessa Caterina Bertini. Já a estava atendendo uma camareira que dizia:

— *La signora, si.*

Sim, a senhora estava em casa e não haveria maneira de escapar diante da empregada; de fugir àquele telefonema que a irritava, embora dissesse sempre: "Não é ciúme, mas preferia que Marcos tivesse uma amiga menos gorda. Ele talvez faça isto, estas boas relações, como um desafio à minha pessoa". Mas atendeu, sim, e como uma dama.

— *Veramente è una disgrazia per tutti. Marcos alla Farnesina, presenta le condoglianze* [É realmente uma tragédia para todos. Marcos, no Ministério das Relações Exteriores, apresenta suas condolências].

Depois, falaram do terremoto com certa calma. Caterina referia-se à Camorra. Para aumentar tanta *disgrazia*, a Camorra entrava na tragédia, desviando víveres e até roubando crianças.

— *Ma non capisco. Fare denaro con coppie senza figli* [Mas não entendo. Ganhar dinheiro com casais sem filhos].

Em seguida, com uma suspirosa entonação, falou vagamente sobre os amigos napolitanos:

— Ah — disse —, o príncipe Astaldi lança toda a culpa na retirada de *San Gennaro* do calendário e... *aspetta: il nostro amico Giudice tem em Napoli lo zio e un nipote que, credo io, è suo figliòccio* [espere: nosso amigo Giudice tem em Nápoles um tio e um sobrinho que, creio eu, é seu filho adotivo].

Ela não estava muito certa "*perchè una volta, soltanto, mi ha detto qualche cosa cosi...*" [porque uma vez, apenas uma vez, ele me disse algo assim...].

Então era isso, pensou Guida. A telefonada de Caterina era unicamente feita no sentido de avisá-la. O amigo deveria estar a estas horas na área do perigo. Contudo, agradeceu efusivamente a chamada. Disse que ia voltar ao aparelho de TV para saber realmente o que estava se passando. Recolheu-se, no entanto, a seu quarto e, de repente, se viu ao espelho da parede do ingresso, muito pálida, com os olhos de homem que a fixavam dentro do cristal. Era a raiva. Deitou-se no leito que a camareira havia colocado no lugar próprio. O empregado já refizera o desarranjo da cabeceira. "Que me caia este teto em cima", disse para si mesma, em pensamento. "Existe a família Rinaldi! Ainda que o meu pobre Arnaldo leve a breca com seu *zio* e seu *nipote*, ainda existe esta bendita família, e eu devo encontrá-la hoje mesmo, para tranquilizar-me. Mas deve ser um pouco mais tarde, porque agora não me fica muito bem."

Guida perguntava-se entre angustiada e lúcida se algo daquela bruxa dona Olimpia entrara em sua alma. Pensava também no belo príncipe Pamphilio Pamphilj: homem mais lindo jamais vira na vida. De que manhas usara Olimpia Maidalchini para conquistá-lo, já viúva, e também, depois, de que ardis lançara mão para seduzir a nora, a *principessa* Di Rossano, a ponto de esta vir a trazer de volta o papa Inocêncio X ao convívio da família Pamphilj? Era bela a *principessa* Di Rossano. Poetisa, musicista, aquela outra Olimpia superava a Maidalchini em tudo... menos nas intrigas. Evidentemente, só poderiam ter sido seus donativos à Igreja que fizeram com que seu cunhado, o papa Inocêncio X, novamente se pusesse de bem com ela, depois de três anos de briga. E então os salões de novo se abriram, e os banquetes voltaram, e núpcias se concluíram; vieram batizados com prendas de ouro e de prata. Quais poderes tinha aquela mulher gordota que lhe apareceu com o fantasma de duas criancinhas? Seus netos? Sim, ela os tivera também e concentrara sua política de proteção em um deles, que deveria tomar as ordens religiosas, depois de ter um neto, um Pamphilj que herdasse destes e dos ricos Aldobrandini, avós maternos. Mas o vil Pasquino continuava a chamar o ódio sobre Olimpia, a gorda.

Por alguns segundos, Olimpia deixou de ser a *maledetta*, e Guida a compreendeu. Lembrou-se do tempo em que era menina e habitava a casa da administração de uma fazenda no interior de São Paulo, em Laterra. Era a única filha, e seus pais tudo lhe davam, até a melhor escola da cidade, para afastá-la do meio dos colonos. Seus pais, tão pobres, eram fazendeiros decaídos, mas conservavam certo orgulho e não se davam com as famílias dos trabalhadores. Ela foi crescendo ali, visitando por vezes o casarão do outro lado do rio. (Era preciso dar uma grande volta para alcançar a ponte.) E ia com seu vestidinho de cassa branca visitar sua madrinha, a dona da fazenda, que curiosamente se chamava dona Olívia. Era até parecido. Olívia, Olimpia.

A fazenda tinha um amontoado de salões que contavam das riquezas dos antigos barões do café. Mas era triste a casa, e dona Olívia sempre esperava um neto que estudava em São Paulo. Guida lembrava-se de Marcos, menino hostil a ela, olhando duramente para suas mãos maltratadas, ou, quando dona Olívia de Campos fazia com que as crianças sentassem na copa, porque tinha visitas, ele a fitava com certo desdém. Era o mau jeito com que a menina apanhava o garfo e a faca. Se começaram assim... como tudo poderia acabar bem? Ela crescia e desejava ocupar aquela fazenda da qual sua pequena casa era separada por um rio. Tornara-se cada vez mais carinhosa e amiga de sua madrinha, e os pais ficavam orgulhosos, porque muitas vezes dona Olívia mandava buscá-la para almoçar ou jantar no sobrado.

E ela se lembrava de que num dia de muita festa — era véspera de São João — acontecera o desastre: o pai e a mãe foram alcançados ao atravessar as linhas do trem que ficavam perto de casa, mortos por um trem de carga que vinha fora do horário. Dona Olívia não a deixou ver os corpos dos pais, mas mandou rezar missa. Vestiu-a de luto e guardou-a em sua casa. Compartilhava o quarto da governanta, ao lado dos grandes aposentos de dona Olívia. A saudade do pai e da mãe doía, mas foi esmorecendo. Retirados dos armários antigos vestidos de dona Olívia, ela fazia reformá-los para Guida, e, quando fez dezesseis anos, Marcos apareceu nas férias. Sentiu pena dela e a beijou na testa. Ela se lembra de que desceram ao jardim malcuidado, onde antes brincavam de pega, e viu que os olhos dele estavam nublados.

— Você me perdoa?

— Por quê?

— Porque eu não pude imaginar o que ia acontecer com você.

Primeiro foram amigos, depois namorados em cada tempo de férias. A amizade tomava um caminho diferente. Mergulhavam juntos no banho do rio. Montavam a cavalo, mas ele que parecia tão contente sempre dizia que aquela vida de fazenda não era para sua vocação.

Tanto tempo, um mar de tempo! Mas era simples pensar que o casamento com Marcos significava vir a ser dona daquele mundo de coisas belas que ela nunca tivera na vida. Os colegas de Laterra, do curso comercial que ela fazia, o único um pouco melhor da cidade, convidavam-na para festas nas quais Guida aparecia como pouco comunicativa e geralmente era antipatizada, ainda mesmo sendo tão bonita. Ou talvez por isso.

Que saudades tinha de sua beleza na adolescência, quando via os retratos tirados por Marcos! Havia um, o de cabelos soltos, brilhantes à luz do sol e o vento levantando de leve o vestido de verão à beira do rio, que preferia entre todos. Que saudades dela própria!

# 9

# A festa do casamento fora aquele princípio do desfrute

Parece longínquo o terremoto de Nápoles. Terremoto? Terremotos, sim. Dizem que já houve vários, mas o Palácio Pamphilj continua sólido, e dentro dela um terremoto, o primeiro que sentiu depois de tanto tempo, revolve, parece, os perdidos anos pelos tempos. Aqueles que fizeram de Guida a mulher que é hoje.

Lembrou-se: o marido e, antes do marido, o noivo. Decerto a velha dona Olívia, cansada da solidão, ajudara um pouco o namoro, o noivado e o casamento. A festa do casamento fora aquele princípio do desfrute pelo qual ela ansiou na vida. Grandes famílias, que na época formavam a chamada nobreza rural de São Paulo, vieram ao banquete: uma longa mesa coberta por um linho antigo com rendas preciosas do tempo da bisavó de dona Olívia. Havia ao mesmo tempo bom gosto e excesso de comida: leitões, perus, tortas, cabritos, patos, as compoteiras de doces de calda ocupando em espaços certos os lugares do famoso banquete de fazenda, desde a compota de caju, a de laranja, os papos de anjo e, depois de tudo retirado, mais os rocamboles, os fios de ovos, a "barquinha dos noivos", a famosa composição de uma grande montanha de clara batida e açúcar, navegando num mar de creme de chocolate. Vieram depois os pequenos doces que, naquele tempo, ainda estavam em moda para levar como lembrança da festa.

Guida reviu-se ao lado de Marcos no altar armado no fundo do terraço. Tinha à cabeça o mesmo véu de noiva de dona Olívia e, embora muito mais magra naquela ocasião, ainda tivera de usar uma cinta bem apertada, porque Olívia quando moça tinha aquela cinturinha só vista em seu tempo.

Ela, Guida, casara com um homem que não gostava da roça, como dizia, e prestara um concurso para o Itamaraty, que não fazia muito organizara o Instituto Rio Branco. Queria ser diplomata. Foi um esforço para sua natureza comodista da mocidade. Mas conseguira, e a festa reunia as bodas e seu sucesso, o de ter vencido num dos concursos mais difíceis do Brasil.

A viagem de núpcias teria uns dias em Paris, quando tanto comprava, comprava e à noite não dormia. Guida queria ver tudo. Depois, iriam para o Líbano, pois era o marido um terceiro secretário. Naquela época, o Líbano aparecia como um país feliz, e novamente ela teve o desfrute pelo qual tanto ansiava. Era fácil alugar uma das grandes cabines na praia, onde ali, no verão, se reuniam amigos que passavam dias inteiros com eles. Ou então era a subida a Brumana, por uma estrada em meio a uma floresta linda, e em trinta minutos o ar fresco e o vento cortavam como uma lâmina, e era tempo, também, de amor que iria mudar. Marcos chegava cada vez mais tarde em casa. Começara a beber e se zangava com ela. Havia na cidade um quarteirão brilhante, onde nomes de estrelas apareciam em luzes berrantes. Não eram estrelas, não, eram prostitutas. Mas num mundo onde o homem tinha a sua primazia, no Oriente, elas tinham seu valor. Valor de estrelas da noite. Como era engraçado! Só que isso principiou a afastá-los, e um dia ele lhe disse, mostrando uma mulher de enorme ventre, arrastando seus passos agarrada ao ombro de uma companheira:

— Eu admiro estas mulheres que *sabem* ter filhos. Pois não se diz ela lhe *deu* um filho, lhe *deu* dois filhos?

Guida pensava muito no seu corpo. Quando ia à praia, via mulheres gordas, de ventres caídos, e imaginava: "Quantos filhos ela terá tido?".

O pior é que naquela ocasião havia um conselheiro da Embaixada — delicado de maneiras, é verdade, mas forte no copo — e ele era a companhia quase contínua da barraca de verão que haviam alugado, quase uma casa, na praia. Um dia, o embaixador foi convidado e de repente disse que tinha um telefonema a dar para o Brasil. Estava claramente exposta a situação. Tanto o conselheiro como o secretário já estavam altos naquele momento, nem as gentilezas de suas mulheres conseguiram dissipar o franzir de testa do sóbrio chefe de Missão.

Certa manhã, uma amiga francesa, mulher de um adido, fora fazer com ela a primeira refeição — era costume no país — e lhe disse:

— Há filhos que afastam e há os que unem. *Moi, aussi, je ne voulais pas un enfant* [Eu também não queria um filho]. Mas, no Oriente, o cheiro da fêmea também tem cheiro de mãe. Até mesmo as bailarinas, veja bem, são corpos maternais. Ventre e seios abundantes. Quando você vai resolver ter um filho?

— Não sei — disse Guida. — Vou para nossa fazenda no interior do Brasil, primeiro.

E passou a mão sobre o vestido, alisando-se.

*

Já fazia mais de um ano que estavam casados quando Marcos, vindo da Embaixada, recebeu uma carta muito sóbria: “Devo voltar logo e espero ter *nosso filho*”, grifou “nosso filho”, “aí, no Hospital Americano. Fiz muita amizade com sua tia Ziloca, e ela me vai acompanhar. Não se aflija pelos gastos. A mãezinha Olívia já providenciou as passagens que são caras, mas chegarei aí num ótimo navio. É uma viagem especial ao Oriente do *Giulio Cesare*. Um até breve afetuoso da Guida”.

*

Walter apareceu no pequeno apartamento da rua Luciano Cordeiro, nem velho, nem moderno, “assim, assim”, como dizem os brasileiros, no qual Thomaz tinha o seu bom quarto, a sua "casa de banho" e entrada particular. Era Walter seu único amigo de verdade em Lisboa, mas, por vezes, aquela sua espécie de cafajestismo nacionalista desagradava tanto que preferia ficar só.

— Oi, como vai este papa-hóstia careta?

— Vou bem — respondeu-lhe o amigo, tomando vagarosamente uma xícara de café que ele mesmo preparara.

— Poxa. Você tem um bocado de livros. Você lê todos eles?

— Claro — disse Thomaz, colocando café também em outra xícara. — Não se compram livros para enfeite, ou se alguém o fizer é porque pretende exibir uma cultura que não possui.

— Poxa — repetiu o amigo. — Se você lê o chato do Camões, aqui entre nós, que ninguém nos ouça, que só teve desgraça na vida e agora passou a virar um deus depois de sofrer mais do que sovaco de aleijado..., tem também, olha aí: livros de astronomia, química e até patologia! Você é um crânio.

Nesta altura, com um sorriso, demorando-se em tomar o café, Thomaz observou o "exame" do colega com certa apreensão.

— Emprestar livros é um ato de fraqueza. Se você quiser, me peça um, mas não gosto de emprestar.

— Pedir livro emprestado — e ele soltou um palavrão — ainda mais a você, unha de fome e pão-duro, essa não! Eu vim aqui te prestar um favor de amigo.

— Então me prometes um favor de amigo? Qual é?

— Olha, hoje depois de pregar uns cartazes da AD, nós vamos todos de moto, e a gente faz o serviço bem depressa. É o máximo! Depois, eu agarro a Belita e levo para você ali na Versalhes. Você já sabe, né, a Belita quando te vê se abre toda para chamar a atenção.

— Nunca havia reparado.

— Pois é bom que você repare, porque a garota *dá* para quem ela quiser. Moderninha, mas só vai com quem gosta.

Mudando de tom, na sua inspeção mais demorada no quarto do amigo, deu com o retrato de Guida, posto entre dois volumes de poemas: um de Florbela Espanca e outro de Fernando Pessoa.

— É madura, mas é boazona ainda. Vai ver que você, que dá uma de papa-hóstia, gosta mesmo é das mais passadas, com experiência, vai ver que é isso.

Um ataque súbito de raiva empolgou Thomaz:

— Seu burro, seu inconsciente, não fale de pessoas sem conhecer.

O outro não se deu por vencido:

— Deixe de briga por causa de um modo de falar meu. Mas quem é a digníssima, a excelentíssima?

Thomaz empurrou-o para fora, para longe da estante.

— Aprenda uma vez na vida a ter respeito. Não lhe dou uma boa surra porque você é um monumento de estupidez! Aquela senhora é minha mãe. Você não podia ter pensado nisso?

O outro ficou encabulado, enterrou-se numa poltrona. Não queria magoar o amigo. Ficou em silêncio uns minutos e fazia gestos de quem ia falar, mas, antes de abrir a boca, retraía-se:

— Pode ir andando que eu estarei lá na Versalhes. Afinal falta juízo nessa cabeça, o que é que se vai fazer. Quanto à menina, vai com calma que eu não gosto desse tipo de pequenas. Mas vamos conversar por lá, porque hoje também estou a querer ar fresco.

— O que tem você?

— Nada. Saudades do pai, principalmente, saudades dele.

E depois, para compor um pouco a sua afirmativa:

— E de minha mãe, naturalmente, apesar da pouca convivência que tenho com ela.

Ainda atormentado com o erro que cometera, Walter desceu as escadas e disse para si mesmo:

— Meu velho é quem tem razão. Não é que eu seja burro, mas gosto sempre de dar uma de burro, o que afinal dá na mesma.

# 10 Deve ser maravilhoso este mundo dos diplomatas

Thomaz gostava da Versalhes porque nela o cenário era legítimo e antigo: uma confeitaria *belle époque*, com espelhos, mesas refinadas, lustres, as pastelarias, doçarias, cremes e bolos, talvez os mais saboreados pelos exigentes paladares da cidade. Embora pessoalmente tivesse hábitos modestos, aquele mundo de doces, de fartura, de guloseimas, de espelhos, de muita gente nova aderindo ao antigo cenário — pela aproximação da sede da AD — o encantava. Por esse motivo, aceitara o convite de Walter.

Procurou logo uma boa mesa ao fundo da sala. Fazia frio. Pediu um chocolate quente, umas broas. Paciente, esperou. A sala fervilhava de pessoas — fregueses e empregados — entre garçons que serviam, tabuleiros que vinham cheirando a forno preencher os vazios nos balcões. Mais e mais encaminhava-se para lá uma grande, saudável e bonita mocidade que havia pouco rodava pela avenida da Liberdade com bandeiras da Aliança Democrática e agora chegava à grande avenida da República. Caravanas de outros agrupamentos políticos se entrecruzavam numa alegria frenética que tinha algo de carnaval. As paredes estavam cobertas e recobertas de cartazes como nunca se tinha visto em Lisboa, o vento atirava para longe papéis de propaganda que também eram lançados do alto dos edifícios. Por toda parte, aquele rojão de apelos aos eleitores: *Vota AD! Vota FRS! Vota APU!* Walter acabava de chegar com os amigos que se encostavam atrás dele, meio desconfiados.

— Você está comendo mosca, rapaz. Precisava ver o trabalho que fizemos. Era feito raio. Quando o pessoal da APU chegava, a gente já tinha fechado o serviço: eles ficavam embananados, só podiam xingar em voz baixa, porque tinham ordens de não provocar brigas e respeitar os cartazes. Sempre um mais zangado dizia aquele palavrão de que as mães não gostam. Mas era tudo numa boa, sabe, na melhor, não passava disso.

Um magricela, muito jovem, mas já espichando uma tênue barbicha, disse, pausado, referindo-se a Walter:

— Esse brasileiro aí desde outubro, quando vencemos com Sá Carneiro — e ao ouvir o nome Sá Carneiro uma parte da rapaziada que estava perto gritou "Viva!" (faziam sinais uns para os outros com o V da vitória) —, sempre ajudou muito.

Walter sentou-se:

— E por que não? Meu pai me proíbe que eu me meta nesses troços, mas se tem português no Brasil que é prefeito, deputado, só não pode ser presidente da República, por que não posso entrar numa boa com vocês, hem?

— Pois está certo — disse o barbicha de cara de criança.

Thomaz tinha consciência de que Walter estava errado. Pela sua maneira de ser, não se engajava na discussão e não queria censurar Walter. Além do mais, tinha até pena deles, pois dentro de seu íntimo, sem paixão, estava certo de que Ramalho Eanes ia ganhar. Sabia de tanta gente simples, humilde, que tinha votado na AD em outubro, mas preferia para presidente o general Eanes, porque "tinha salvado o país da anarquia".

Procuraram sentar-se por ali, todos juntos. Cada qual pediu o que desejava. Eram doces de festa, pastéis, bolos, a clássica rabanada (fatia dourada), sumos, chocolates, e só uma entre tantos pediu um bagaço. Ninguém mostrou admiração porque era uma menina linda, boa companheira e bem feminina. Mas ela levou pouco depois seu pequenino copo gelado de aguardente branca para tomar junto de Walter e Thomaz.

— Lá fora está gelado.

— Não precisas pedir desculpas, Belita — disse Thomaz. — Todos sabem: gostas de bebidas fortes.

— Nossos amigos são uns maricas. As mamãs recomendam: "Filhinhos, cuidado, não saíam por aí de carro depois de terem bebido". São os reis da Coca e da Pepsi e de todos os sumos que a televisão anuncia.

Thomaz não pôde deixar de dar uma boa risada.

— Então também estarei incluído. Acabo de beber um ótimo chocolate quente.

Ela ficou embaraçada, porque viu que havia desagradado o rapaz.

— Mas não estavas na rua com este vento frio e a comer brisa gelada.

Enquanto ela falava, ele a examinava com curiosidade. Seria possível que, como Walter dizia, ela se abrisse toda ao vê-lo? Bonita era e muito, um rosto mais para o redondo, as faces muito, muito rosadas, uma franjinha que escapava do boné, um incrível ar de bebê, mas a grossa malha de lã deixava ver, por ter desabotoado uns dois botões, um colo de mulher-menina, afogueado e ofegante.

Quando o grupo se desfez, Thomaz convidou para seu carro Belita, que apressadamente o acompanhou e, como os outros quisessem tomar o assento de trás, ela disse com franqueza, batendo a porta que eles tentavam abrir:

— Ora, tenham paciência que já estou farta. Deixem-me respirar!

Bateu a porta, toda voltada com caretas cômicas para seus companheiros, e disse a Thomaz:

— Estou com eles desde as dez horas da manhã. Já são quase cinco. Daqui a pouco é noite, e tenho de voltar para casa. Mas vamos passear, não?

Ainda havia luz para que subissem ao Castelo de São Jorge. Fazendo voltas e mais voltas dentro de um Portugal antigo, mas bem conservado, atravessavam um cenário com seus lampadários do tempo em que havia gás na cidade. Aqui e ali, uma construção de mosaicos e o apregoamento da vida íntima de uma Lisboa que expõe suas roupas lavadas como bandeiras de vida pelas janelas. Conforme iam subindo, às alturas do Castelo de São Jorge, aquele primeiro círculo de vida de Lisboa dos tempos romanos, a cidade por inteiro se mostrava. A menina estava calada, mas a ele se encostava mais do que seria natural em cada curva da subida, roçando-se de propósito. Vinha um cheiro bom de pele jovem transpirada, mas, ao dizer qualquer palavra, um acre sopro do bagaço recendia.

Largaram-se a passear junto às muralhas, quando chegaram ao alto, pelo parapeito daquele castelo antes romano, mouro, depois cristão. Fora começo e fim de uma era longínqua, em volta da qual cresceram as pequenas herdades dominadas pelo Califado. Thomaz tinha interesse pela história de Portugal (começo da nossa — como diria o pai) e ele, o brasileiro, contava à amiguinha como eram essas relações:

— Os mouros vinham sem mulheres para cá. Casavam com cristãs. Elas vestiam os filhos à moda deles, mas ensinavam a sua religião. As mulheres começavam o trabalho de cristianizar este país dentro de suas casas.

Ficaram quietos, os cotovelos fincados na base de arrimo do muro, e a cidade assumiu toda ela uma tonalidade quase rubra, devida aos telhados vermelhos batidos pela última claridade do inverno.

Fazia frio. Thomaz passou o dedo no nariz da menina.

— Tens a cara gelada.

— Vamos entrar ali e tomar qualquer coisa? — perguntou ela já pensando em outro bagaço.

— Não vamos, não. Daqui a pouco escurece, e uma menina bem-comportada deve voltar para casa.

Voluntariosa, ela o deixou para trás. Entrou sem demora no restaurante, chegou-se ao bar.

— Estamos fechados, pois aqui não servimos jantar — disse o *barman*. — Mas se a menina quiser beber, pode-se servir o que desejar.

Impetuosa, tomou um lugar junto da janela e pediu um vinho do Porto seco. Depois, como se se houvesse enganado, pediu dois.

— Para que me faças companhia — disse ela a Thomaz.

O garçom trouxe a bebida que ela sorveu de um trago quase. Thomaz fitou-a com certa tristeza. "Tão bonita, tão desejável", pensava, "mas assim...".

— Desculpa. Estava a ouvir-te tão inteligente. Fiquei humilhada. Tive de acender-me para te acompanhar.

Lá fora, começaram a aparecer as primeiras claridades da noite. Era uma Lisboa pontilhada de luzes amarelas, vermelhas de anúncios coloridos, de uma ponte que se perfilava, luminosa e desenhada por lâmpadas; de igrejas e monumentos ressaltados da obscuridade, impondo-se aos tempos com memórias e ameaças e ainda uma espécie de clamor alegre e turbulento entre bandeiras de partidos já agora iluminadas, num trânsito quase fechado pelo excesso de carros, motos, de gente que saía às ruas.

— Olhe — disse ele a Belita —, vai ser difícil chegarmos à tua casa. Lá embaixo parou tudo.

— Pois são os últimos dias antes das eleições presidenciais. É natural.

E como uma caçadora vulgar:

— Estamos bem aqui, não estamos? Podemos ficar um pouco mais, ora, tu não estás com medo de mim!

*

Ele ficou quieto por uns instantes e depois, a face vincada tanto por seu desconcerto como pela atração, perguntou:

— Onde fica a tua casa?

— Moro em Algés, fica longe.

Ele riu um tanto cínico.

— Por isso mesmo será melhor. Há maneiras de escapar deste trânsito, lá embaixo.

E realmente escaparam. Quando chegaram ao Restelo, bairro de grandes mansões e de embaixadas, ela pediu-lhe que mostrasse a Embaixada do Brasil, pois tinha ouvido falar de famosas festas que ali havia e de um jardim que era "aquele barato", como vocês, brasileiros, dizem.

— Pois estamos bem defronte. Ali está o escudo. São mais de seis horas, e a bandeira já foi descida.

O portão abriu-se, o grande carro apontou. Nele, o vulto de um casal.

— Deve ser maravilhoso este mundo dos diplomatas — disse Belita pensativa.

— A mim aborrece-me — respondeu Thomaz. — Nós conhecemos só o lado de fora da vida deles. Tu já pensaste em seres condenada ao exílio, partir para onde te quiserem mandar?

Enquanto fazia a pergunta, furtivamente reparou na senhora e no senhor, decerto diplomatas ou, quem sabe, os novos embaixadores. "Podiam ser meus pais."

O carro já desaparecia e ela ficou pensando nas festas, nas personalidades ilustres que frequentariam aquela casa e nas bebidas... Meu Deus. A melhor champanha, as melhores ceias à luz das velas... E as danças? O samba brasileiro sob o toldo de verão! Uma amiga trouxe-lhe daquela Embaixada umas empadinhas que derretiam na boca. Vida boa!

— Em meu pensamento é um barato mesmo. Queres comparar esta casa com aquela em que vivemos nós?

Espicaçou-lhe de repente o pensamento uma ideia marota.

— Vais seguir a carreira do teu pai, que já é ministro, não é?

— Se nisso ele fizer muito empenho...

O carro aí já estava chegando a Algés, depois de ter passado vagarosamente pelo Restelo com suas ricas residências com piscinas, quadras de tênis, belos jardins. Pessoas de mais posses ali também moravam, pois se concentrava no bairro do Restelo parte da gente mais rica da cidade.

A casa de Belita ficava perto de um supermercado. Havia mesinhas nas ruas, a rapaziada tomava bica[3] e falava de política.

— Moro aqui. Terceiro à direita.

Apontou ela logo para o seguinte prédio. Com muita humildade, ao cumprimentar e dizer adeus ao rapaz, beijou-lhe suavemente a mão e saiu a correr, sem olhar para trás.

3 Cafezinho.

# 11
# Em certa sociedade sensual ativada pela busca de prazeres

Guida deu um salto, lembrando-se de que o tempo passara e que ela ficara voltada ao passado como se o terremoto fizesse afluir camadas de tão longínquas recordações, num desabar progressivo, dentro dela. Foi quando sentiu baterem à porta do apartamento. Era o operário que vinha consertar a vidraça partida. Havia no alto da janela uma parte que não fora atingida, e, ao olhar para cima, ela teve a impressão de nela ver um velho rosto sorridente, coberto com um véu de viúva, mas o próprio empregado com um toque ligeiro na parte de cima descolou a imagem que poderia ser uma sombra ou o reaparecimento de dona Olimpia.

Guida apanhou o telefone com a mão tremente. Chamou Dionísio para fiscalizar e, dirigindo-se ao quarto de Marcos, procurou a lista telefônica. Mas sua mão tremia. "Eu hoje seria até incapaz de encontrar o endereço de meu pai se ele fosse vivo e morasse em Roma", pensou, depois daquela trágica impressão da face encoberta por um véu negro. Mas, apesar do pessimismo, por fim encontrou vários números da família Rinaldi. Chegou facilmente ao nome daquele cuja herança era disputada no leilão de um hotel de luxo: Luigi Alfredi Rinaldi.

O telefone estava sem comunicação. Chamou a secretária do marido, Bianca, pediu-lhe que ligasse sempre para aquele número, pois ela não conseguia fazer a ligação. Nervosamente, aguardou uns dez minutos. O trabalho do vidraceiro era *molto difficile perchè...* [muito difícil porque...]

— Sim, ela sabia. Agora, ali se haveria de pôr um vidro inquebrável. Como não tinha o que fazer senão esperar, veio para junto observar a colocação da vidraça, e de repente Bianca ao telefone disse com aquela sua voz doce, sedosa, uma voz que fingia propositadamente um tom infantil:

— A ligação está pronta, mas, parece, não há ninguém em casa. A senhora quer falar com o porteiro?

— Sim — disse ela impetuosa. — Eu falo com o porteiro.

Houve um ruído da limpeza do sarro de uma garganta difícil e encharcada com fumo grosso, e o porteiro informou que as duas senhoras haviam partido para Gênova. Dizia ele, com seu roufenho limpar de garganta, a explicar o motivo: as duas entraram em pânico e acharam que estavam *molto vicino a Napoli e così a tanta disgrazia* [muito perto de Nápoles e tanta desgraça].

Guida com dificuldade explicou ao porteiro que tinha com a família *un accordo, capisce...?* [um acordo, entende?]

— *Sì, capisco* [entendo]. — Veio uma tosse ruidosa e depois: — *Niente da fare, signora* [Não há o que fazer, senhora].

Como um raio, passou então pela cabeça de Guida: "mas essa gente deve ter um advogado, alguém que cuide de seus negócios, do inventário! Como não havia pensado nisso?". Xingou-se a si mesma: "*Brutta bestia*", depois bateu de leve na boca e riu sozinha, pois já estava animada por uma nova chispa de esperança.

"Quem deve saber é aquela gorda, a Caterina", e ela com a voz mais doce do mundo telefonou à "amiga" do marido como bem sabia ser, com o maior desembaraço:

— *Cara, caríssima.* Estou certa de que você conhece as relações dos Rinaldi.

— Mas é claro. Quem não conhece a família?

— Eu apenas queria saber o nome do advogado ou do representante dos Rinaldi. Depois conto *perchè...*

A outra riu, um riso de pessoa que espera e antegoza receber um carinho mais especial de quem sabe que, certamente, se pudesse, armaria qualquer vingança.

— *... Quel rappresentante delia famiglia, avvocato Gilberto Macerati...* [O representante da família, advogado Gilberto Macerati...]

*

Enquanto Guida anotava o nome do advogado, um tanto precipitadamente Marcos entrou no quarto:

— O que aconteceu? — perguntou Guida, que o achou pálido.

Ele abriu duas gavetas da mesinha de cabeceira, apanhou um copo de água na jarra de prata que ficava em cima do móvel e engoliu uns comprimidos.

— Tantas notícias a dar. Vou espichar-me um pouco. Não estou me sentindo bem.

Ela viu-lhe o perfil afilado, o canto das narinas ligeiramente mais branco. Com a mão direita ele apertava o ombro.

— Ai, que dor!

— ... É, a Caterina deve dar muito trabalho a você... somando tudo.

Ela observava o marido. Como era diferente dos tempos em que bebia: alegre, fantasioso, cheio de cor. Diziam de sua generosidade. Todos queriam ajudá-lo: "Que pena, este rapaz é um gênio! Precisamos fazer qualquer coisa...". Depois que se tornou sóbrio, a mando do médico, era o que se estava vendo: um homem que se assustava com uma dorzinha à toa, sempre cuidadoso. Mas foi ao banheiro, apanhou um vidro de bálsamo, sentou-se à beira da cama. Guida tirou-lhe uma parte do vestuário, desabotoou-lhe a camisa, levantou a camiseta de lã que ele usava por baixo da roupa e, com muita destreza, fez-lhe rápida massagem. Enquanto a fazia, fosse por efeito do remédio, fosse pela massagem, ele ia recobrando a cor.

— Mais um envolvido nesse escândalo do petróleo. A bola de neve! Desta vez é ministro e já foi retirado do cargo. Mas você não se preocupe, não é nosso amigo.

Abriu os olhos, agradecido.

— Você tem mão de santa, embora não seja tão santinha assim!

— É certo elogio. Agora vou deixar você de lado porque devo telefonar para o *avvocato* — ela riu — dos Rinaldi: Gilberto Macerati.

— Deixe que eu telefono, sua boba... Este homem é um caso chatérrimo da minha vida. Questão de residência no Brasil e outros problemas, sabe? Tem clientes no Brasil, na colônia italiana, e acha que eu posso fazer qualquer coisa por ele.

Sorriu para a mulher, um sorriso fraco de quem descansa de uma pequena dor. O primeiro sorriso depois de sair de um dentista, ela pensou. "Marcos está ficando com mania de doença."

Mas a notícia era boa demais, e ela quis ser generosa.

— Sabe quem foi muito carinhoso hoje?

Ele troçou dela:

— O Arnaldo Giudice?

— Não, meu caro, vamos deixar de brincadeiras. Foi Thomaz e aflitíssimo por nós, pelas notícias que via na televisão sobre o terremoto. Disse-lhe que o momento não era bom para que ele viesse, mas cedo, na Páscoa por exemplo, estaremos reunidos aqui esperando por ele.

— Você disse isso a ele?

— Disse e concordo. Não foi o que eu prometi? E virá para ficar, não é isso?

Ele levou a mão à testa e bateu com os dedos abertos.

— Ah, eu me esqueci de seus tapetes.

— Pois é por esse motivo que você deve mandar chamar esse tal chatérrimo advogado. Peça, por favor. Ele que venha o mais depressa possível e aqui no apartamento. Não na Chancelaria, como ele decerto costuma ir.

— Está feito, querida. Volto para meus telegramas.

Ia saindo, mas lembrou-se.

— Ontem vi uma nota nos jornais do Brasil sobre quem será o próximo embaixador. Lembre-se desde já que o mais provável é que o novo embaixador modifique o seu "ministério".

— Mas não será tão cedo, não?

— Tão cedo não, o Congresso brasileiro está em férias. Lá pela primavera. Mas devemos pensar sobre isso.

*

Era tarde, quando o advogado dos Rinaldi chegou, meio esbaforido, sacudindo-se, espirrando, fazendo toda uma sonoplastia de murmúrios demonstrativos do frio e do cansaço da escada que acabara de subir. Era um homem pequeno, nervoso, de bigodes espetados, duros e curtos. Tinha uns olhinhos de rato, muito brilhantes, e a calva era cuidadosamente tratada. Nela alguns fios cortavam a imponência rósea de sua testa enorme, com a marca sanguínea que o chapéu acabava de deixar.

— Encantadíssimo — disse ele ao beijar a mão de Guida. — Como convenceu seu ilustríssimo marido de *invitarmi* à sua casa?

— *Parlate bene il portoghese* — disse Guida. — Meu marido logo virá e me informou que o senhor é advogado e tem muitas causas, principalmente dentro de companhias italianas no Brasil.

— *Si, signora. È vero.* Mas posso falar português, sim. Simplesmente não há boa vontade para um homem como eu, que está a prestar ajuda nos dissídios entre as nossas grandes companhias causados por leis um tanto penosas.

Marcos vinha chegando.

— Quando posso retornar ao Brasil?

— *Presto, domani!* Mas a habilitação para viver lá é que... é difícil, não sendo impossível. Estou mandando estudar seu caso acima de muitos outros semelhantes. Uma coisa é ir como turista ou a negócios, por pouco tempo. Outra é ter residência legal, permanente ou *soggiorno* [estadia].

— *Grazie tante.*

Guida receou que a conversa descambasse só para questões de entradas e saídas do Brasil e resolveu entrar com firmeza no diálogo.

— Mas aqui hoje o senhor está como advogado da família Rinaldi.

— *Veramente?* — perguntou o advogado, como se levasse um susto.

— Sim, deve lembrar-se de que eu comprei todo o lote de tapetes expostos no Hilton e prontifiquei-me a pagar pelo preço marcado em três meses, mediante assinaturas minhas e de meu marido, o ministro Marcos Antunes. Como devo partir logo para o Brasil, a fim de ultimar negócios para fazer o pagamento mais rápido possível, desejo saber se o senhor tem procuração da família para efetivar o *trato* e entregar-me os tapetes.

Ele ficou uns minutos pensativo.

— *Si, si. Arnaldo mi ha detto. La questione... tappeti... che significam una piccola fortuna* [Sim, sim. Arnaldo me disse. A questão... tapetes... o que significa uma pequena fortuna].

— Não pedi menos do que estava marcado.

— *Si. Il mínimo per cominciare...* [Sim. O mínimo para começar...]

— Dentro dessas "joias" havia muita coisa que não era boa, e o senhor sabe disso. Como também deve saber que os melhores tapetes foram guardados pela família Rinaldi. Se não está de acordo, diga logo que eu não posso perder tempo. Roma está plena de ofertas maravilhosas nesse sentido. Tenho pressa em decorar minha casa, mas conheço bem a qualidade, o desenho, a espessura e a idade dos tapetes, a finura do ponto pelo simples tato. De alguns, até quando lhes ponho em cima os olhos, já sei tudo.

O advogado reparou nos olhos másculos de Guida.

— Então não quer esperar a volta das senhoras de Gênova?

— Mas se não é preciso! Acaso o senhor não dispõe de uma ilimitada procuração? Como eu já sei...

— *È vero.* — Lançou um olhar cúmplice para Marcos, que estava um tanto entediado e apontou para ele. — Mas seu marido anda jogando comigo de gato e rato há muito tempo, *signora*, e eu também sou homem para não perder tempo.

— Alto lá — disse Marcos com certa raiva. — Se isto representa uma troca de favores, então eu me retiro da questão.

— *Bisogna aver pazienza, signor ministro. Non è questa la mia intenzione. Domani vengo con tutti quei tappeti che la signora desidera. E addio.* Adeus, *quero dire, mi sbaglio.* Mas amanhã, *allora, benissimo* [É preciso ter paciência, Senhor Ministro. Não é essa a minha intenção. Amanhã virei com todos aqueles tapetes que a senhora deseja. E adeus. Tchau, quero dizer, me engano. Mas amanhã, então, muito bem] — virou-se para Guida, beijando-lhe a mão —, eu trago os vossos tapetes e os senhores assinam juntos as promissórias.

*

Entre uma atividade qualquer relativa à viagem, conquanto não deixasse entregues a Bianca determinados pormenores, como se o interesse da funcionária pudesse de qualquer forma perturbar seus planos, fazia uma espécie de despedida de Roma. Sem que o marido pensasse, preocupava-se Guida com os novos dias. Vivera em tantos países e não poderia saber seu futuro mais próximo: da América Central — e ela guardava ainda no ouvido as "conversas" dos índios quichés com seus santos, na catedral murmurante — à distante Tailândia, país onde as mulheres parecem sempre meninas, pleno de belezas e esplendores tropicais inesquecíveis. Sabia que o marido discretamente tomava suas "massagens" e banhos de espuma e se tornou uma espécie de mito social. Ela, Guida, usava blusas transparentes que lhe valeram fotografias com frases entusiásticas sobre a beleza da jovem brasileira, numa certa sociedade sensual, ativada pela busca de prazeres dos turistas.

Havia poucos assuntos políticos para tratar, e era naquele tempo que Marcos mais bebia. Quando chovia, então, tornava-se insuportável. Seria pela chuva ou pela morte da avó Olívia? Ela o fizera seu herdeiro universal, mas na tão grande lonjura ele não pudera sequer assistir aos funerais orientados por tia Ziloca, que mandara inclusive, num gesto doentio, a fotografia da morta, coberta de flores, o rosto sumido, minado pela doença antiga que ela tentava esconder.

Tinha ela possibilidades de sair naquela época e o dinheiro limitado dava, entretanto, para umas escassas escapadas em Paris. Os dólares valiam muito mais. Então fazia compras nos *magasins*. Ainda não dispunha de dinheiro suficiente para adquirir modelos exclusivos, mas sempre arranjava maneira de procurar amigos brasileiros influentes e aparecia como figura sensacional em revistas e jornais do Brasil.

12

# Por que caminho chegariam até ali aqueles caríssimos brilhantes, aquelas esmeraldas?

Depois da Tailândia foi o Canadá. Que diferença! As pessoas eram reservadas, as relações mais difíceis, mas havia Montreal, onde se sentia mais à vontade, com suas boates, seus espetáculos. No inverno, ficava bloqueada em casa. Era um monte de neve, depois da brisa quente da Tailândia. Aí Marcos, que viajava frequentemente a *serviço*, como dizia, a Washington, para troca de impressões sobre assuntos do Brasil dos quais estava completamente separado — é o que ele dizia —, recomeçou a beber tão violentamente que certa vez ela o puxou do sofá, para onde fora carregado por um secretário e ali ficara totalmente embriagado. Ela o empurrou com roupas e sapatos para cima da cama, indo dormir em outro quarto.

Teve uma ideia: foi ao Rio de Janeiro, ao velho Itamaraty, e disse que se Marcos continuasse lá iria morrer: "Ele está muito doente!". E assim, depois de algum tempo em que a crise alcoólica durou, veio um longo jogo com médicos ao mesmo tempo autoritários e desinteressados em partidas que Marcos acabou perdendo.

— Deve ser internado — disse o doutor Irving Malcolm. — Tem de parar de beber imediatamente. A vida dele corre perigo.

— O doutor vai dizer-lhe isso?

— *Of course* — respondeu displicentemente o médico. — É melhor avisar porque *maybe* ele tenha medo de morrer.

Durante o tempo em que esteve na clínica foi visitado regularmente pela mulher de um alto funcionário de uma companhia brasileira sediada em Toronto. Guida retirou-se para seu canto, onde pensava: "Estou vivendo uma vida de pinguim". Foi nesta ocasião que perdeu totalmente, mas de uma forma despida de ressentimentos, aquele certo laço de amizade que a prendia ao marido. Tomou o avião para o Brasil e foi direto à fazenda, em Laterra.

Tia Ziloca recebeu-a com aquele carinho de sempre, mas envelhecera muito naqueles últimos anos.

— A fazenda precisa de sangue novo, e eu sei que não posso contar com meu sobrinho. Tome o cavalo e veja tudo que é necessário fazer aqui. Talvez tenham economias e, como isto é de Marcos e de você, acho que vale muito a pena melhorar um pouco o nível dos trabalhadores que estão escapando daqui. Devem organizar novas plantações. Minha filha, esta é uma terra de ouro! Mas eu estou velha e muito cansada e nunca fui fazendeira, como Olívia, a alma disto tudo.

Aquela era a *sua* fazenda, embora fosse filha de antigos administradores, mas era o seu mundo, e Guida em todos os momentos de triunfo e de gozo na vida pensava em voltar a Laterra, animar aquela mansão, dar festas, tirar dali tudo de que precisasse para ficar independente de um marido tão fraco e com quem pouco tinha em comum senão estar em sua companhia em ocasiões sociais, quando a sua vaidade se comprazia em ser cortejada como mulher de diplomata — bela e inteligente, como diziam.

"Ah, mas havia Thomaz. Um dia tudo aquilo pertenceria a ela, apegada à terra muito mais do que o marido, mas havia Thomaz..."

Foi depois desta triste visita a uma fazenda semiabandonada que ela tomou coragem para visitar pessoalmente o ministro das Relações Exteriores, que a conhecia, sabia quem era, tinha até certo fraco por ela — isso Guida sabia por Marcos.

— Nós temos que fazer tudo para não perder este rapaz, que ainda vai dar muito ao Itamaraty. É um valor que não podemos perder, um homem que eu sei ser muito querido na Casa...

Esse ministro, homem de grande bondade, dizia que o Itamaraty tinha os seus orfanatos, mas jamais incluiria Marcos como um *órfão*.

— Sua inteligência é brilhante! Ele tem tido postos maus, mas, agora que já fez esta cura no Canadá e já tem dois anos de posto, esteja certa, minha senhora, que terá um lugar... in-ve-já-vel. Quando voltar para Ottawa, espere com paciência, pois vamos tirar Marcos de lá, ele *merece*.

Era naquela época — nos tempos de suas maiores bebedeiras — em que todos queriam ajudar e o ajudavam mais justamente por suas fraquezas do que por seus méritos. Ele era um afortunado, um eterno protegido. Pois quem não desejaria salvá-lo? Uma figura formidável, fina, de categoria, o grande *papo*? E na verdade Marcos era um bom diplomata!

*

Guida tomou passagem no *Eugenio C*, que deveria partir dentro de uma semana. Alguma coisa lhe dizia que estaria despedindo-se de Roma. O marido não lhe dissera que deveria estar preparada para a chegada do novo embaixador? Resolveu fazer mais uma vez aquilo que tanto a encantava.

Dizia sempre que Roma se desvelava mais linda do Montemario ou do Gianicolo do que do Pincio, aquele belíssimo parque com suas alamedas e sua visão projetada sobre a cidade, ali vista como espírito moderno. Achava lindo subir ao terraço do Hilton no topo do Montemario e receber como numa régia oferta toda a Roma a seus pés. Aquela cidade da cor de ocre, serena. O *barman* trazia para ela ali na *terrazza* um *planter's punch* em enorme copo, pleno de colherinhas de madeira, de batedores e até a mãozinha comprida de madeira que ela colecionava: seria para usar no banho ou para qualquer deleite imprevisível que só os italianos inventam.

Ela se despedia de Roma e, como um homem que despreza uma conquista já vulgarizada, tendo feito o seu bom negócio, já com os tapetes guardados no quarto de hóspedes, mal pensava em Arnaldo Giudice ou se pensava nele incluía-o como um metediço no painel dos *terremotados*, como por lá chamavam as vítimas dos terremotos. Ele que achasse o seu afilhado, que visse o velho tio: "*E addio, caríssimo, me ne vado*" [Adeus, querido, estou indo embora].

Nas suas andanças, mais uma vez fez uma de suas mais agradáveis visitas. Sentia grande curiosidade e atração por joias, embora não possuísse as modernas de muito valor. Quase todas vieram-lhe de dona Olívia. Mas havia na Via Condotti, da Piazza di Spagna à Via del Corso, um tal chamado de riquezas que ela desembolsava uma maquininha de calcular japonesa fazendo contas em dólares, somando as mais caras joias que vira e às quais tinha acesso, porque era *la Signora dell'Ambasciata*.

Por quais caminhos chegariam até ali aqueles caríssimos brilhantes, aquelas esmeraldas do Ceilão, da Colômbia ou quem sabe dos Urais — ela tinha uma única da qual sentia grandes ciúmes — e como ainda hoje se poderiam fazer tão magnificentes broches, colares, com um trabalho que se assemelhava em gosto e grandeza às mais belas joias vistas nos quadros da Renascença? Sim, depois de visitar as lojas, saber preços, ela somava tudo em sua maquininha japonesa e ao almoço dizia a Marcos:

— Hoje tive na mão mais de três milhões em joias, você acredita? Lógico, a minha cabeça não é muito boa para contas, mas a máquina de calcular não falha.

E das mais belas joias, cujo preço não era posto nas vitrinas, ela sabia o valor da boca de gerentes e de pessoas importantes nas joalherias. Quanto valiam!

— Três milhões de dólares! Tudo isso esteve nas minhas mãos como se eu fosse a dona. E sabe que me deu um prazer sensual?

— Ah, vamos deixar de histórias. Todas as mulheres são iguais diante das joias.

— Diante das joias, sim, mas avaliar o que elas podem valer em dinheiro vivo, só *uma*, você percebeu o que eu quero dizer? Estamos caminhando para ficar ricos. Não fique assustado, pois logo depois de chegar a Laterra mandarei o dinheiro.

— Manda mesmo? — perguntou Marcos meio desconfiado. — Eu não quero que o embaixador chegue aqui com esta dívida comentada pelos funcionários, porque você sabe que esta Embaixada não é nenhuma caixa de segredos.

*

Thomaz só tinha duas pessoas com quem gostava de conversar sobre literatura: o padre Américo, o bom jesuíta especialista em literatura brasileira, e uma irmã de Walter. Menina retraída, nostálgica, de quem Walter caçoava dizendo que ela seria um ótimo anúncio de anemia na televisão. Depois fariam nela os tais retoques. Coloriam-lhe as faces, punham-lhe o sol sobre os cabelos, e ela apareceria correndo no campo, estourando de saúde.

— Mas veja como vive. Está praticando para múmia.

Se estava, isso não desagradaria ao pai. Preferia a filha-múmia àquelas meninas doidas que andavam nas motonetas agarradas a seus companheiros, corpos colados — dos seios à barriga se às pernas. Eram capazes de dizer palavrões, fumar e beber como homens.

Chamava-se Jussara, mas a tratavam por Juju. Naquele dia de inverno só Jussara estava em casa. Walter continuava na euforia da propaganda da AD — faltavam três dias para as eleições presidenciais —, este seria o undécimo momento da propaganda, que deveria terminar no dia seguinte, e seu pai fora chamado à Embaixada para um assunto urgente. Conceição, sua irmã, acompanhara a mãe às compras. Thomaz vinha com duas *novidades*: um livro de Florbela Espanca, "tão magnífica quanto nossa Cecília Meireles", e outro de Fernando Pessoa que acabava de sair: O *livro do desassossego.* Ela conhecia bem os autores, mas teve dúvidas quanto a Fernando Pessoa.

— O *livro do desassossego*? Naturalmente que não conheço.

— Só agora é que depois de quinze anos de investigações sobre páginas de Fernando Pessoa, que usava muitos pseudônimos, heterônimos como dizem, foi possível chegar a este resultado. Vê! Dois volumes de versos de um dos maiores poetas de nossa língua. Vais ficar admirada. Fernando Pessoa sempre é tão novo como se tivesse feito ontem um poema seu e aparecesse aqui, olha. Mas era como um de nós, um místico, até fazia horóscopos. Vivia um tanto arredio e, que se sabia, só teve uma namorada, água com açúcar, que produziu aquelas cartas que te dei. Escrevia à namoradinha como se ela fosse uma criança.

— Sim — disse Jussara. — Eu me lembro de uma carta: "Meu bebezinho muito mau". Engraçado. Um poeta com aquela grandeza fazer cartas de amor... quase sem amor.

— Ele a deixou pela carreira...

E Jussara com vivacidade:

— Nunca um homem deixa uma mulher por uma carreira. Se ele fosse um leviano, ainda assim se compreendia, mas não era. O que o impedia de tomar a namorada nos braços, beijá-la, acarinhá-la, noivar e casar? Por que preferiu a solidão?

Seus olhos tristes fitaram com intensidade demorada os olhos de Thomaz.

— Foram cartas de amor sem amor, isso sim.

Havia nesta maneira de falar um recado misterioso que ele poderia talvez decifrar. Jussara desejaria mais do que uma amizade intelectual. Mas ele também devia ser livre. Tinha problemas tão complicados! Ora achava-se rejeitado, ora pensava que eram as condições em que viviam seus pais que impediam o estreitamento da família. Jussara depois da conversa ficou um tanto embaraçada. Falou sobre Florbela Espanca que fora uma incompreendida. Tão linda e tão perseguida pela crítica de seu tempo por ser talvez considerada uma feminista, com o direito de devassar seus sentimentos.

— Em 1919, sabia?, que em seu *Livro de mágoas* fez poemas completamente diversos dos da literatura portuguesa? Era a emancipação literária da mulher.

— Sim — disse Thomaz um tanto perturbado em sua poltrona como que nela se refugiando, enfiando-se em seu âmago, para dizer. — Era feminista, sim, pois tinha um erotismo muito ousado para seu tempo. Por isso foi combatida. Trago-te *Charneca em flor*, editado depois de sua morte. Já leste?

— Não — disse Jussara. Mas todas aquelas evocações de uma poetisa dotada de forte erotismo em seus versos como que abafavam a conversa.

— Vamos ver televisão que está na hora do telejornal e o pessoal ainda não chegou.

Ela ligou o aparelho, e o locutor, uma face inteiramente desconhecida para eles, surgiu como um fantasma, antes que se anunciasse o próprio jornal:

— Num trágico desastre de aviação perderam a vida o primeiro-ministro Francisco Sá Carneiro e o ministro da Defesa Adelino Amaro da Costa. No avião que decolara do Aeroporto da Portela, um minuto antes de se despenhar sobre habitações do Bairro das Fontainhas, em Camarate, seguiam também Snu Abecassis, mulher de Sá Carneiro, a Senhora de Amaro da Costa, o doutor Patrício Gouveia e os dois pilotos. Todos pereceram no desastre.

— Não posso acreditar — disse a menina tremendo. — Este não é nem o locutor, nem é o telejornal. Parece um trote dos inimigos de Sá Carneiro. Hoje é o penúltimo dia da propaganda eleitoral.

— Não — respondeu ele. — Ninguém faria isso.

E, de repente, ele que sempre se mantivera apolítico em Portugal, cobriu os olhos com as mãos para esconder as lágrimas. Pensou em Walter, em sua desolação. Nos milhares e milhares de jovens que acreditavam em Sá Carneiro, naquele carisma talvez jamais conhecido. De repente, viram-se abraçados como se se tratasse de um amigo perdido para ambos, pois Sá Carneiro entrava na vida de todos que habitassem em Portugal. Pouco depois vieram os detalhes tristíssimos. O avião, do tipo táxi-aéreo, a cinquenta metros de altura apenas, despenhara-se sobre uma casa, logo à saída do aeroporto em direção ao norte. Já o presidente Ramalho Eanes cancelara seu último comício no Rossio, às vésperas de encerrar-se a campanha eleitoral, e imediatamente se dirigia ao lugar da tragédia. Quando Thomaz deixou a companhia de Jussara, os pais já vinham chegando.

— Estão dizendo... — comentou a mãe.

— É verdade — disse Jussara.

E ele escapuliu como se quisesse buscar em seu quarto um refúgio. Iria acontecer um mar de desespero nacional. Lembrou-se da História, a História de Portugal! Pensou na esperança da volta de dom Sebastião, que ninguém vira morrer em Alcácer-Quibir. Mas este bem-amado, quem não o vira pela televisão, o corpo calcinado, naquela mistura terrível de destroços e de mortos?

Foi para o quarto. Já era tarde. Lembrou-se de telefonar ao pai. Deixou para o dia seguinte. Depois iria ao Mosteiro dos Jerônimos. A multidão cobria de flores os restos de seu bem-amado.

*

Eram dias de muito trabalho para Marcos. Vários escândalos haviam perturbado o país, e, olhando para trás, jornalistas afirmaram que o próprio governo perdera credibilidade. Até as apostas clandestinas no futebol sacudiram o mundo do esporte. Na primavera, quando se veio a saber que diversas partidas haviam sido viciadas para que determinados italianos não tivessem ganhos tão altos no *totocalcio*,* sobreveio uma grande frustração na opinião pública.

Desde outubro que outro acontecimento escandaloso — o do petróleo, uma tremenda fraude realizada em desfavor do Estado — tivera grande ressonância. Milhões de dólares "fugiram" sem que se pudesse saber como. Um alto oficial

* Loteria esportiva italiana. [N. E.]

da Guarda das Finanças, já afastado de seu cargo, revelou o motivo pelo qual um grande jornalista fora morto em 1978. Ele tinha em seu poder um dossiê com informações comprometedoras para a alta cúpula daquela instituição. O escândalo afetou o ex-comandante da Guarda e seu chefe de Estado-Maior, que acabou foragido no Brasil. Tudo começou quando a política, por meio da sua influência, penetrou nos altos-comandos de uma corporação que deveria ser estritamente profissional e militar, repartindo e usufruindo benefícios. Uma vaga sensação de insegurança dominou moralmente o país, provocando aquele estado de infortúnio em eleitores que vez por outra citavam Mussolini: "Não é difícil governar a Itália, mas a verdade é que não adianta".

E, por fim, houve outro e mais outros, como o da ineficácia durante o terremoto. Havia, no entanto, nos milhares de pessoas que acudiram às pobres vítimas do sismo, por intermédio de um diário romano, uma tal desconfiança nos políticos que em carta, os que enviavam dinheiro, pediam que ele só fosse entregue ao presidente Pertini. Neste claro sinal de desconfiança, o triste é que as organizações de caridade que acorreram ao sul da Itália para ajudar seus desvalidos habitantes também não queriam mais entregar às autoridades locais os cobertores, os medicamentos e os alimentos. Receavam que desaparecessem e nunca chegassem a seu destino, pois a televisão, seguidamente, mostrava casos de desvio de dinheiro, agasalhos e alimentos.

Marcos era um encarregado de negócios extremamente equilibrado e sabia muito bem distinguir o que era assunto exclusivo dos italianos daquilo que interessava às nossas relações. Era curto, terso, objetivo em seus despachos. As relações entre a Itália e o Brasil eram um grande bem a preservar. Além do mais, era difícil a um brasileiro, digamos mesmo a um estrangeiro, gostar tanto da Itália quanto Marcos. Num desses momentos de calma redação em seu gabinete na Chancelaria, que nem o nervosismo da secretária conseguia perturbar, o telefone direto soou em sua mesa. Ela atendeu, era a voz de Thomaz que parecia estar chorando:

— Pai — clamou sua atormentada fala, não pode imaginar o que está a acontecer aqui. Parece o fim do mundo! As pessoas a chorar nas ruas... eu estive, sabe, pai?, nos Jerônimos e vi o ataúde de Sá Carneiro todo coberto de flores.

— De quem?

— Do doutor Sá Carneiro, um grande líder da política do centro, em Portugal. Meus amigos vão acompanhar o enterro a pé, e eu acho que vou com eles. Estou tão triste!

— Ora — disse Marcos Antunes. — Modere-se, você até parece um neurótico. É natural que uma tragédia que afeta uma figura de grande projeção nacional contamine o espírito coletivo. Não esqueça sua condição! Você não é português. Em todo o caso, se for ao enterro, não se deixe pisar pela multidão, tenha cuidado, filho.

— Mas eu nunca vi tanta ordem! O povo canta nas ruas: Sá, Sá, Sá o povo vencerá, como se ele ainda estivesse vivo. Eu queria sair daqui quanto antes, meu pai. Quando será possível?

— Logo, meu filho. Eu vou tirar as férias na Páscoa e vamos todos juntos gozar um pouco deste maravilhoso país, agora infelizmente tão abalado por conflitos e terremotos. Mas não gaste demais seu dinheirinho. Espere que lhe darei notícias. E até logo, até logo. Estão me chamando.

# 13

# Seu afilhado é moreno, de olhos negros, e este é louro

Guida continuava fazendo seus adeuses a Roma. Visitou a igreja Santa Maria della Vittoria, na Piazza San Bernardo, onde aparecia aquela Santa Teresa espantosamente esculpida em mármore que nas mãos do artista tinha o dom da leveza nas dobras de seu manto, no doce sorriso do êxtase. *Santa Teresa trespassada pelo amor divino.* Via-se à sua frente um anjinho semelhante a um cupido que lhe mandava a flecha do amor celestial. Mas era um anjo meio maroto, malicioso.

Quantas vezes visitara a imagem? Não sabia. Mas para ela, que conhecera bem a cidade, aquela era uma mensagem inesquecível. Em sua atitude semicaída, pesada sob a força do amor, Santa Teresa d'Ávila era vista ali como uma mulher que se entrega à paixão e é esmagada por ela. Guida saía sempre com uma pergunta: "Por que tanta coisa bela do Vaticano não me assombra e comove, nem a *Pietà* de Michelangelo, e esta Santa Teresa me deixa tão perturbada? Será porque nunca fui alcançada por uma graça vinda do amor divino? Nunca fui possuída pelo amor, o Grande Amor de que falam os Santos?".

Santa Teresa desfrutava desse amor, observado na atitude da Santa a quem Bernini dera uma espécie de exaltação erótica. Guida saía de lá levando um postal de sua Santa Teresa d'Ávila. Dali por diante, ela sabia, só contaria com esta lembrança das visitas que fazia quase sempre à igreja.

Quanto às festas, principalmente as diplomáticas, estavam um tanto prejudicadas desde que ocorrera o trágico terremoto. Roma esfriava-se no inverno pesado e nas suas tristezas.

Dali ela partira para Via di Monserrato, visitar Arnaldo Giudice que já deveria ter voltado de Nápoles. Vagarosamente, ele abriu a porta espiando com cuidado, seu olho redondo, desconfiado, apareceu.

— *Ah, sei tu, cara?*

Descerrou a porta e abriu os braços para Guida. Apertou-a, como se aqueles poucos dias lhe dessem uma saudade impossível de refrear e, às vezes falando em português, outras em italiano, contou que havia *stato* num *villaggio* perto *di Napoli, lo zio* estava acamado *per la tragédia ma* em todo este pesadelo acontecera uma magnífica *scoperta: aveva portato* à casa *il suo figliòccio* [estado em um vilarejo perto de Nápoles, seu tio estava acamado pela tragédia, mas em todo esse pesadelo aconteceu uma descoberta magnífica: havia trazido seu afilhado para casa]. E, antes que Guida o visse, esse menino salvo de um acúmulo de pedras e tijolos que eram as paredes de sua pequena casa em Balvano, descoberto por um grande cão policial austríaco que ajudava como nenhum homem a fazer desentranhar das ruínas vivos e mortos, Arnaldo repetia: "*Miracolo, miracolo della Santa Vergine che ha fatto la grazia della sua protezione*" [Milagre, milagre da Santíssima Virgem que concedeu a graça de sua proteção].

— Meus parabéns — disse Guida sem muito entusiasmo. — Estou fazendo rápidas despedidas. *Perchè me ne vado con l'*Eugenio C *fra una settimana. L'avvocato della famiglia Rinaldi ha fatto il suo lavoro* [Porque vou embora no *Eugenio C* em uma semana. O advogado da família Rinaldi fez seu trabalho].

Arnaldo Giudice ficou um tanto perplexo, depois pediu que Guida subisse para ver como era belo seu *figliòccio.* No próprio quarto de Arnaldo estava agora aquele menino pálido, louro, de olhos bem azuis. Ele, com absoluta indiferença, continuou o seu "trabalho". Retirara metodicamente de uma almofada todas as penas que a faziam fofa e leve. Já havia no chão, a seu lado, uma enorme quantidade de penas, e ele parecia tão divertido que continuava em seu afã, sem se importar com a recém-chegada.

— Mas que lindo e tão educado afilhado você tem! — Bateu-lhe nas mãos, como num castigo de brincadeira, com sua dura e grande mão senhoril. — *Non hai visto che stai rovinando questa bella cosa?* [Não vê que ele está arruinando essa coisa linda?]

De repente, sob os olhares comovidos e atentos do padrinho que não se incomodava com aquela destruição da almofada, ela soltou um pequeno grito batendo na boca.

— Arnaldo, este que *stà qui nella tua casa non è il tuo* caríssimo afilhado! — Voltava a seu português, numa confusão de sentimentos. — Querido amigo, você já me mostrou um retrato dele. Seu afilhado é moreno, de olhos negros, e este é louro como as espigas e tem olhos azuis. Apanhe um retrato e veja se eu não tenho razão.

Nervosamente, sacudido por uma emoção fortíssima, Arnaldo apanhou a carteira em cima de um móvel e lá estava o retrato que havia tirado de seu afilhado. Realmente, ele era moreno de olhos negros. Mas como poderia ter sido entregue a ele e o homem que guardava a casa afirmava com segurança que o encontraram no meio dos escombros? E às vezes uma pessoa clara não sai morena nos retratos, assim como os cabelos aparecem mais escuros?

— *La Camorra* — respondeu Guida. — *La terribile Camorra.*

— *Si. Dio mio! Como non ho pensato a questa "onorata società" come chiamano: ragazzi di Napoli, i guaglioni? Per altro, se vengo a conoscere il capintesta daquela istituzione, eh, va bene tutto se arranja com quel menino. Dopo, però, potrei vir a ser obrigado a qualche servizio per "l'onorata società"* [Sim. Meu Deus! Como não pensei nessa "sociedade honrada", como a chamam: os meninos de Nápoles, os "guaglioni"? Por outro lado, se eu vier a conhecer o chefe da instituição, vai ser bom se tudo der certo com esse menino. Depois, porém, talvez eu seja obrigado a prestar algum serviço para a "sociedade honrada"].

Pensando que o menino não entendia, perguntou Arnaldo em português:

— Então, que devo fazer?

— Meu bom e querido Arnaldo, você terá que entregá-lo a um juiz que o destinará a um orfanato, a um asilo ou mesmo, quem sabe, à sua própria família, se é que ela não morreu.

— *Poverino* — disse Arnaldo. — Nunca vi comer com tanta voracidade. Ele deve ter passado muita fome.

E bateu na testa com força.

— *Sono perduto* [Estou perdido].

— Sim, você deve fazer isso o mais depressa, para não ser envolvido com a Camorra.

Arnaldo Giudice estava tão acabrunhado que não chegou a pedir a Guida que ficasse. Desceu com ela, abraçando-a pela cintura. Foi a um canto de seu depósito onde havia uma famosa mesa medieval. Em cima desta, um grande estojo.

— É teu.

Guida abriu. e nele estava um magnífico broche de diamantes e esmeraldas. Ela teve um impulso, abraçou-o bem colada a seu corpo e sugou-lhe a boca como se fosse ela o amante, com pena daquele homem capaz de ser enganado tão facilmente.

Inesperadamente, voltou-se, depois de ter enfiado nas profundezas de sua bolsa aquele magnífico presente de um homem que não a exigia para uma intimidade maior porque estava completamente perturbado com sua própria e incrível distração. Ele já ia subir a escada quando ela o surpreendeu, puxando-lhe a mão:

— Lembrei-me de uma saída. Se você está tão encantado com o *bambino*, peça ao juiz que lhe dê a tutoria.

— Que disse?

— Você passa a ser o tutor do menino sob mandado do juiz.

— E se meu *figliòccio* aparecer?

— *Va bene*. Você escolherá entre o louro e o moreno.

— *Ah, ma io non posso fare cosi. Una brutta azione* [Ah, mas eu não posso fazer isso. É uma coisa ruim].

— Quem pode afirmar, meu querido? — e ela, tendo-o puxado para si mesma, ao fim da escada com ele sentado no último degrau. — Que seu *figliòccio* desapareceu para não voltar nunca mais? Eu não queria dizer isso, mas, como você está tão contente com o *bambino* que destrói as suas coisas, acho que deve ir ao juiz e pedir-lhe a guarda da criança. Assim, você está protegido contra qualquer manobra da Camorra que poderá vir buscar este pobrezinho para cedê-lo a outra pessoa.

Olhos nos olhos, Guida tomou-lhe a mão — as dele estavam trementes.

— *Che piccolo valore quello che ti offro! Il confronto con le tue parole...* [Que pequeno valor eu te ofereço! Em comparação com suas palavras...] — E de repente as lágrimas lhe saltaram. — *Lei è molto decisa. Ti amo, ti amo. Aspetta il giorno quando sarai tutto il mio tesoro, con dignità i rispetto per tutti* [Ela é muito determinada. Eu te amo, eu te amo. Aguarde o dia em que você será meu tesouro, com dignidade e respeito por todos].

— Teremos que esperar um pouco. Talvez quando Marcos mudar de posto, o que parece não estar muito longe.

Ela beijou os olhos ainda úmidos de pranto reconhecido e saiu ao sol sem ter a mínima piedade daquele homem que tanta fé nela depositava. Como tinha prática de preços, imaginou que dentro de sua bolsa havia uma boa fortuna.

De repente, deu-lhe apetite. Entrou numa *osteria* e pediu uma *pizza alie vongole.* Comeu-a vorazmente. Depois, sem que despertasse alguma atenção, foi ao toalete, lavou a boca com muito cuidado, refez a pintura, apanhou o carro onde o havia deixado na Piazza San Filippo e voltou tranquila até fazê-lo parar junto ao Pasquino.

Era um dia de sol magnífico, apesar do inverno. Ela desfrutava da vida como daquela excelente pizza. Dentro da bolsa guardava a memória de um Arnaldo por quem tão pouco dera, dela própria, mas este mínimo devolvido por uma joia era avaliado como costumava fazer com sua maquininha japonesa, como no caso em que somava o preço das joias. Andou um pouco a pé pela Piazza Navona, com trânsito proibido para automóveis — uma *isola pedonale* —, a Fontana del Moro, a dei Quattro Fiumi, do mundo onde faltava o secreto Amazonas do tempo em que Bernini as esculpiu, a Fontana del Nettuno. Àquela hora, era uma praça desprovida do perigo das maltas de *hippies*. Era a hora do almoço. Marcos já havia subido ao apartamento. Ela simplesmente mostrou-lhe a joia.

— Você não precisa assinar coisa alguma. Comprei sob minha responsabilidade e vou pagar logo que possa.

Marcos, triste mas fraco, não imaginava o pior.

— Sempre que via você mexer na sua maquinha imaginava: um dia ela me aparece aqui com uma joia espalhafatosa. Desculpe, querida, mas achei que você não podia suportar por muito tempo as seduções da Via Condotti.

Riram juntos. O riso dele era desarmado, fraco. O dela, comedido, os olhos baixos, as mãos crispadas sobre a joia como se pelo tato, assim como fazia com sua pequena máquina, bem pudesse avaliar — e com justeza — o seu preço: seis mil dólares? Sim, deveria ser esse.

*

Às dez horas, um nevoeiro vindo do mar largava-se das bordas da água e invadia a cidade. Thomaz descia muito agasalhado, as mãos postas em seu grosso paletó de inverno, a ladeira — calçada, como dizem os portugueses — que o levava à Igreja da Encarnação. Antes de entrar, fitou no alto da porta aquele estranho brasão construído com todos os requintes até seu meio e depois deixado em branco. A filha da terceira mulher de dom Manuel, o Venturoso, a infanta dona Maria, não tivera a ventura de casar, embora fosse bela, culta e seus pretendentes representassem os mais ricos príncipes da época. Desde o Delfim de França, todos lhe mandavam seus embaixadores à procura de uma união com a bela e riquíssima princesa, a mais rica de seu tempo. Mas Portugal não deixou que ela partisse com seu ouro, seu dote fabuloso, embora, depois de viúva, sua mãe fosse liberada para regressar à Espanha. Mais tarde, casaria com o grande Francisco I da França e morreria de dor pela falta do convívio com a filha.

Assim, a filha de dom Manuel, o Venturoso, dedicou-se às obras pias, às artes, à proteção dos pintores da época, e uma das suas criações mais belas foi sem dúvida a da Encarnação. Aquela metade em branco em seu escudo, que poderia ter cabido a um seu marido, exibia sua triste condição de virgem guardada pelo dote que possuía.

O nevoeiro parecia crescer, e havia vozes lúgubres vindas dos apelos dolorosos de barcos que atravessavam o Tejo. Ainda estava lá, depois de um ano, um pequeno navio inglês chamado *Tollan* que, teimosamente, voltado para cima, guardava em seu bojo pelo menos quatro vidas que não puderam escapar no momento do choque com outro barco. A voz repetida e tristonha vinda do Tejo como que perseguia o jovem, lembrava-lhe a tragédia acontecida em tempo igual.

Ele parou à porta da igreja. Viu ainda vivo o canteirinho cercado de arame que as velhinhas do abrigo deviam tratar e pensou nas plantas cuidadas por mãos rugosas, como numa última oferta de um amor desempregado. Ah, era verdade, os colegas o chamavam de "filósofo" ou então de "burro". Francamente, para ele tudo aquilo era a mesma coisa.

Por que escolhera a Encarnação quando tantas e maiores igrejas existiam em Lisboa? Mais uma vez ele iria ali comungar com as velhinhas comendadeiras da Ordem de Avis. Durante a missa, ficou obcecado de súbito por uma ideia: ao levantar a cabeça para o altar, observava uma celeste ave de prata. Representava o Espírito Santo. Era ele o Divino Mistério da Encarnação, mas as ideias atropelavam-se na cabeça de Thomaz. Por que jamais um artista fizera o Menino Jesus no íntimo de sua mãe, numa transparência na qual, através do sagrado ventre de Maria, se pudesse ver o esboço mesmo da Encarnação?

Séculos e séculos desfilaram. O tema da Anunciação, que frequentemente envolvia o da Encarnação, pela figura da pombinha, fora objeto de grandiosos quadros que ele observava detidamente na sua coleção de livros de arte, mandada pelo pai. Mas o Menino Jesus como planta, como o esboço do Menino Deus que iria nascer e vir a ser depositado numa manjedoura, por que não o faziam aparecer na sua mais divina forma, no ventre mesmo da Virgem Maria?

Teve então um susto. Exorbitava em sua imaginação. Se através dos anos e dos séculos, de dois mil anos de Cristandade, ninguém se atrevera a isso, como e por que essa ideia lhe podia passar pela cabeça? Não. Ele não poderia comungar sem ter a certeza de não ter cometido um pensamento ímpio. No próximo domingo, pediria antes a confissão ou talvez conversasse face a face com o seu caro professor, o jesuíta padre Américo.

As velhinhas já iam tomando seus lugares na fila da comunhão. Só elas. Nenhum parente, nenhuma jovem. Somente as recolhidas da Ordem de Avis. Então, como se voltasse mais e mais para o fundo da igreja, perto da grade da clausura, viu uma cabecinha coberta por uma mantilha branca, talvez entremostrando um belo rosto virginal. Ao ver-se observada, a jovem subiu um pouco o véu que lhe cobria o rosto. Era Belita que ali vinha a seu encalço, sabendo, através de Walter, que ali estaria todos os domingos às dez horas.

"Oh, meu Deus" — pensou Thomaz. — "E ainda com este véu virginal. Hoje nem mesmo aqui estou bem recolhido."

Esperou o fim da missa contudo e saiu quase a correr da igreja, mas Belita, desembaraçando-se do véu, agarrou-o pelo ombro.

— Como Walter disse que você é um papa-hóstia, pensei que comungasse todos os domingos.

— Que fazes aqui? Belita, mais respeito. Tenho muita devoção por este lugar.

— Será pecado levar-me à casa?

— Claro que não. Posso levar-te — disse, mas com infinito aborrecimento.

Durante algum tempo, lentamente, enquanto o sol vencia o nevoeiro, foram descendo a Calçada de Santana, foram atravessando ruas, praças, e Thomaz, sem poder afastar de si mesmo um sentimento de desassossego, podia verificar que ela se aproximava sempre mais e mais de seu corpo. De repente, Belita soltou uma frase irrecuperável entre eles:

— Já leste o *Kama Sutra*? A gente tem muito que aprender com aquele livro. Afinal, tu és estudante de literatura...

— Cala-te — disse ele. — Estamos a chegar.

— É uma pena não conheceres o apartamento de meu amigo.

— É evidente que ele é mais do que teu amigo, não é?

— Mas é claro. Ele é tão gentil. Como poderia corresponder à gentileza de um amigo que me cede, quando eu quiser, seu apartamento sem cobrar nada? É só o que posso fazer por ele: ser gentil e até por vezes carinhosa, porque ele merece, sabes?

— Pois vai a teu amigo e diz-lhe todas as gentilezas que ele merece de ti. Assim como procura praticar com teu generosíssimo amigo todas as lições do *Kama Sutra*: sabes de uma coisa? Deixa-me em paz. Adeus. A porta da tua casa está ali.

*

Logo que chegou à casa, na rua Luciano Cordeiro, Thomaz viu-se cercado pelo casal que era dono do apartamento e também por um filho seu, pela empregada, e todos lhe davam o mesmo recado: "Telefonaram de Roma. Telefonaram de Roma".

— Telefonaram de Roma há três horas — disse o senhor gordo, sempre risonho e atencioso com Thomaz. — De seu seu pai, o ministro. — Ele gostava de dizer a seus amigos que tinha em casa um hóspede, mas que só o aceitara porque era um rapaz muito fino, de bons hábitos, e além do mais filho de um ministro. "De um ministro?" — perguntavam sempre achando estranho. "Sim, um ministro da carreira diplomática."

Havia sempre certa confusão quando diziam que um filho de ministro morava lá e ninguém sabia do pai. A dona da casa, por exemplo, já fora inquirida sobre o motivo por que escondia em sua casa o filho de um político tão importante em Portugal. Um filho de ministro! E lá vinha a explicação. A bondosa senhora gostava de desfazer essas perplexidades e indagações que às vezes surgiam de maneira a entrar num assunto, como por exemplo o das eleições e inesperadamente. "Bem o sabes. Não tens em casa um filho de ministro? E o rapaz também era perguntado: — Afinal teu pai é ministro protestante ou é um novo ministro, desses que estão sendo chamados depois das eleições?"

Aquela aura de importância se refletia sobre a família, embora fosse um desses equívocos curiosos, e o proprietário do apartamento, ele próprio, gostava de chamar para que viesse tomar um bom copo de vinho verde com a família, esse filho de um ministro brasileiro que habitava, um grande palácio em Roma.

Sabendo que o pai o havia procurado tantas vezes, Thomaz entrou numa grande agitação. "Que estaria acontecendo?" As ligações para Roma estavam difíceis, praticamente impossíveis de serem feitas naquele momento. Mais outros tremores abalavam a já sofrida Itália em seu sul. Havia não só interesses da imprensa para comunicar-se com Roma, ou talvez uma deficiência nas próprias ligações, porque, depois de chamar a Companhia Marconi nem sei quantas vezes, não conseguira ser atendido.

Fora para o quarto. Sentara-se a seu sofá. Apanhara um livro que havia feito tanto rumor, mas que para ele significava a obrigação de estar em dia com Eça de Queiroz. Era o escritor português mais lido no Brasil e logo deveriam perguntar-lhe por essa "tragédia", publicada cem anos depois de ter sido criada. Sabia que era uma história de incesto e já lhe haviam dito que para conhecer Eça seria necessário ler *A tragédia da rua das Flores*. Assim, ele compreenderia melhor aquele espírito negativista do grande autor de *Os Maias* que se ligara ao grupo "Os vencidos da vida", com toda a enorme projeção que já tinha antes de morrer.

Ele tinha sido, esse homem que chegou à glória mais definitiva, registrado no batismo como filho de "mãe incógnita", embora o pai, José Maria, lhe desse o nome, e o incesto que aparecia em *A tragédia da rua das Flores* e a morte da mãe ao final do livro eram — era seu padre e amigo quem o afirmara — nada mais que o culto distante de um amor natural que o autor deveria ter por sua mãe e o ódio à ofensa de ter sido registrado como filho de mãe desconhecida que o ferretearam para sempre.

Depois, Eça de Queiroz amenizara este entrecho em *Os Maias*, aí fazendo aparecer o incesto entre dois irmãos, mas também causado pelo mesmo motivo *d'A tragédia da rua das Flores*. Uma jovem mulher que abandona seu lar, vai para longe e cuja filha se torna uma desconhecida para a família, anos depois.

Mais uma vez tentou chamar a Companhia Marconi: 329011. Nada! Sempre ocupado, e ele voltava às páginas do livro, enquanto suas ideias escapavam dele próprio e batiam-se contra o que estava lendo.

Havia na Universidade dois tipos de influência: uma, a de seu mestre e sacerdote, e outra, a de um professor também de literatura românica que várias vezes saía de suas críticas a propósito dos textos e de seus ensinamentos para dizer que em matéria de sexo "somos ainda aqui uns analfabetos". Quando ele dizia isso, os jovens, muitos dos quais experimentados como Belita, riam francamente e o professor achava que sua frase fora brilhante, maliciosa, por isso despertara aqueles risos.

"Analfabetos em sexo." Por que não usar as experiências que Belita oferecia? Por ser católico. Mas não se dizia que a Igreja agora estava dando uma grande abertura, tendo menos severidade com as relações entre os jovens? Que o sexo era tão natural quanto respirar e dormir?

Levantou-se do sofá. Agora tinha diante dos olhos através da janela a visão da tarde descaída no centro de Lisboa. Era o vento do inverno. As pessoas passavam rápidas, descendo ou subindo a rua com seus pesados agasalhos. As visões se multiplicavam, doíam naquela sua sensibilidade tão fechada, tão escondida dos outros. Quase sentia o fustigar do vento, enregelando a nuca, entrando pelos ouvidos, empurrando, bramindo e castigando.

Voltava-lhe à mente a ideia do Menino Jesus, ainda uma forma em promessa, no seio da Virgem Maria. Por que jamais o haviam pintado assim, na mais bela de todas as ligações entre o Menino Deus e sua Virgem Mãe? E por que motivo isso o afetava, o perseguia? Por que importar-se com os homens e as mulheres que passavam como espantalhos, atropelando-se uns aos outros, empurrados pelo vento?

*

No terraço do Hilton, Guida conversava com Arnaldo Giudice e, enquanto ele tomava uma *sambuca romana*, sorvia o seu suntuoso e complicado *planter's punch*. Ele fazia caretas, tomando a sua segunda ou terceira *sambuca*, o grãozinho de café não lhe servia apenas para dar um ligeiro gosto, mas ele o mastigava concentradamente, ao final do pequeno copo.

Contava a Guida uma história que a faria chorar se ela fosse mulher de choros. Pusera o pequeno em confissão. Afinal, quem era sua família? Onde estavam os seus parentes? Ele explicou-lhe com certa reserva:

— *Solo io di tutta la famiglia sono stato trovato* [De toda a família, fui o único encontrado].

— E os outros? — perguntou Arnaldo.

O menino baixara a cabeça. Não respondera. Arnaldo insistia, e a criança disse que os *fratelli* estavam fazendo as lições e ele escapara porque ouvira miar o gato que andava a *fare l'amore e gridava tanto che lo scacciavano* [fazer amor e gritava tanto que o expulsaram] com pedras e voltava sempre muito ferido para casa.

— *Mas* — disse Arnaldo — *o bambino non ha mai più ritrovato il gatto* [a criança nunca mais encontrou o gato].

Seus olhos ficaram úmidos e fingiu que estava com começo de resfriado, assoando-se.

— Ele foi atirado para longe, ficou desacordado. Sentia como se estivessem fazendo com ele um jogo *brutto* e, quando abriu os olhos, a sua casa, já não a tinha visto. Esta é toda a sua história. Um *ragazzino* salvo por um gato que *fa l'amore ma che* também foi *sparito nella confusione* [desapareceu na confusão].

Guida mirou o amigo com a superioridade de uma mulher que não tem reservas em sua maneira de agir.

— Disse-lhe que levasse o *bambino* ao juiz, contasse a mesma história, a história verdadeira: que o havia encontrado quando procurava um seu afilhado. E vamos saber se o menino tem parentes responsáveis e se você pode guardá-lo até que *l'investigazione* esteja *finita*.

Houve uma transição. Até mesmo sob o aquecimento de que estava munido o terraço do qual Roma se oferecia mais bela, mais límpida do que nunca, principiou a fazer frio, e Guida, com a naturalidade com que um homem convida uma mulher:

— Por que não vamos a seu quarto, *caro*? Não acha que estaremos muito melhor? Estaremos *meglio di qui* [melhor que aqui].

Uma aura brotou naquele rosto vincado de preocupações que era o de Arnaldo. Via-a como um dom celeste, um dom imerecido na oferta de sua beleza, de seu amor naquele dia tão pleno de preocupações, porque agora que tinha um garoto em casa não desejava mandá-lo para um reformatório nem perdê-lo para um problemático parente do menino. Ele era um homem solitário, e uma criança, ali no meio das coisas velhas, parecia um verdadeiro milagre.

Tomaram o elevador. Desceram alguns andares sob as banais atenções do cabineiro que não tinha nenhum interesse em saber se aquela bela *signora* ali vinha por amor ou pelas compras que ainda estavam em exposição.

Passaram ao apartamento batido de sol àquela hora. As cortinas estavam corridas. Humildemente, Arnaldo depois de dar duas voltas à chave baixou-se, beijou os pés de Guida.

— Por ter vindo *in questa* hora amarga.

Ela disse que ia tomar um banho.

— *Un buon bagno caldo* [Um bom banho quente].

E antes que se despisse no banheiro, sem a ver, sem sair do seu quarto, ele que a sabia de cor imaginou-a de olhos fechados na banheira cheia de espuma perfumada, os pequenos seios aprumados acima da espuma e os grandes olhos duros cerrados por alguns instantes, na sensualidade daquele mergulho no banho tépido.

## 14
# Porque você vem cá e ficará morando conosco

Marcos, que havia tentado falar com o filho umas três ou quatro vezes, estava a receber cumprimentos dos amigos da Chancelaria. Houve mesmo quem se lembrasse de improvisar um almoço de confraternização, e o conselheiro Fagundes levantava os braços para o ar e dizia:

— Mas justamente um "cardeal"! Vamos ter aqui um antigo, experimentado, magnífico embaixador, e este homem que podia escolher quem quisesse escolheu quem? O nosso Marcos.

Bianca, que mantinha certa distância, fez um cumprimento meio misterioso e disse:

— Deve ter sido pelo maravilhoso trabalho que fez sobre as perspectivas do alargamento das relações comerciais do Brasil com a Itália nesta década.

— Nada disso — afirmou o conselheiro. — Para começar, o óbvio: a escolha de um colaborador imediato é uma questão de confiança e amizade. Em segundo lugar, porque se há uma pessoa que sabe o que é a Itália é Marcos. E, além do mais, sabe viver bem aqui, relacionar-se muitíssimo bem, e adora isto aqui. Vamos e venhamos: não há um diplomata brasileiro que entenda mais da Itália do que ele! Um país que tem problemas políticos e sociais graves, que tem terremotos, violência, assassinatos políticos e continua a produzir fantasticamente, com todas as greves e confusões. É um país contraditório. O Norte garantindo e enriquecendo toda a Itália. Um país que exporta tecnologia e ajuda a montar uma enorme fábrica de automóveis até na Rússia! Um país maravilhoso com uma enorme colônia de italianos em nossa terra, mas que, como toda a Europa, é voltado para si mesmo e pensa que nós somos como qualquer republiqueta. Enfim, um país extremamente católico...

Marcos interveio:

— Revivificado em sua fé por esse papa João Paulo II que é o homem de maior carisma de nosso século, mas com uma quantidade alarmante de prostitutas em ação pela capital de São Pedro. Contudo, o mais belo país do mundo.

Marcos não conseguia disfarçar a sua alegria.

— Lembrem-se de que *ele* me convidou pelo telefone! Teve uma grande conversa comigo. Perguntou sobre vocês, e eu lhe disse que o conjunto de funcionários não poderia ser melhor. Vocês, além do mais, foram muito generosos comigo, e isso me ajudou a ousar, a dizer o que pensava dos reflexos desta política interna italiana tão incomum, quando o Partido Comunista diverge da Rússia e seu chefe, Berlinguer, é um nobre com o nome registrado na melhor nobreza da Itália e, mais extraordinário, acha que o país deve continuar a pertencer à Organização do Tratado do Atlântico Norte, não deixá-la, pois é a garantia de sua integridade. Disse-o àquela jornalista Oriana Fallaci.

— Não é motivo então para festas, este convite que o senhor mesmo não esperava? — perguntou-lhe o jovem secretário, apelidado de Silvinho, que emocionado também tomava parte na conversa e corava como uma moça.

— Sim, é motivo para festas, mas eu mesmo pedi ao embaixador Jardim que me concedesse uns dias de férias para estar aqui no momento em que ele chegasse. Afinal, eu também posso ser substituído — disse Marcos ao conselheiro —, e muito bem, por uns dias. O garoto se está tornando um rapaz, e já que tenho a certeza de que vamos continuar aqui ele virá morar conosco. E agora, até a hora do almoço. Cada um a tratar do que estava tratando, como eu que vou fazer mais notas para este papel que se tomou *novela*.

O conselheiro bateu-lhe no ombro:

— Vamos logo todos juntos para o Tre Scaline. Eu hoje gostaria de amarrar um pilequinho. Que mais podemos querer?

— O acesso. O acesso "furioso" em que você está e em breve com a vinda do embaixador, o "cardeal", você estará promovido, na certa. Seremos dois ministros como sempre foi praxe nesta Embaixada...

Ouviram-se cantos de sinos. Dentro deles batiam também alegres badaladas de esperança, de novas perspectivas, da projeção que iria tomar a Embaixada com a vinda do admirável embaixador Jardim, uma das raríssimas pessoas da qual no Ministério ninguém ousava sequer contar pelo menos uma anedota maliciosa. Um padrão de conduta e de categoria profissional.

*

Guida voltou irritada e foi procurando saber logo onde se havia metido essa gente toda. Nunca sentira por Arnaldo Giudice a menor atração física, mas sua vulnerabilidade a fazia estreitar cada vez mais uma relação que lhe deveria ser profundamente generosa e até certo ponto aceitável em sua conduta, porquanto Arnaldo sempre falava em matrimônio, para quando pudesse.

Ele acreditava que um dia a sua "Guida dele seria para sempre com honra e pretenderia dar-lhe tudo o que quisesse e ele pudesse dar". Era um amor de outono, o último, e talvez o único amor de um homem que passara a vida colecionando, vendendo objetos de arte, sabendo distinguir, sem apelar para outros especialistas, o melhor, o menos bom e o verdadeiro do falso.

Tomara lições. Fizera cursos especializados na Universidade do Vaticano, a Pro Deo, e sem dúvida era dos homens mais prestigiados em seu ramo. Era perseguido até por diretores de filmes para opinar sobre este ou aquele vestuário, esta ou aquela mobília. Entre suas glórias figurava a de ter sido o consultor preferido do filme *O Leopardo*, de Visconti.

Assim, achava-se na condição de oferecer a Guida uma vida também elegante e, se ela quisesse, até suntuosa, pelo que dispunha em seu enorme depósito de solteirão, do qual poderia extrair, da noite para o dia, para a sua escolhida, o mais belo quadro, os melhores cristais, a prata mais preciosa. Nunca havia conhecido uma mulher assim, capaz de agir sobre ele de forma completa, avassaladora, irredutível, e no entanto Guida não simulava ardências nem extravagâncias para atiçar-lhe os lampejos de sua condição de homem já distante da juventude.

Estava dentro de Guida, porém, a interrogação do que iria fazer daquele pobre Arnaldo, que a elevava como uma deusa, no dia em que já não precisasse de sua dedicação. Bem, havia muitos meios: a fazenda, por exemplo. Mas esta ideia do terreno em falso em que pisava e do amor crescente de Arnaldo Giudice a deixava nervosa e impaciente.

A única voz a acudi-la foi a de Dionísio, que chegou como vinha sempre: assustado. Só que desta vez o susto era *bom*, porque ria e esfregava as mãos:

— A madama já sabe, não?

— Sabe o quê? Estou chegando da rua e você me pergunta se a madama já sabe?

O empregado sorria e salivava ao mesmo tempo, enxugando os grossos lábios no lenço. Uns instantes:

— Nós vamos ficar em Roma.

— Ora essa, e você que tem tanto medo de dona Olimpia está tão contente assim por quê?

— Porque o Senhor Ministro foi pedido pelo embaixador Jardim para continuar aqui, e madama sabe que o embaixador Jardim é o máximo no Brasil, não sabe? Até já tem gente que chama o embaixador de "cardeal".

A esta altura, Guida não pôde deixar de dar uma quente risada e espichou-se no sofá. Depois do banho de espuma e das carícias que recebera, estava bastante lânguida, e aquilo a chicoteara como uma nova emoção.

— Ah, então Marcos deve estar felicíssimo!

— A senhora não imagina. Quando ele soube e contou para o pessoal lá do escritório foi uma festa, e até agora estão aí em frente no Tre Scaline, comemorando. E não é para comemorar?

— É verdade. Merece uma comemoração, mas eu vou esperar o escolhido do "cardeal" aqui mesmo. Vocês me arranjem qualquer coisa para comer. Devo arrumar as malas, pois já está na hora de tratar disso, e você vem-me ajudar. Olhe, traga aquela mala bem grande e forte, onde trouxemos quadros e objetos, e mais as duas comuns que eu uso para viajar. Aquelas, as de couro marrom.

Quando Marcos chegou para dar a notícia a Guida, ela já havia colocado na grande mala, muito bem guardados no fundo, os tapetes. Recobrira-os com um cobertor e, em seguida, começara a pôr os roupões, por fim as camisolas. As duas malas ficavam para os vestidos, os trajes esportivos, depois toda a *lingerie*. Escolhera alguns trajes que ela gostava de usar no verão, em casa. Eram túnicas leves, longas, sempre de tom muito claro, bem soltas e transparentes. Depois, cuidou de um vestido mais formal para a festa que daria logo que chegasse a Laterra. Quando já estava terminando de arrumar a mala, ajudada por Dionísio, Marcos abriu a porta:

— Mas você já está para viajar? Você sabe o que nos aconteceu de bom?

— Sim — respondeu e, como estava baixando o corpo para colocar num canto de uma das malas as botas de montar, levou um breve tempo para soltar-se de seu pequeno trabalho e dar seu abraço ao marido. — Já soube e estou muito contente! Até já posso ver você como embaixador. E não vai demorar, não, porque, vindo para cá o "cardeal", que ministro resistirá a seu apelo, tendo você cumprido tão bem a sua encarregatura? — Falava como se estivesse lendo num jornal as suas próprias palavras. Agora, já estava fria por dentro: — Só não adio a viagem porque tenho que cumprir os compromissos que você também assinou, lembre-se.

— Mas, querida — disse Marcos subitamente pálido. Às vezes o seu tom rosado modificava-se e ele empalidecia, mas passava logo. Guida observou-o, calma mas profundamente.

— Você empalideceu tanto! — Preferia adotar um tom brincalhão: — Lembra-me até um romance antigo, nem sei mais de quem, em que se lia: "Fugiu-lhe o sangue das faces".

— Mas, querida, eu pedi ao embaixador umas férias e queria juntar a família, fazer passeios pela Itália. É uma decepção — mudou de tom —, embora reconheça que você não tem outra saída.

— Mas você pode ir com Thomaz. E eu não demoro. Logo que resolva o nosso assunto, estarei de volta.

*

À noite houve uma pequena reunião de amigos. Inesperadamente, foram aparecendo Caterina Bertini, em seguida o príncipe Astaldi e, confuso e obstinado na sua estranha e recolhida atitude, lá surgiu Arnaldo Giudice. Era dia de folga dos empregados, e Guida e Marcos serviram em sua própria sala os bons vinhos e os queijos de despedida. Em seguida veio a champanha.

Já para a madrugada, quando a condessa estava vermelha até no decote, brilhantemente discursando sobre todos os males da Itália, incluindo este "estúpido inverno que está fazendo sofrer ainda mais os *poverini* do terremoto", enfaticamente, como num recado, acrescentou:

— Mas nós estamos vivos — disse ela com um gesto de prima-dona. — E queremos saudar a nossa caríssima Guida. *In quella grande carta del Brasile, questo nome Laterra non l'ho mai visto!* [No grande mapa do Brasil, nunca vi o nome Laterra!]

— Mas é claro — respondeu Guida. — É apenas uma povoação, no estado de São Paulo, perto da fronteira do estado de Minas Gerais e com grandes fazendas. A nossa, que foi a primeira da região, deu o nome ao lugar. Vocês poderiam chamar aqui na Itália de *latifúndios*, se por acaso ignorassem o tamanho do Brasil. Um dia terei bastante dinheiro para levá-los todos à nossa Laterra.

Marcos interveio:

— Pertenceu à minha avó. É uma mansão belíssima. A avó era muito avançada para seu tempo. Construiu boas casas para os colonos, mas Guida tem razão. Vez por outra é necessário aparecer por lá, pois as contas se tornam enormes, os lucros menores e não se pode ter uma confiança tão completa em nossos administradores.

Lentamente, Arnaldo saiu de seu mutismo como se despertasse.

— Quantos dias levará nossa amiga para voltar a Roma?

— Pouco menos de um mês. *Presto, qualche settimane* [Em breve, algumas semanas].

Arnaldo assoou-se. Parecia gripado.

— *È una piccola vila mas esperamos tutti un messaggio, per lo meno una o due parole* [É uma vila pequena, mas todos esperamos uma mensagem, pelo menos uma ou duas palavras].

O telefone tocou. Marcos foi atender. Sua voz alegrou-se repentinamente.

— Dão-me licença. Vou para o quarto falar com meu filho. Sim, Thomaz, sou eu, sou eu, seu pai, está ouvindo?

— Melhor.

— Olhe, estamos fazendo uma pequena despedida a Guida, mas não se impressione porque ela voltará em breve e nós não vamos sair de Roma. Vá fazendo as despedidas aí porque você vem cá e ficará morando conosco. Eu estou dizendo: vem morar aqui, no Palácio Pamphilj. O novo embaixador convidou-me para ficar. É claro que aceitei. Sim, meu filho, estou com planos de começarmos nossa viagem pelo sul da Suíça, que tem melhor clima. Lugano, por exemplo. Lugano, Suíça italiana. Veremos o que fazer. Descansaremos à beira do lago. Depois entraremos por Milão. Que é isso? Você parece que não está entendendo o que lhe digo? É verdade, a família vai ficar reunida! Não tenha dúvidas, meu filho, vai ser como você sempre quis. Tome uns dias para fazer as suas despedidas, e eu tomarei também uma semana ou pouco mais para pôr em ordem trabalhos da Embaixada. Não precisa ficar nervoso! Há tempo para tudo! É um prêmio que Deus me deu ter um filho como você. Não fique comovido demais. Ora, ora, juntar uma família é o que há de mais natural. O que não é nada natural é vivermos separados, mas a *carreira* é a culpada... Quanto a seus estudos, também cuidaremos disto, logo que chegue aqui. Olhe, sua mãe está lhe mandando um beijo. Ela vai à fazenda, mas não demora, como já disse. Está ansiosa por voltar. Sim, meu filho, tudo está bem, embora tenham acontecido coisas muito tristes neste país, mas nós vamos em paz. Olhe, dê um abraço em seu mestre, o jesuíta. Diga-lhe que eu agradeço toda a sua dedicação... estão aqui amigos que você vai conhecer. Um abraço e até muito breve. Eu disse: um abraço... e até muito breve.

*

A viagem por aquelas macias e largas estradas da Itália, de Florença descaindo para Lucca, novamente subindo para La Spezia, e de repente a visão da costa liguriana, bela demais no primeiro impacto para que se lembrassem de filmes antigos na abertura do mar. Guida não sabia por que a visão do mar sempre a angustiava um pouco. Era uma beleza que não apaziguava. Talvez porque fosse nascida e criada na terra, nos fechados horizontes de uma fazenda, mas a seu lado o conselheiro Fagundes parecia feliz, apreciando a suave música que acompanhava o desenrolar do final da viagem, e aprovava, batendo por vezes com a cabeça, a maneira como o motorista dirigia a máquina mais apetecida pela alta burguesia do mundo.

Ao lado, de súbito, começaram a aparecer nomes de vilas e de cidades cujo gosto da pronúncia está na saliva do turismo milionário: Cinque Terre, Monterosso al Mare, Sestri Levante, Rapallo, Santa Margherita, Portofino, San Fruttuoso, Nervi. A estrada agora dominava o mar do alto, e Fagundes lembrou a Guida que aquela parte da chegada fazia-lhe sempre pensar que estava prosseguindo em direção ao Joá. Disse coisas amáveis para animar Guida, que parecia silenciosa e preocupada:

— Eu sou como aquele cronista que diante das praias de Nápoles, indiferente, reclamava: "A gente anda, anda, mas nunca chega a Ipanema".

Ela riu. Uma risada curta e ríspida como se caçoasse do esforço dele para tirá-la do seu ensimesmamento. Ela se preparava para uma batalha que começava ali.

Chegaram a Gênova, chamada a Rainha da Ligúria, como que posta num anfiteatro sobre o mar. A cidade, ao mesmo tempo aristocrática e popular, plena de ruidosos marinheiros e com arcadas nas quais se encaixavam lojas de todas as espécies e o Palácio San Giorgio, *duecentesco*, que dava como um pórtico majestoso para o cais, onde o navio já estava atracado e começavam a subir os passageiros.

Ao longe, pelas colinas, também rodavam carros e a cidade se abria, um tanto baixa e escura, no fundo do golfo. O sol de inverno desvendava o azul muito vibrante e profundo. As casas de Gênova apareciam encolhidas, atrás das colinas e como que crispadas sobre a claridade. No golfo de águas que se uniam ao céu profundo e azul, o *Eugenio C* lá estava. Um barco aprumado, branco, muito confortável de aparência.

Ao chegar à estação, a Ponte Andrea Doria, Guida fazia-se acompanhar do conselheiro Fagundes para dar mais proteção a seu embarque. Ele perguntou-lhe, como havia tempo, se ela queria almoçar num bom restaurante que conhecia por ali, perto do porto. Guida preferiu ficar em sua cabine. Entretanto, reclamou, por achar pequena. Não houve questões com a alfândega. Seu passaporte diplomático estava em ordem e não havia excesso de bagagem, pois no navio podia levar até duzentos quilos.

O bar estava fechado. Só abria depois que o navio saísse. Guida foi logo apresentada pelo conselheiro ao comandante, que chegou pouco depois deles. Era um homem que falava muito bem o português. Havia morado no Rio durante muito tempo, como funcionário da Companhia, e foi logo atendendo a um apelo de Guida:

— Vou transferi-la para uma cabine maior e melhor. À noite jantaremos juntos. Nossa mesa vai ter muita gente agradável, eu acho. Eu lhe prometo que teremos uma boa companhia... e um jantar digno da estimável senhora.

Havia lá embaixo abraços e choros. Uma mulher, vestida de negro, de aspecto pobre, beijava um jovem que devia ser seu filho. Ele a consolava. Guida pensou: "Deve ser um embarcadiço ou um emigrante" e levemente imaginou que "esse deveria ter a idade de Thomaz".

Pouco tempo depois, era a despedida. O sol de inverno perdia a opulência. Mais tarde, a cidade lhe apareceu já um pouco opressa, mais escura. Diziam-se os últimos adeuses. O conselheiro beijara-a em ambas as faces. Cuidara de todo o transporte de suas malas para uma cabine melhor e lhe dissera com muito fervor:

— Até breve, dona Guida. Tudo vai correr bem.

— Adeus — respondeu-lhe Guida. E assim, com uma pequena mas minúscula fala, vinda do fim de sua consciência, disse: — Vê se cuida um pouco de Marcos, hem? Trabalha demais. Está pálido.

— Ele vai voltar novo em folha das férias. Ainda mais com o filho de quem fala tanto! Não se preocupe porque estarei sempre atento.

Quando ele desceu as escadas, teve um pensamento meio malicioso:

— Ora quem diria! Dona Guida fazendo-se preocupada com o ministro. Por essa eu não esperava.

15

# Sentia mais quente o lado de Jussara

As despedidas de Thomaz, embora ele sempre fosse discreto, tornaram-se ruidosas porque Walter armou logo uma quantidade de colegas que começaram por fazer-lhe, mal havia começado a noite, uma espécie de serenata com a velha canção que ele ensinara:

> "Como poderei viver,
> como poderei viver,
> Sem a tua, sem a tua,
> sem a tua companhia!"

E ele estava tão feliz, depois do telefonema do pai, que abriu a janela e continuou a cantoria:

> "Os pastores desta aldeia
> Já me fazem zombaria..."

Furiosamente, responderam lá embaixo:

> "Como poderei viver,
> como poderei viver,
> Sem a tua, sem a tua,
> sem a tua companhia!"

Thomaz enrolou-se numa capa, desceu, entrou no carro. Os outros tomaram suas motos e seus automóveis e foram ao Hotel Roma, onde já havia uma grande quantidade de jovens bulhentos e de meninas de jeans que ou tomavam café com eles, ou entravam no uísque, ou no bagaço para se aquecerem e então passavam a falar mais alto, mais animadamente. Os amigos de Thomaz tomaram *bicas* e lá um ou outro entrou também no bagaço; que o tempo era frio e caía bem, isso lá era verdade, essa aguardente portuguesa.

Walter fez Thomaz tomar um bagaço. Ele acedeu de bom grado e de repente, sem que soubesse como, principiou a falar de sua viagem. Descreveu Lugano no sul da Suíça, da Suíça italiana, à beira do lago, *onde nunca faz muito frio.* Depois falou nas montanhas nevadas da Suíça. Chegou na sua prosa a Zurique, não mencionada pelo pai, onde tomaria um trenzinho que o levaria ao cimo da montanha para esquiar. Riam às gargalhadas.

— Não vais esquiar, vais quebrar. Se nem dançar, danças! Se não praticas desporto, como podes pensar nisso?

— Bem, se não conseguir esquiar, fico a observar, o que já é alguma coisa. Depois, entraremos por Milão e eu verei o Duomo, andarei por aquelas belas galerias cobertas, e meu pai falará sobre a diplomacia e sobre a política da Itália. Ele é um especialista, sabem? E talvez vá assim a uma boate, mas daquelas de gente fina e rica que há por lá, onde o dinheiro rola. Depois tomaremos o expresso Milão-Roma e aí chegarei ao apartamento de meus pais para, finalmente, conviver com eles. Fica num palácio muito antigo. Dizem que tem um fantasma.

Walter pôs um grande guardanapo em cima da cabeça e fez um lamento que despertou gargalhadas em redor, tentando imitar uma alma penada, baixando-se e levantando-se. Todos riram. Thomaz suspirou:

— Vocês não acreditam em coisa alguma, mas eu tenho até o retrato de dona Olimpia Maidalchini que meu pai me mandou. Foi uma das donas do palácio e tem ciúmes dos que moram lá. Mas o pai assegura que são lendas e que nunca viu nem a sua sombra.

Então, de repente, uma jovem que entrava apressada largou ao ar um riso meio endolorido:

— Deixa-nos aqui em carne e osso por uma mulher fantasma?

Ruidosamente o grupo manifestou-se. Era Belita.

E ali ficaram, tendo conseguido um lugar para Belita bem junto de Thomaz. Ela com as mãos sob o queixo a olhá-lo gulosamente, tão gulosa quanto aquela menina ali que apontava para a mãe uns bombons de chocolate, puxando-lhe a saia, porque não queria sair sem levá-los. Era gordinha e a boca parecia indicar, como um bico de pássaro faminto, o desejo insaciado, porquanto a mãe não lhe desse a menor atenção e fizesse outras compras.

Depois da reunião, Walter levou o amigo à casa de seus pais para um jantar de família. Thomaz viu nele, então, o outro, aquele que dentro da casa é o filho, o bom menino, e lá fora um brincalhão, quem sabe se até certo ponto um cínico perdido para as aulas e os estudos, entregue às delícias de aproveitar o momento presente.

Muitos anos mais tarde, ainda Thomaz se lembraria daquele caloroso jantar de despedida. Na cabeceira, o adido da Aeronáutica, o bom coronel Almeida. Ele, Thomaz, entre as duas irmãs, Jussara e Conceição. Desta vez, deixaria com o adido uma sua coleção de pássaros brasileiros num álbum de muito bom gosto, uma edição holandesa que o pai mandara para ele em seu aniversário: "Minha terra tem palmeiras onde canta o sabiá; as aves, que aqui gorjeiam, não gorjeiam como lá".

Era para esta família brasileira que ele deixava o seu Brasil bem brasileiro, composto das mais estranhas às aves mais comuns, desde araras, tucanos, sanhaços, colibris, a sabiás e pintassilgos pintados por Descourtilz. O coronel Almeida ficou muito comovido. Era um rico presente.

— É um trabalho gráfico lindíssimo — disse. — Colocarei bem aqui à entrada, porque serve de propaganda das belezas brasileiras.

Jussara sorriu serena e, durante todo o tempo, evitou

vê-lo de frente. Desviava os olhos. Falava de seus estudos que seriam interrompidos. Adquirira também como Walter outra personalidade. Longe estavam os arrebatamentos poéticos, as trocas de impressões sobre a poesia de Florbela Espanca ou de Carlos Drummond de Andrade. Falava como uma pessoa adulta, uma leitora de praticamente toda a obra de Jorge Amado.

— Espero que você não prejudique os estudos de Letras.

E Walter intervinha:

— Então, sua velhota!, não sabe que a Itália é o *máximo* em Artes e Letras?

A mãe, que se preocupava com o jantar, observou-o com certa dureza.

— Ele vai ficar com a família. Acho que isso é o mais importante de tudo. E na Itália há a Universidade do Vaticano, que dizem ser ótima em matéria de Artes e Letras. Ali está um mundo pronto para a pessoa entrar por uma porta e sair por outra sabendo muito mais do que depois de dois anos de curso em qualquer outro país. É isso mesmo: entrar por uma porta e sair por outra. Conhecer os maiores pintores, os maiores artistas de todos os tempos. A beleza que eu já vi, encantada, e da qual não me esqueço nunca! Como foi bonito, hem, Almeida?

— Sim — respondeu o coronel. — E com tanta sensibilidade este rapaz vai longe.

Na despedida, Thomaz viu-se beijado nas faces pelas duas irmãs. Depois, no carro com Walter, passou delicadamente os dedos no lado direito do rosto que sentia mais quente, o lado de Jussara. Não era nada de estranhar. Era o primeiro beijo que ele sabia de amor. De amor envergonhado, pleno de sentimento.

*

Na manhã seguinte, antes de partir, foi abraçar seu velho mestre, o jesuíta padre Américo. Só então teve coragem de falar sobre suas estranhas ideias a respeito do Mistério da Encarnação. Deixara de comungar porque não sabia se estava cometendo um pecado.

— Mas, meu filho, tudo o que você pensou — disse o velho padre jesuíta — é a lógica, mas não deve tornar-se em obsessão. O Cristo veio do íntimo da Virgem Santíssima. Na Idade Média, muitas madonas, assim como outras figuras do tempo, apareciam com um leve arredondado depois da cintura, mas não houve nenhum artista que se atrevesse à materialização de uma verdade teológica. O Menino Jesus foi gerado no seio de Maria e se tornou uma criancinha igual a todas, embora filho da Imaculada e ele mesmo um Deus encarnado. Mas isso que nós sabemos, e consiste no Mistério da Encarnação, não deve ser obsessivo. A religião é uma entrega. A fé não permite angústias desse tipo. Você deve ter qualquer problema pessoal que o faça refletir sobre esse ponto de tal maneira que se prive da comunhão. Pode comungar. O que sente são exacerbações da sua mocidade.

Deu-lhe um pequeno crucifixo vindo da Terra Santa. Falou-lhe sobre Roma, uma cidade de estranhos contrastes:

— Onde você pode ver e ouvir ao meio-dia de domingo o homem de maior carisma no mundo: o João de Deus,* como o chamaram em seu país, e, ao mesmo tempo, sentir a maldade humana de todas as maneiras: sequestros, mortes, desvio de víveres para as vítimas do terremoto. Mas não se impressione: o tempo que passará em Roma, eu sei, será gravado para sempre em sua vida.

— Adeus, padre Américo. O senhor foi para mim um segundo pai.

Beijou-lhe a mão que o jesuíta procurou retirar. A bagagem já estava no carro, e ele partiu para tomar o avião para Zurique ao meio-dia.

*

Quando saíra de casa receara não poder partir, porque a orvalheira riscava o dia com seus tênues fios gelados. Mas agora um sol forte e um céu azul despachavam os temores.

---

* Referência a João Paulo II, papa de 1978 até 2005. [N. E.]

No aeroporto, uma única pessoa: Belita.

— Ora, então vieste, por quê? Eu disse que não queria ninguém.

— Sim, vim para dizer-te, agora que te vais, que tenho uma dor enorme no coração porque não nos provamos um ao outro e foges sem saber o quanto — ela fungava de frio ou de um choro contido — poderíamos ter sido felizes. Mas ainda vou arranjar um dinheirinho para visitar-te em Roma, sabes?

Pendurou-se em seu pescoço. Beijou-lhe a boca e saiu cobrindo os olhos com um lenço. Thomaz deixava Portugal lembrando-se de que nesse país principiara bem pequeno no colégio, o Liceu Francês Charles Lepierre, estudara na Universidade, formara praticamente seu espírito e não podia gritar alto a sua gratidão pela bondade da terra, num grito de adeus, adeus, mas sim comportar-se como qualquer um que já entrava na fila de embarque. Encaminhou-se com sua bagagem, que não era muita, para o balcão. Já tinha sua passagem. Tudo estava em ordem.

De repente, lá do alto, viu faiscantes as vermelhas telhas de Lisboa. Por causa do vento contrário, o jato da TAP decolara em direção ao sul. Logo avistara o Tejo, o Mar da Palha, a ponte, o monumento às Descobertas, o Cristo de Almada, e, já na altura, tudo era um mapa que ele conhecia em seus detalhes: do Terreiro do Paço ao Areeiro, de Olivais a Algés, do Rato a Alcântara. Com nenhuma outra cidade do mundo tivera maior intimidade. Já sentia saudades das tascas e dos botequins do Rossio e de Santo Antão. Era o próprio mapa da sua meninice à adolescência e do princípio da mocidade. Tirou um lenço do bolso. Pensou no pai, e uma grande confiança surgiu dentro dele. Respirou normalmente.

Dentro em pouco, em menos de três horas, abraçaria o pai com uma saudade que já era parte dele, da sua longa separação. Um pai ao mesmo tempo invisível e presente. Um pai místico, dentro dele, mas que nunca deixou de amar. Sentia pena de não poder abraçar logo os dois: Marcos e Guida. Mas seria para breve essa alegria.

# 16
# Vê como na gravura, um príncipe em triunfo

Estavam de costas um para o outro no grande salão do aeroporto de Kloten, em Zurique, e Marcos, que esperava reconhecer logo o filho, teve de dizer alto para as pessoas que aguardavam as suas malas:

— Senhor Thomaz Antunes! Senhor Thomaz Antunes!

Então o "desconhecido" que estava bem atrás, unidos os grandes casacos de inverno, quase batendo as barras uma na outra, voltou-se espantado.

— Sou eu o senhor Thomaz.

— Mas, meu filho, não é possível!

Os dois abraçaram-se longamente, comovidos, enquanto alguns suíços observavam aqueles grandes homens que não pareciam pai e filho a beijar-se no rosto e a abraçar-se novamente.

— Imagina que não te conheci, pai. Isso é uma vergonha para mim.

— Vergonha não é bem a palavra. Há quanto tempo nós só nos víamos em retratos e falávamos unicamente pelo telefone? Isto é natural. Mas você está ótimo — dizia Marcos, olhando-o de alto a baixo. — Está mesmo um alfacinha da cabeça aos pés. Vamos conversar ali, naquele banco. Pode dar os talões aqui à nossa secretária, dona Bianca.

Bianca sorriu. Apresentou a mão longa para receber os tíquetes, e ele, um tanto nervoso, remexendo primeiro nos bolsos do casaco, depois os retirou do interior de sua pequena mala de mão.

— Aí estão: peço desculpas à menina.

Bianca sorriu novamente e, rápida, trocou algumas palavras em alemão com o guarda da alfândega.

Sentados já próximos da chegada das malas que vinham deslizando pela esteira, Thomaz admirou-se junto ao pai:

— Não sabia que íamos ter companhia.

— Ah, meu filho, você não se preocupe; Bianca é meu braço direito para todos esses pequenos serviços, e além do mais... — ele resistiu um pouco ao que ia dizer: — foi encarregada pelo médico. Sabe o que devo tomar para a minha estafa e aplica-me injeções, quando se torne necessário.

Thomaz ficou aterrorizado. Seu pai estava doente e ele não sabia?

— Não é doença, meu filho. Sei que vou melhorar muito com estas férias, pois não tomo descanso há muitos anos e a Encarregatura de Negócios foi muito pesada para mim. As instruções devem ser constantes, e a Itália atravessa uma fase de difíceis problemas que não vou contar, porque agora é só hora de alegria. Essa rotina diplomática, embora vista de fora não pareça, é muito cansativa.

As malas vinham chegando. Um carregador as empurrava, e em breve estavam instalados num autocarro suíço dirigido por um motorista cuja seriedade e circunspecção ao volante pareciam as de um velho e sisudo burocrata. Tudo na cidade tinha um ar sério e de ordem. E logo chegavam àquela Zurique muito nevada, tendo até mesmo geladas as águas dos chafarizes. Numa cidade como Zurique, nada mais importante para um visitante do que o centro, e isso queria dizer a Praça da Estação, a Bahnhofplatz.

Tudo era ligado à estação: Bahnhofstrasse, a rua da Estação; Bahnhofbrücke, a ponte da Estação, e Bahnhofplatz, a Praça da Estação. Do outro lado do rio Limmat, a velha Zurique, a cidade amada e descrita por Einstein, Jung, Le Corbusier, Goethe, em outros tempos, e até por Lênin. Zurique era o andar a pé, ver vitrinas, ver bancos, lojas, bibocas, tabacarias, *confiserie* [doceria]. O pai explicava e Thomaz o ouvia com grande atenção, um pouco sério.

Já era passada a hora do almoço no hotel, e Thomaz foi com o pai a uma pequena casa de refeições rápidas, passada a ponte sobre o Limmat. Um interrogava a face do outro. Agora a timidez vinha de Marcos:

— Não sei como consegui viver tantos anos longe de meu filho. Imagino o prazer que teria, não fosse forçado a esse tamanho distanciamento.

Serviam-se de monstruosos sanduíches quentes, com dois copos de cerveja. Aquilo não era alimentação apropriada ao alfacinha. Todavia, fingiu que tudo estava maravilhoso e sorveu o café e mais uma pequena dose de aguardente de pera, com verdadeiro gosto.

— De uma coisa não me arrependo — disse-lhe Marcos. — Vendo meu filho tão corado e tão forte, acredito que ele não estaria assim se vivesse em Roma, pois a cidade está muito poluída. Sabe que até as estátuas estão sendo cobertas, pois correm o perigo de *morrer*? A estátua de Marco Aurélio, no Capitólio, mais do que milenar, foi desmontada e está em reparo.

Houve perguntas a respeito de Guida.

— Faz muito sucesso e parece tão jovem quanto uma mulher que se aproxima dos trinta anos. Curioso. Não vive fazendo tratamento de beleza.

Mentiu para adoçar aquele momento:

— Trouxe para você umas lindíssimas camisas e gravatas que sua mãe escolheu na Via del Corso antes de partir. — Fora Bianca que fizera essa escolha.

O rapaz ficou perturbado. A mãe, com tantos afazeres, ainda tivera tempo para cuidar desse tipo de prenda (como dizem os portugueses).

— O que lhe trouxe, pai, são poucas lembranças de Portugal. No fundo da mala coloquei o que comprei como uma faiança bem representativa das artes portuguesas. São dois vasos que me pareceram vir a ser de seu agrado: azul e pérola, que imitam à perfeição aqueles do século XVII que estão no Museu das Janelas Verdes, ou que são lindamente descritos em *Os Maias*. Mas também não quero que pense o pai ser uma "coisinha" qualquer; são vasos mais novos mas do fim do século passado, comprados num antiquário em Sintra. E também trouxe livros comigo, como os de Florbela Espanca e de Fernando Pessoa. Que estranhas criaturas foram Florbela e Fernando Pessoa! Deste último conheci todos os seus vestígios por Lisboa. A praça onde nasceu, o hospital em que morreu, as ruas lindas onde morou e escreveu. Um dia, acho que terei tempo para dizer-lhe como eu vivia, quais eram os meus amigos, enfim passaremos muitos dias a contar coisas um para o outro.

Aquilo que ele dissera, mentindo aos amigos, iria acontecer.

No dia seguinte, subiram num pequeno trem elétrico às nevadas alturas de uma montanha, o Üetliberg. Os companheiros eram sisudos rapazes vestidos com roupas de cor berrante que, de pé no veículo, apoiavam o queixo nos próprios esquis e olhavam como se fosse para intrusos aqueles dois homens metidos em trajes de cidade, um pouco perdidos dentro do carro.

Perto de Thomaz havia uma jovem de saia curta, grandes meias de lã, com pernas muito bem-feitas e um ar atrevido que lembrava Belita. Deu-lhe dela certa saudade e quando, chegados à segunda estação, entraram no restaurante de onde se podia ver a descida dos esquiadores, Thomaz admirou a agilidade daquele corpo feminino, da jovem que lembrava Belita, como que voando em seus esquis. Que comportamento teria ela? Os rapazes pareciam indiferentes à sua graça, e alguns deles, depois, tornavam a subir pelo trenzinho para as peripécias de nova descida, com voltas e mais voltas sobre a neve.

À noite, foram ao cinema e por acaso assistiram ao filme que ele não quisera ver em Lisboa: *Gigolô americano*. Bem longe deles, metida num *tailleur* cinza, estava Bianca, também assistindo àquela fita que deu a Thomaz uma invencível repugnância. Saíram calados do cinema. Bianca como que se havia eclipsado.

Mais tarde, entraram num restaurante italiano que ficava junto da estação da Estrada de Ferro e onde parecia haver um encontro marcado de portugueses a passearem por ali e a gozarem do prazer de exprimir-se em sua língua. Todos eram imigrantes. Sabia-se que de dois em dois anos teriam de sair da Suíça para depois obter novo visto.

Os portugueses de Zurique não pareciam os mesmos de Lisboa. Eram comunicativos, alegres, tomavam xícaras de café ou chocolate, apontavam para vitrines, diziam o preço das coisas, convidavam-se mutuamente para suas casas e, apesar de um tanto segregados da população, pareciam bastante felizes. Conversavam em voz alta sobre a última greve da TAP. Thomaz gostou da comida do restaurante da estação, sentindo-se, porém, atraído por aquele grande número de portugueses.

— Que é que você está olhando, meu filho?

— Pai, são os portugueses. Foram muito bons para mim. Tenho vontade de abraçá-los.

— Ora que pensariam esses imigrantes, que não o conhecem, se você aparecesse querendo conversar com eles? Podiam até ter medo. Infelizmente até na Suíça há assaltos.

Terminaram o grande prato de *cannelloni* que Marcos elogiou, dizendo:

— Fazem tão bem quanto em Roma. Aqui também há muitos imigrantes italianos. É mesmo: italianos e portugueses...

Voltaram ao hotel. Marcos beijou afetuosamente o filho na testa. Thomaz retirou-se para seu quarto. De súbito, o jovem pensou que seria agradável ao pai ler um dos livros que trouxera. Voltou ao quarto de Marcos e entrou sem bater. Então encontrou Bianca vestida só com uma combinação bem transparente. Pôs nela uns olhos ferozes e ia voltar, sem entregar o livro ao pai, sem com ele trocar palavras, quando Marcos disse:

— Espere, meu filho, eu chamei Bianca às pressas.

Ela mostrou-lhe a seringa da injeção. Bianca, com seus olhos imensos e sérios, disse-lhe, enquanto aplicava vagarosamente a injeção em Marcos:

— Não tive tempo de vestir-me. O médico recomendou que a qualquer pequena dor ele tomasse esta injeção.

Thomaz fechou a porta. Voltou para seu quarto. Estava confuso. Seu pai estaria gravemente doente? E por quê? Se é que ela era também enfermeira, ao mesmo tempo que apanhava a seringa não poderia colocar qualquer coisa por cima do corpo, não aparecendo assim, quase nua? Pensou na mãe, na sua viagem e achou que além do *cansaço* do pai havia a presença inaceitável daquela mulher em sua vida.

Não sabia se tinha vontade de chorar ou se sentia raiva. Tentou ler. As letras fugiam-lhe à atenção. Não era uma desilusão que experimentava, não podia desejar um pai mais afetuoso e melhor companheiro. Um pai cuja doença ele ainda ignorava, embora percebesse muito bem que as relações daquela jovem com Marcos iam bem longe de secretariado e das injeções em momentos propícios.

*

Guida na primeira noite que passou a bordo não quis aparecer para o jantar. Na verdade, não estava bem-disposta. Sentia um dolorido ardor no estômago e precisava dar ordem nas coisas que trazia, para depois conseguir um descanso mais profundo.

Veio a camareira. Mais tarde, o comandante a visitou. Ao desgarrar-se o navio da terra, as ondas ficaram mais fortes. Ele oscilava um pouco e, embora a cabine fosse muito boa e muito vasta, a sensação de mal-estar persistia.

O comandante Wilton, gentilmente, à hora do jantar, veio visitá-la e a encontrou derreada num pequeno sofá, as roupas ainda espalhadas pelo leito, outras sendo colocadas no armário pela camareira. Apesar de indisposta, ela conservava o seu charme com um sexto sentido:

— Sente-se, comandante. Neste sofá há lugar para nós dois.

— Que pena! Queria oferecer, na primeira noite de viagem, em minha própria mesa um grande jantar à ilustre presença de uma das mais louvadas senhoras brasileiras. Já vi muitas fotografias suas, mas nunca imaginei que assim mesmo, como diz estar indisposta, fosse mais linda do que nas fotos.

— A profissão de chefiar um pequeno Estado como é um navio deve também constituir-se em ser agradável a seu pequeno povo, não é? E eu faço parte agora desse povo.

Ele riu e acrescentou:

— O seu caso é diferente. Vou mandar preparar uma sopa de legumes, uma sopa muito leve que a senhora tomará com bastante gosto. Boa noite! Se amanhã não quiser levantar-se para tomar o seu *breakfast* no salão, peça aqui mesmo, com todos os seus componentes preferidos. Pode pedir chá, café, chocolate, peixe, omelete, enfim, o que quiser.

— Meu Deus do Céu, tudo isso me enjoa agora.

Uns vinte minutos depois a cabine estava arrumada; Guida havia tomado metade da sopa que o comandante mandara preparar "especialmente para ela", quando pensava que o caldo deveria constituir uma escolha normal do menu.

Dormiu cedo e rápido, a mão apertando a boca do estômago. O aquecimento era bom, o leito era macio, o linho e os cobertores cheiravam bem, o que para ela era indispensável para que se sentisse em conforto, mas logo depois um estranho sonho povoou sua primeira noite a bordo.

Entre as velhas estampas do Palácio Pamphilj havia uma em que se via uma espécie de estranho esporte. Cavaleiros vistosamente vestidos apostavam em pequenas carruagens, guiando seus belos cavalos a meio postos dentro d'água, numa corrida no centro da *piazza* cercada por inúmeros coches das famílias aristocráticas que apreciavam a disputa, os "jogos na água" de onde deriva o próprio nome "Navona". Em volta, um grande número de populares e o Palácio Pamphilj bem à mostra, dominando o conjunto daquela exibição incomum. Pois seu sonho era como a projeção deste quadro — ela, Guida, estava num carro, seria mais uma carroça, feia e pobre em meio ao povo que observava a disputa dos cavaleiros em suas gôndolas chicoteando os belos animais que atravessavam a praça dentro da água, com naturalidade tal que pareciam estar na pista de um hipódromo qualquer.

Mas eis que começa um burburinho, exclamações admirativas. Sente Guida que um personagem muito importante está à frente da corrida e vê, como na gravura, um príncipe em triunfo. Vem todo vestido com malhas douradas e sustém rédeas de cavalos brancos que entre pisando e nadando atravessam à frente de todos a *piazza*. Quando o triunfador passa rente a Guida, ele a olha com desprezo de cima a baixo, e ela se vê andrajosa e mísera, mas reconhece, horrorizada, que o príncipe vencedor é Thomaz!

É Thomaz, sim, ela o sabe por uma intuição que o sonho lhe dá. A gargalhada que o jovem ovacionado pela multidão desata não é apenas a manifestação de seu triunfo, é também de escárnio por aquela mulher pobre e quase andrajosa unida às grandes personagens da Corte. E o sonho se torna mais angustioso quando, refugiando-se no palácio, uma mulher de luto pesado levanta para ela o véu e mostra a face risonha e debochada. Era dona Olimpia Maidalchini, que lhe dizia:

— *Via, via, andate via, perchè non voglio miserabili come lei* [Vá, vá, vá embora, porque não quero pessoas miseráveis como você].

Acordou transpirando. Uma sufocação a impedia de continuar deitada. Chegou à vigia. O sol do amanhecer tingia de vermelho as águas do mar. Ela ficou ali, pensativa. Haveria alguma mensagem nesse sonho? Por que teria feito de Thomaz um príncipe, vestindo-o de ouro e ganhando os triunfos de uma corrida estranha, naquela praça que ela conhecia tão bem? E por que ela, que ia ganhar tanto dinheiro, sentia as dores da mendicância e da expulsão do palácio em que habitava, como se dona Olimpia Maidalchini a expulsasse de lá definitivamente? De repente, teve uma lembrança que muito a confortou e a fez respirar melhor. Mas se ela quisesse, na hora em que desejasse, seria condessa — a condessa Giudice — e teria para decorar sua mansão as mais belas peças de Roma.

— Santo Deus, como são estranhos os sonhos — e concluiu para si mesma: — e tão estúpidos.

Três dias depois de embarcada, Guida já se aborrecia enormemente no navio. Conhecia todos os recantos. Frequentava o bar, onde tomava um São Francisco, enorme coquetel com muitas frutas, já com certa saudade da *terrazza* do Hilton de Roma.

Preparava cuidadosamente as poucas palavras que deveria dizer quando chegasse à Alfândega, em Santos.

Almoços e jantares em companhia do comandante a colocavam sempre numa posição de importância dentro daquele pequeno círculo de admiradores: dois ingleses, uma senhora de origem indefinida, mas brasileira naturalizada, que ostentava ricas joias e belíssimos vestidos ao jantar, uma garota, Olívia, de uns dezoito anos, que voltava de seus estudos na Europa para São Paulo, e o comandante, sempre atento a tudo, dominando o salão, ele mesmo cuidando da música que rompia dos quatro cantos e não tinha as graças que louvava, saudoso de antigamente.

— Quando os músicos estavam aqui, davam mais calor às excursões. Podiam ser vistos, admirados, criticados, bisados e até despertar paixões, como no caso do ator que levamos na última viagem com os músicos presentes para dar aos turistas a melhor bossa nova da época.

Disfarçando um pouco para não magoar o comandante, Guida comeu quase nada, ela que era tão gulosa para as pastas italianas.

Na passagem do equador, houve uma cena breve, mas altamente cômica. A majestosa companheira de mesa apresentara-se com um vestido inteiramente coberto de lantejoulas e seu dorso opulento lembrava vagamente, recamado de tantos fulgores, o de uma sereia que houvesse saltado para tomar parte na alegre festa. Guida vestia o traje da noite da festa da Befana, no Palácio Pamphilj. Os homens não se cansavam de admirá-la, de festejá-la, enquanto a majestosa dama permanecia séria e evidentemente aborrecida. Também desta vez Guida usara a pequena coroa de flores silvestres, pois ali se desenrolava o eterno carnaval da passagem do equador.

As músicas iam esquentando para tons brasileiros. O mar estava ligeiramente agitado, e então houve o acontecimento da noite. Dois garçons, ao passarem afanosos um pelo outro, junto da mesa do comandante, deram um súbito encontrão. Como levassem enormes sopeiras fumegantes, um deles segurando a sua com a máxima responsabilidade, não conseguiu manter o equilíbrio e então ocorreu o inesperado: a sopeira caiu de lado, despejou seu conteúdo quase todo em cima do belíssimo vestido e seus paetês. Com um mísero olhar caindo sobre a devastação que provocara naquela majestade brilhante, o garçom engasgou um “perdão”. A senhora levantou-se entranhada de sopa de mariscos da cabeça aos pés e, perdendo toda a dignidade e distinção que buscara sempre manter, berrou, passado o choque:

— Seu cachorro! — com seu português com sotaque.

Apareceram logo os que quiseram ajudá-la no desagradável instante, como o próprio comandante e os ingleses, mas ela se retirou, o cabelo a escorrer mariscos e o vestido semicoberto por aquela sopa viscosa e engordurada. Então, Olívia, a jovem que voltava para o Brasil, teve uma explosão de riso que não podia conter. Guida ralhou:

— Pare com isso. Já é demais.

— Mas eu não posso. Eu... — E ela ria. — Foi tão engraçado!

O comandante, solenemente, declarou, pondo fim àquele riso desordenado:

— Vou acompanhar a nossa convidada que pode até estar sofrendo queimaduras, pois a sopa estava demasiado quente.

E lá se foi ele atender e consolar a dama mais vistosa do navio. Nunca mais, até o fim da viagem, ela foi vista na sala de jantar. Agora usava óculos pretos e vestia largos vestidos estampados, passando grande parte do dia no deque. Guida tentou conversar com ela em certa ocasião, mas ela mostrou-se obstinada:

— O pessoal de bordo *non tem educacion*.

Depois daquela estúpida ocorrência, a festa descaiu de interesse, mas assim mesmo houve um "Netuno" que deu a cada um dos passageiros o atestado de passagem pelo equador.

Então, já se podia tomar banho na piscina, e Guida aproveitava as delícias destes últimos dias de viagem. Agora tinha mais disposição, superara o mal-estar, e, de longe em longe, o pensamento lhe vinha a propósito dos tapetes. Mas na Alfândega, em Santos, foi sábia. Mostrou ao fiscal seu passaporte e disse:

— Quero que veja os meus tapetes da minha fazenda que trago de volta para casa, pois não servem para um palácio como o de Roma, onde moramos.

Ligeiramente, o fiscal viu aqueles tapetes muito velhos e usados. Olhou-a fixamente em sua elegância, vestindo um *tailleur* de linho bege-claro, e disse:

— Claro. Está tudo em ordem. Pode seguir.

Em Santos, tomou um carro de aluguel que a levou diretamente ao aeroporto. Era com o coração radiante que subia a serra ao encontro da sua portentosa São Paulo, que lhe parecia infiel a cada visita, cada vez maior, com mais surpresas, grandezas incalculáveis.

Com alguma curiosidade, enfrentara a subida da serra num automóvel a álcool e a travessia toda de São Paulo até o aeroporto, onde deveria apanhar o avião para Ribeirão Preto e depois seguir de automóvel até Laterra.

# 17

# Sabe que o porto também chora?

Marcos parecia sempre bem-disposto, animado para levar o filho a passeios. Em certa tarde muito fria, mas sem queda de neve, convidou Thomaz a visitar um albergue campestre, um lugar talvez mais para esportistas, que ficava em Wald, no cantão de Zurique.

— Bianca não vem?

— Não — disse o pai sem deixar de sorrir. — Agora, que não preciso mais de suas injeções, volta amanhã para Roma, pois tirou uma pequena licença de dez dias. É uma boa moça. Acho que você foi um pouco duro com ela.

Thomaz não respondeu. Ele mesmo, momentos depois, dirigia o carro no qual iriam ao tal restaurante, no mais puro estilo zuriquense, em madeira pedra, que no verão ganhava intensa popularidade, situado à beira de um parque que agora mostrava apenas alguns pinheiros verdes, castanheiros, macieiras e pereiras peladas. Mais pareciam mortas, sem sinal algum de que voltariam a viver na primavera.

Foi nesse quadro um tanto triste, mas diferente, que o pai e o filho tiveram "ao pé do lume", como disse Thomaz, sua conversa mais íntima. Marcos pediu um uísque para esquentar-se, e Thomaz, para fazer companhia ao pai, pediu num bom inglês, que por ali fazia a sua eterna troca turística, um vinho do Porto seco, o que não foi bem entendido, porque lhe trouxeram um comum e dulçoroso, que não foi tão simples de encontrar. Com o pequeno copo postado contra a visão das chamas, dizia ele com seu sotaque português ao pai, momentos depois:

— Sabe que o porto também chora? Eu aprendi no Solar do Vinho do Porto, em Lisboa.

E voltava de leve o copinho, enquanto as "lágrimas" deslizavam por detrás do vidro.

— Sim. Construí um alfacinha e não me arrependo. Mas vamos ter uma conversa de homem para homem, já que aqui não há quem nos ouça e também se houver não compreenderá nossa língua. — Pausa. — Você já conheceu mulher?

Thomaz ruborizou-se, e não só do fogo e do vinho.

— Conheci muitas. Tive uma namorada, ou quase namorada, que até me quis levar para o apartamento de um seu conhecido.

O pai tomou um gole de uísque para refrear a vontade de sorrir.

— Mas você não foi, não quis ir. É verdade?

— Claro que não. Era uma gata que queria agarrar-me com suas unhas. Bonita, é verdade, mas tão generosa que pagava o direito de dispor do apartamento com a mesma generosidade com que recebia outros amigos. Dizia: "Ele era tão gentil comigo!". Tenho a certeza de que ela gostou muito de mim. Foi a única pessoa que me foi ver no aeroporto.

O pai ficou pensativo. Tinha um filho de dezenove anos que vivia na moderna Lisboa em total estado de virgindade. Tudo lhe pareceu muito claro. Então compreendeu até sua repulsa pelo filme *Gigolô americano*.

— Compreendi que você tem uma ética pessoal muito elevada quando percebi seu nojo em relação ao *Gigolô americano*.

— Claro, pai. — E os olhos de Thomaz fuzilaram. — Aquela cena em que o próprio marido paga ao tipo para ir à cama com sua mulher e ainda recomenda que a trate de modo repelente, isso diante de seus próprios olhos de marido, é de fazer vomitar. E o cinema estava cheio, como estavam cheios os cinemas de Lisboa quando o filme passou por lá.

Fez uma pausa. Tomou o último gole de vinho. Fez sinal ao *barman* que queria mais — ele que não costumava beber, mas, para ter forças de continuar com aquela conversa, afirmou:

— Meu pai, eu tinha de ter uma opção: guardar-me só ou fazer o que os outros da minha idade costumam fazer com algumas colegas muito especiais, ou até mesmo com oferecimentos, ao acaso, nas ruas. Meu mestre disse que o sexo sem amor é uma das tristezas de nosso século. E todo aquele filme, a não ser o final, mostra exatamente isto: o sexo sem amor.

Sem pressa, Marcos rodava em suas mãos o copo de uísque. Ele queria dizer-lhe que com amor tudo seria perdoado.

— Com amor e casamento, não é, pai? Por que não esperar aquela que deve ser escolhida entre todas? Era o que o mestre sempre me dizia. Eu ainda não amei. Senti assim umas inclinações, umas ternurinhas, mas, ora, já se sabe. Isso não é amor, pois não?

Caiu o silêncio entre ambos, e o crepitar do fogo na lareira se fez mais intenso:

— Meu filho, amar sem casamento é um pecado, mas não chega a ser um crime. Não é como caluniar, roubar, matar. É um pecado, conforme ensina a Igreja, mas já não é, conforme a moral de hoje, um tabu.

— Isso eu sei, pai. Infelizmente, revistas sobre sexo com todos os detalhes explicativos já me vieram parar à mão, através de um amigo, o Walter. Coloquei-as de lado. Se não as tivesse de devolver, eu as meteria no lixo.

Uma pausa maior ainda. Marcos levantou-se da poltrona e espevitou as brasas. Trouxe para a barra da lareira a última porção de lenha. Lá fora, a queda da neve vinha maciça, espessa, os flocos tombando gordos e pesados, atulhando o sofrido parque visto através da janela de grosso vidro fixo. A paisagem naquela época do ano, janeiro, era de indescritível beleza, quase irreal. As árvores esgalhadas, despidas, cobertas de gelo, transformavam-se em franjas de cristal. O lago tomava uma coloração cinza-esverdeada, e ao longe os

Alpes, muito brancos, recortados francamente na linha dos confins do horizonte, convidavam à calma, à meditação.

Ao fazer todos os movimentos de atiçar o fogo e chegar rente à janela, para perguntar se eles teriam possibilidades de sair dali com aquela carga inesperada e maciça da nevasca, Marcos só tinha um pensamento: como desculpar-se perante o filho a propósito de Bianca? Ganhava tempo indo ao bar e perguntando se, caso a queda da neve interrompesse a passagem, teriam um lugar para dormir ali mesmo.

*

Quando voltou a sentar-se junto do filho, que tomava agora mais plácido o segundo cálice de vinho do Porto, o pai disse, fingindo naturalidade:

— Não tenha raiva de Bianca. Ela não merece. Se você acha que há qualquer coisa entre nós, eu lhe respondo que sim. Mas Bianca é discreta, nunca se aproveitou dessa condição e tanto assim que sua mãe jura que tenho por amante uma bela e robusta senhora italiana chamada Caterina. A não ser alguma corte que lhe faço diante de todos, nunca houve intimidade entre nós. O marido dessa senhora está morrendo, e eu acho que, intimamente, ela designou-me para ser o segundo. — Riu, um tanto envergonhado, diante do filho. — Não pense que estou sendo um mau marido, um cínico, um infiel. Há muitos anos que eu e Guida nos desentendemos e dormimos até em quartos separados. Ela é maravilhosa, dá muito brilho à minha representação diplomática, encanta toda a gente, mas somos casados só em aparência.

Thomaz baixou os olhos sobre o copo.

— Que é isso? — perguntou o pai em tom brincalhão. — Não é mais o vinho do Porto que está chorando?

O filho o observou com imensa ternura e infinita pena.

— Mas isso é uma tragédia, não é, pai? Deixar sua verdadeira mulher, aquela linda pessoa de quem já vi tantos retratos, por uma menina vulgar como Bianca. E por que não fazem as pazes?

— Ah, meu filho, fiquemos por aqui. É longa a história e tristes são as minúcias. Devo a Guida muita coisa como, por exemplo, a devoção que tem pela fazenda que herdei de minha avó e da qual ela trata com carinho extraordinário. Também lhe devo o prestígio que faz com que os diplomatas conhecidos sempre lhe prestem maiores homenagens, mas, depois de muitos desentendimentos, o amor acabou e, como o seu amigo padre disse a você, é muito triste o sexo sem amor, e eu afirmo: ainda mesmo no casamento, o que naturalmente ele jamais aceitaria.

Thomaz levantou-se:

— Acho que não podemos voltar. E eu queria subir para meu quarto.

Delicadamente, não deu resposta àquelas, para ele, brutais revelações.

— Gostaria, então, de subir para seu quarto, se é que podemos e se há quartos por aqui.

— Sim — disse Marcos, aliviado por encerrar a conversa. — Já estão a arrumar dois quartos no segundo andar. Deus permita que possamos sair daqui de manhã, mas não creio que isso possa acontecer.

Pensou tristemente: "Não poderei ir ao embarque de Bianca".

E pai e filho, separados por um muro de ideias totalmente diferentes, tomaram a direção de seus quartos. Thomaz ficou longo tempo a assistir da janela, vendo o parque iluminado, a queda macia da neve. O pai estava doente, ele sabia, embora agora parecesse muito melhor. Não seria a ocasião própria, nem ele teria o direito de magoá-lo, dizendo o quanto o fizera sofrer com aquela revelação.

A neve caía, mas o quarto era bem aquecido. Caía como um palco, como uma neve fingida num último ato, semelhante a uma ópera russa de Glinka que apareceu em Lisboa, quando pessoas morriam cantando debaixo dela. Era um palco, sim, um palco onde os flocos pesados e lentos tombavam, sepultando a terra e tornando brancas e geladas as memórias de amor com que ele tinha sonhado entre o pai e a mãe.

No dia seguinte, era impossível sair de carro. Haviam-lhe servido e ao pai um *breakfast* delicioso, com pães preparados ali mesmo, queijos vários da melhor estirpe da Suíça, geleias, omeletes, toucinho, enfim, um bom café muito quente que tomaram juntos numa pequena sala que ligava os dois quartos.

— Tenho de pedir que me deem dois operários para desenterrar o carro — disse Marcos.

Logo que falou em alemão para a portaria, soube com agrado que já haviam rebocado o carro para o interior da garagem, no qual, por um sistema de aquecimento e de lavagem minuciosa, quando o tempo melhorasse, poderiam voltar a Zurique.

Marcos aproveitou a ocasião para abrir-se com o filho. Contou-lhe sobre suas aspirações secretas. Disse o que esperava do destino de Thomaz. Queria que ele fosse diplomata.

— Ser diplomata pede muitos sacrifícios, mas também é como se você pertencesse a uma corte especial no mundo. Você merece algum respeito e, embora nunca se fique rico na diplomacia, é uma linda e nobre carreira, veja bem, carreira e não apenas um emprego, em que às vezes se vive como rico. Corre-se até o perigo da grandeza. Somos constantemente convidados por gente rica e nobre que nos deseja à sua mesa, como prestigiosos complementos, entendeu, meu filho? A sua mãe dá importância a tudo isso. Ela acha que é sempre bom para o Brasil aparecer como generoso e fidalgo e tem feito coisas geniais a esse respeito, como a festa dos Reis Magos, a chamada Befana de Roma. Mas eu confesso que preferia menos alvoroço e gosto mais de meu trabalho silencioso. Acho que estou ficando velho, e ela parece cada vez mais jovem. Não fique triste, pensando que o fato de não termos uma vida íntima mais completa perturbe nossa boa convivência. Vivemos, não digo otimamente, mas vivemos bem e agora sei que neste exato momento em que aqui estamos, presos pelo frio, ela deve estar chegando à fazenda, pronta para brigar com o desleixo dos administradores e quase a posso ver daqui mesmo, montada em seu cavalo preferido, um campolina, subir até a encosta mais alta de nossas terras para apreciar o conjunto, o crescimento ou o desgaste que ela verifica em todos os anos, ou quase todos, de nossas plantações. Quanto a mim, querido, peço perdão pelos anos em que estivemos separados, mas vejo que você tem um espírito de extraordinária formação, nem parece um jovem de hoje com seu juízo, creio eu, bem acima de sua idade. Em breve, iremos à fazenda que foi de minha avó e você verá em cada canto a impregnação do gosto de uma velha senhora da nobreza rural de São Paulo. Você não diz nada?

— Oh, meu pai, que posso dizer se estou a ouvir e aprender?

Ao almoço notou que Marcos estava triste, e o filho pensou: "Bianca deve estar embarcando agora". Depois, ele teve entre as mãos o papel que Bianca deixara sobre dietas e o tratamento de Marcos e pensou estudá-lo com alguma apreensão.

*

O "Bandeirante" em que Guida voava trazia quase só fazendeiros da zona de Ribeirão Preto e de outras cidades próximas a Laterra. Ela se aproveitava um pouco da troca de impressões, fingindo que descansava a cabeça. Absorvia as conversas: um dos fazendeiros estava radiante com a sua produção de alho — o alho estava em alta. Outro queixava-se do governo.

Enfim, a conversa era a voz mesma daquela parte produtiva do estado de São Paulo. Um dos fazendeiros comentou sobre seu aviário que ultimamente lhe dava muitos trabalhos, e, pasma, Guida sempre de olhos semicerrados, encostada à janela, observou que ninguém falava no café. Por fim, lá do fundo do avião outro fazendeiro veio juntar-se ao grupo de quatro ou cinco que se empenhavam em discutir prejuízos e vantagens das suas plantações.

— Eu não abandono o meu cafezal, pelo contrário.

Guida abriu os olhos e viu uma calva pálida que fazia negativas bruscas. A calva falava juntamente com o homem do cafezal:

— Tudo isso é modernice. Passa daqui a pouco a "moda". A gente ainda vai ver a volta aos tempos do gasogênio ou então vêm por aí os trens elétricos, os bondes, e, como os carros vão ficando cada vez mais caros, essa corrida à cana-de-açúcar vai baixar. Acho que sou o mais velho, tenho experiência. É preciso não deixar cair o café com aquelas confusões lá nas Áfricas e em outros lugares do mundo, já na América Central, também. Quem vai dar mesmo café vai ser o Brasil. Por aqui não temos geada. Eu penso assim: cuidar um pouco de cada coisa, mas deixar sempre o velho café prestando seu serviço. Hoje ninguém no mundo passa sem café, e não é porque estão descobrindo ouro lá no Amazonas que a gente vai correndo cavar um buraco para ver se acha.

Todos riram. Guida sorriu, mesmo sem querer.

Uma hora depois, desciam em Ribeirão Preto, ou Ribeirão, como todo mundo chamava, e ela, na limitada construção do aeroporto, foi procurar um telefone. Ligou para Laterra. Chamou Mateus, o zelador da casa que era ao mesmo tempo seu motorista, e disse que viesse buscá-la de carro, mas sem avisar ninguém. Tomou um táxi, deu algumas voltas pela cidade, notou novos e grandes prédios, num perfil já impressionante de arranha-céus, naquela metrópole do interior paulista. Aguardou no restaurante onde deveria chegar o carro.

De repente, sentiu uma aguda saudade de um guaraná bem gelado e tomou sofregamente duas garrafinhas para acalmar uma sede que era mais psicológica do que verdadeira. Havia chovido, mas em Ribeirão era sempre quente. Algumas ruas mostravam poças de água barrenta, a cidade se agigantava com novos clubes, novas riquezas. Era ali uma capital menor da região. Guida tinha amigos por lá que se sentiriam felizes em oferecer-lhe jantares ou então uma daquelas feijoadas, com batidas de maracujá ou de limão de que ela tanto gostava, ou com a inigualável cerveja de Ribeirão Preto. Mas resolveu ficar quieta à espera do carro que por fim chegou.

Apesar dos protestos de Mateus, sentou-se ao lado dele, que, firme na direção, prosseguia entretanto nas suas advertências feitas à moda cabocla:

— Avisei para o pessoal: qualquer hora a dona Guida chega por aqui e eu não respondo pelas trambicagens que ela vai descobrir. A senhora lembra bem daquele caminhão, caro como o diabo, que deu de presente ao Limoeiro? Ele arrebanhou de nós um pouco de cada colheita para vender na feira. Então lá foi ele, nem sei com quantas dúzias de ovos do aviário, um monte de alho que era uma beleza antes de pegar uma doença esquisita mesmo, que está dando por estas bandas; carregou cebola a mais não poder, batata-doce à grande. Só não levou cana-de-açúcar que ainda estava para ser cortada. Cobriu com a lona, o caminhão disparou para o Mercado. Três dias depois, o Limoeiro voltou muito amarelo, dizendo que tinha havido uma desgraça; que o carro virara na beira do rio e a carga se perdera. Nunca vi tanta raiva em minha vida. Fizeram até um juramento de pegar as coisas dele, mulher, filho, jogar tudo na estrada e dizer: “Tu és capaz de trair até tua mãe. Vai-te embora, diabo, que ninguém precisa mais de ti”.

# 18
# Deitou-se voluptuosamente naquela rede

Guida estava aterrada. As coisas que se passavam na ausência dela! Nem tinha tido tempo de reparar na paisagem, tão bonita e movimentada, coqueiros aqui e ali, as ondulações, as pastagens verdes do tempo da chuva, o gado bem nutrido de outras fazendas, as casas enriquecidas e apresentando aquele ar de presença do dono, modernas piscinas, o casario dos trabalhadores alinhado às vezes em torno de uma pequena capela ou tendo ao lado um campo de futebol e uma escola. Tudo progredia na região, menos a fazenda Laterra, mas ela haveria de corrigir o que estivesse errado.

Pediu a Mateus que ficasse de boca fechada. Baixou-se para que não a vissem ao lado dele, e, resguardados por uma das enormes árvores colocadas bem próximas dos dois lances de escada da casa senhorial, entraram silenciosos na mansão, abrindo ela mesma a porta.

Tudo estava em seus lugares. O grande conjunto colonial de palhinha, encimado pelos nomes "Rosália e Vicente". Um quadro feito com os cabelos dos bisavós de Marcos, compondo flores e mariposas. A casa estava morta, mas dignamente morta. Havia móveis cobertos de branco; o piano era um deles, ela o descobriu, passou a mão pelos seus candelabros postos de cada lado da madeira. Sentou-se na banqueta, correu os dedos por ele e lá dos fundos da casa a cozinheira Malvina chegou de banhas trementes, um filhinho agarrado às ancas:

— Dona Guida! Como é que a senhora assusta a gente assim sem avisar?

Afetuosamente, ela abraçou-a, aquela gorda cozinheira, cuja arte espocava na sua própria personalidade aberta e feliz. Guida gostava dela porque lhe dava uma sensação de carinho, abundância e conforto.

— Então, você em vez de me abraçar vem ralhar comigo? Olha aqui, primeiro me arranje uma rede de linho bem cheirosa — eu disse bem cheirosa. Traga para o terraço e depois me faça um daqueles cafés em muito bom coador. Também não se esqueça dos meus pães de minuto.

— Minha Nossa Senhora, que bom ver dona Guida tão bem-disposta e ainda querendo comer! A rede vem já, já. Também os pães de minuto. Depois, vou arrumar uma cama para a senhora descansar com aquele linho de santa dona Olívia, uma coberta que só de cheirar faz bem à alma da gente...

Guida sorriu. Um tanto escondido pela grande árvore plantada à beira do lance de escada, conseguiu observar um canto da paisagem, um trato do rio e além dele a pequena casa onde nascera e vivera com seus pais. Lembrou-se da pobreza resignada do pai e da esperança da mãe de que ela viesse a ser um dia uma senhora, como ela fora nos seus tempos de grandeza.

Lembrava-se de uma menina que saíra de lá despachada de sua casa... "Para você não conversar com essa gentinha" e de toda aquela sedução que dona Olívia representava com seu bom gosto, seus salões, sua finura. Tudo lhe veio dali e dali, vieram também o bem e o mal. O esforço por melhorar nos estudos, no único curso comercial que havia em seu tempo na vida de Laterra, quando os jovens do lugar a perseguiam e ela se esquivava, pensando no neto da fazendeira, bonito, educado... e rico.

A cozinheira veio com a rede cheirando a limpeza, destituída daquela repulsiva condição de coisa guardada. Colocou-a amarrando-a de cada lado das colunas do terraço. Guida passou um pé pelo outro, libertou-se dos sapatos, entregou à cozinheira a sua casaquinha, deitou-se voluptuosamente naquela rede. Era uma senhora, sucedera à dona Olívia, a fazenda pertencia-lhe como a seu marido. Vinha-lhe, sim, do marido, mas que pouco apreço Marcos lhe dava!

Deu uns três ou quatro longos balanços. Em seguida, enrolou-se na rede e retomou seu sono de criança até que acordou com a ideia verrumando: "Deveria providenciar o mais cedo possível sobre os tapetes". Mas era tão doce aquele balançar, aquele quente vento cheirando a mato que a adoçava depois da frigidez do inverno.

— Que preguiça, meu Deus!

Teimou, contra sua própria languidez, uns cinco minutos. Também já estaria quase na hora de jantar, ou melhor, da janta, como se dizia na fazenda, e ela precisava falar com seu vizinho.

Tomou o telefone, e aí aquela tensão que sentia na Europa a possuiu por alguns instantes: estava jogando o mais alto que podia.

— É das Águas Claras?

— É — respondeu uma voz de homem.

— É mesmo seu Gervásio quem fala?

— É isso mesmo, dona. Gervásio Tolentino. Mas que é que deseja? Estava na hora da janta...

— Perdão, seu Gervásio, quem está falando aqui é a Guida, a sua vizinha. Se o senhor puder dar uma passadinha à noite... trouxe a coisa mais linda da Europa para a sua fazenda.

— Que coisa linda é esta? — perguntou o senhor Gervásio. — Desde que comprei as Águas Claras, de porteira fechada, nunca mais vi bonitezas... senão na sua casa, quero dizer... na casa de dona Olívia, que era a mais famosa destas terras. Mas sabe que estou curioso. Vou aí com um amigo que veio ver umas cabeças de gado. Isso se a senhora não se importa.

— Não. Traga seu amigo e olhe: entre pelo lado de trás da fazenda, que fica mais cômodo para o senhor. Eu vou mandar iluminar o quintal.

Guida fazia isso para que os trabalhadores não vissem o casarão iluminado.

Mateus foi encarregado de abrir a grande mala de tapetes e enquanto Guida comia uma galinha ao molho pardo, com o bom gosto de uma fome infantil, e mergulhava pedaços de angu no bom caldo cheiroso, na grande copa, com suas belas e largas janelas de vidraças coloridas guardando uma réstia de sol, Mateus ia abrindo todos os tapetes no salão de entrada e na sala de jantar. Depois da galinha, veio também aquele saudosíssimo lombo de porco assado no espeto, tão limpo de gorduras que era comida de dar às mulheres alguns dias depois do parto. Caiu certo calor no estômago de Guida, mas ela estava insaciável. Lembrou-se da embaixatriz da Hungria em Roma: "Em meu país os porcos são alimentados a frutas finas. É a melhor e mais delicada carne do mundo".

— Você não me vai dizer que não tem fruta-do-conde? Lá eu só encontrava a anona, que é muito diferente da nossa.

— Tem fruta-do-conde, tem manga, tem goiabada, tem mamão e tem queijo que eu faço para aproveitar tanto leite que se acaba na fazenda... Vou já servir a senhora.

— Ah, eu não posso mais. Basta! Uma boa fruta-do-conde e um pedaço de goiabada, depois um café, hem! Daqueles especiais que você sabe fazer e que mais tarde vai oferecer a umas visitas que vão chegar aí. É o nosso vizinho.

— O senhor Gervásio! Homem sortudo. Como ele é difícil de encontrar neste mundo! Comprar por dez réis de mel coado uma fazenda com tudo dentro! Até a prata que a dona tinha e lhe diziam: é uma loucura! Mas ele encheu o talão de cheque e entrou lá como o rei, até com a criadagem. Quando me lembro das Águas Claras em outros tempos e no tempo da dona Olívia... aquilo é que era mesmo gente educada, fina. Isto tudo aqui está virando uma espécie de feira e tratar da terra, que é o bom mesmo, toda a gente desleixa, porque agora só estão de olho nos canaviais. Cana para álcool! Amanhã a senhora vai ver.

Iluminada a pequena estrada que ligava a fazenda Laterra no breve caminho às Águas Claras, um pouco depois chegava seu Gervásio, com um amigo vindo de São Paulo para a compra de gado. Guida já se refizera da viagem. Vestia um daqueles seus clássicos e leves vestidos bem amplos de cor um tanto indefinida entre rosa e bege. Estava encantadora. Maquilara-se sabiamente, usando apenas um batom magenta e uma leve base combinando com a tonalidade dos lábios para não aparecer como as que se pintavam demais e de quem diziam os fazendeiros mais atrasados: "Elas têm cara de mulher da vida".

Guida abriu a porta a seus dois visitantes. Malvina veio já com o avental bem tratado e engomado para servir o café. A conversa principiou só sobre as mudanças da região, que foram muitas durante a ausência de Guida.

— A senhora abra o olho — disse Gervásio. — Seu administrador não é flor que se cheire. É só o que eu ouço por aqui.

— Vou contar-lhe um segredo, senhor Gervásio: ele não sabe que eu cheguei, e amanhã vou correr a fazenda de ponta a ponta.

Enquanto isto, o companheiro, homem bem-vestido e bem lançado, percorria de ponta a ponta aquele fabuloso mapa feito de tapetes e mais tapetes que se entrecruzavam.

— A senhora tem uma fortuna aqui em tapetes! Esse Kirman — disse ele — deve ter uns cem anos. Há quem não goste do Aubusson, mas é uma peça muito sensual que até me lembra Maria Antonieta e coisas de Versalhes. E aqui temos um Kashan e mais este chinês e outro que deve ser do tempo de Luís XV.

Guida sorriu para seu vizinho.

— Ainda bem que seu Gervásio veio tão bem acompanhado, pois estes tapetes eu consegui de um espólio antes que entrassem em leilão, lá em Roma.

A face de Gervásio era ao mesmo tempo de espanto e incredulidade.

— Mas a senhora que tem tão bom gosto aprecia estas velharias?

— Seu Gervásio, um tapete de duzentos anos é considerado, mesmo na Europa, uma joia preciosíssima. Podem pedir por ele o maior absurdo. Sabe de uma coisa... o senhor comprou uma bela fazenda, bonitos móveis, mas em matéria de tapetes está precisando dar um tom de mais riqueza. E está aí. Se o senhor não quiser, eu fico com todos eles. Só ofereço como boa vizinha porque, para mim, não é difícil andar à procura de outros no meio em que vivo. Até os diplomatas quando estão em apertos financeiros desfazem-se de valiosos tapetes, mas eu confesso: durante toda a minha vida no meio diplomático não vi tapetes que se comparassem a estes.

O visitante, que tinha uma bela casa no Morumbi, em São Paulo, e colecionava pinturas célebres, achando que investia bem, embora andasse à procura de vacas leiteiras, pensava que aqueles tapetes seriam um bom investimento conforme fosse o preço.

— Quanto a senhora quer por todos eles? — perguntou o fazendeiro das Águas Claras.

— Tenho que fazer as contas. Desde o que me custaram em Roma até o que paguei na Alfândega. Mas amanhã posso dizer pelo telefone.

O fazendeiro, que estava nervoso, parecia até que levara seu amigo para que ele valorizasse aqueles tapetes meio desbotados. Por essa ele não esperava! O hóspede, que lhe comprava algumas vacas e um reprodutor, agora estava todo maricas sorridente, gostando dessas frescuras de tapetes.

— E os pés de barro que entram na casa da gente?

Nesta parte de sua reflexão ele já estava falando alto.

— Meu querido vizinho — disse Guida com doçura. — Estes tapetes são para grandes ocasiões, como por exemplo a chegada de alguma personalidade. Eu sei que o senhor vai receber o secretário da Cultura, que por aqui vai passar observando as velhas moradias da região, no interesse de formar uma espécie de "mapa cultural do Estado". Se o senhor usar os tapetes nessa ocasião, será um sucesso. Agora, se usar moquetas, ele logo saberá que o seu sobrado não conservou a nobreza da qual veio.

— Posso telefonar amanhã bem cedo para a senhora? Eu tenho que consultar minha mulher.

O acompanhante, que parecia a própria figura de prosperidade pela maneira de vestir-se e beijar elegantemente a mão da senhora, declarou baixo:

— Se ele não quiser, eu fico.

Ao despedir-se, ela sorriu amavelmente para ambos, num súbito entusiasmo que a aturdiu. Custou a dormir.

Mais tarde, seu Gervásio telefonava, e a campainha era forte. Foi sacudida por ela já quando ia caindo no sono.

— Alô! Dona Guida? Desculpe, mas perdi o sono com essa história desses tapetes. Fiz contas e mais contas. O preço que a senhora vai pedir não dá, estou certo.

O riso de Guida vibrou no telefone como um desafio:

— Como sabe que vou pedir um preço que o senhor não pode pagar?

Ele baixou a voz e disse:

— Porque aquele desgraçado que eu meti em minha casa e vendi as melhores vacas já está querendo levar os tapetes. Na casa dele só tem grandeza, que eu sei.

— Seu Gervásio, o senhor pode estar certo que tem melhores meios de pagar do que seu hóspede.

— Mas, pelo amor de Deus, que meios são esses, dona Guida?

— Pense no que lhe vou dizer: o senhor deixou crescer o mato no Campo da Brasa, ali em frente do rio onde tem aquela casinha que foi moradia de meus pais. Aquilo para mim tem um preço que não tem para o senhor. O senhor não está precisando daquelas terras. Antes de adormecer, pense nisso. O senhor faça uma avaliação daquele seu campo, e no negócio dos tapetes essa parte entra em pagamento.

— Onde foi que a senhora aprendeu esses negócios, dona Guida? Nem parece mulher de diplomata chegada da Europa! Com esse seu modo de barganhar, parece que foi sempre uma fazendeira. Mas, olhe. Isso que a senhora disse me interessa.

*

De manhã, a pedido do próprio restaurante em que estavam retidos Marcos e Thomaz, viera uma grande máquina para quebrar o gelo do parque e abrir passagem para a estrada que também estava sendo limpa por enormes caminhões com pás gigantescas a lançar a neve para dentro dos carros. Pagaram a conta, tomaram o automóvel e, ao chegar ao hotel em Zurique, souberam que *Frau* Bianca partira havia alguns minutos apenas, pois o aeroporto só agora fora desimpedido, tão forte caíra a nevasca — o nevão, como dizia Thomaz.

Com essa informação, Marcos fez-se lívido. As narinas foram sulcadas de branco e os lábios, arroxeados pelo frio, mostravam sulcos da fuga do sangue.

— Vamos embora, filho. Vamos ver se ainda alcançamos Bianca.

Thomaz saltou para o carro, mas teve a precaução de dar, antes de o fazer, uma pílula ao pai, que a mastigou mesmo sem tomar água. Chegaram ao aeroporto. A confusão era grande. Inúmeros passageiros foram retidos, com o cancelamento de voos de aviões que deixaram de pousar no aeroporto de Kloten isolado pela pesada neve. Agora, que se abria o tempo, várias partidas eram anunciadas.

Marcos teve ainda a ocasião de ouvir o número do voo de Bianca para Roma. Impediram-no de chegar à sala de embarque. Ele mostrou sua carteira de diplomata. Deixaram-no passar, mas, ao chegar à sala de partida, olhando pela vidraça, viu que retiravam a passarela para o avião e os motores principiavam a funcionar. Tentou ver se naqueles breves rostos, entrevistos através das pequenas janelas, estaria o de Bianca. Mas não o conseguiu, e o avião bruscamente soltou-se pelo ar, agora já fino e azul, brilhando sobre o tom amarelecido do sol de inverno.

— *Addio, caríssima* — disse para si mesmo.

Aprendera a amar, sem saber que amava, aquela doce figura de mulher que nada exigia para si. Era uma bela e harmoniosa jovem. Vivia para seu trabalho. Tinha uma consciência sempre alerta às pequenas coisas de que ele necessitava para cumprir suas funções de diplomata. Anulava-se nos vestidos, nos mantos, na simplicidade de uma toalete negra de festas, e sua beleza transparecia vagamente. Seria preciso convivência e tempo para identificá-la como uma pessoa bonita, admirar seus grandes olhos mortiços, seu pescoço bem-lançado, sua fina silhueta, pequenas orelhas bem-feitinhas, onde ela sempre punha uma pequenina pérola ou um pequeno brilhante, naturalmente falsos — seus únicos enfeites. O cabelo, atirado para trás, mostrava sua testa alta e inteligente. Por que só agora ele a retinha no pensamento, como se levasse muito tempo, dias inteiros a fio, gravando-a em seu inconsciente?

Ninguém se admirou de que ele se estivesse assoando. Afinal, com aquele frio de vários graus abaixo de zero, muitas pessoas estavam gripadas. Mas, quando Thomaz veio buscá-lo, notou que seu pai estava profundamente chocado. Voltaram ao carro, ao hotel. Ele disse ao filho:

— Às vezes, eu penso que descubro as pessoas tarde demais — e, para desviar a atenção do jovem de Bianca, continuou: — Como estou descobrindo você só agora.

Ainda deveriam ficar em Zurique mais três ou quatro dias, mas Marcos principiou a falar muito em Lugano, no Ticino — a Suíça italiana —, onde teriam sol, melhor clima e ele se sentiria um pouco menos cansado.

— Já estivemos num hotel que dava para o lago e era verdadeiramente agradável. Lugano seria uma miniatura do Rio de Janeiro, digamos há uns cinquenta anos, mas na visão de Botafogo e Flamengo. Com seu clima tépido, até palmeiras, um hotel que se chama Rio de Janeiro... Não estou brincando, filho! O monte San Salvatore que reproduz o Pão de Açúcar fica à beira de um lago lindíssimo, e aquele outro monte, o Brè, que se visita para ver a extensão de um lago tão puro e lindo, até — Marcos ria — parece paisagem de caixa de chocolates.

Procurariam arrumar quarto no Hotel Majestic. Marcos continuava a falar da cidade:

— Nesta altura do inverno não será difícil. O funicular Lugano degli Angioli, a Piazza dela Riforma, a Via Nassa, e os bancos a oferecer garantias para um mundo cheio de dúvidas e preocupações. Bancos, companhias de seguros e mais companhias de seguros. Você poderá dizer: quase cheguei ao Rio de Janeiro quando estivermos lá... menos, é claro, pelas muitas companhias de seguros e os bancos e ainda certa segurança nos habitantes, que já sentimos, e que devem ter sentido as pessoas que viveram há cinquenta anos no Rio.

Era um pequeno discurso que Marcos fazia para o filho, andando agitadamente de um lado para o outro no quarto.

— Pai — pedia Thomaz —, tem calma. Está muito agitado. Vamos viajar, sim, mas tudo com calma, porque não se sabe se o hotel está aberto, se há lugares para nós. Enfim, quero que o pai se deite depois de mais um comprimido, arrefeça o ânimo! Vou pedir uma ligação para Lugano a ver se tudo poderá ser feito como o pai deseja.

Thomaz ativou-se em resolver todos os pequenos problemas. Conseguiu o apartamento no Hotel Lugano dando para o lago. Adquiriu as passagens na Bahnhof, e no dia seguinte, quando já não mais caía neve, tomaram o trem viajando para o sul. Durante a viagem Thomaz observava o que seriam as pastagens, mas cobertas de branco, e as grandes montanhas desdobrando a neve que fluía pelas encostas, limitando o espaço reservado às atividades do país. Disse ao pai:

— Mas como tudo é tão pequeno na Suíça! Até Portugal parece um país muito grande comparado à Suíça. E como são tão ricos, sendo tão pequenos e postos a sofrer invernos como este?

Isso ele tinha dito porque de Zurique para Göschenen, passando pelo Cantão de Zug, lugar de cartão-postal, era como se dizia "um pulo", de trem. Sucediam-se paisagens geladas, completamente brancas. Em Göschenen o trem entrou no Gotardo — uma das mais fantásticas proezas da engenharia moderna, talvez o mais grandioso dos túneis da Europa. Marcos contou-lhe que ali estivera com sua mãe. Imagine: passara por cima!

— Que perigo, meu filho! De carro e pela estrada. Tínhamos à mão uma garrafa térmica com café que Guida me fazia tomar sempre, receando que eu me distraísse naquelas alturas vertiginosas. Mas veja, querido, agora o trem entra em Gotardo e já estamos saindo em Airolo, na Suíça italiana.

Entraram vários policiais fardados, sem que se soubesse bem o que procuravam. Viram ligeiramente o que havia pelos vagões. Pediram aqui e ali documentos de alguém, por motivos ignorados ao público, e sem maiores atrasos saltaram do trem. Enfim, em breve chegaram a Lugano.

Marcos viu as palmeiras, a "imitação" do Pão de Açúcar, o Hotel Rio de Janeiro, o lago tão bonito, um pequeno resumo da Guanabara, tal como se a Guanabara pudesse ser resumida. Pai e filho foram para seus quartos e estiveram bem agasalhados, é verdade, mas sentados ao ar livre em seus pequenos terraços, respirando, não o inverno, mas quase um ar de outono doce. A mansidão e o colorido azul do lago afastavam pensamentos tristes. Marcos chegou-se ao rapaz:

— Amanhã alugamos mais um carrinho. Vamos correr várias pequenas cidades aqui, à volta do lago: Castagnolo, Gandria, Morcote. Lugano é uma boa pedida. Acho que vai ser a melhor porção da nossa viagem.

E na verdade foram dias felizes porque, seguindo à risca a prescrição do médico, Thomaz, que sempre dirigia o carro alugado, observava seu pai com melhores disposições, bom apetite, já agora falando muito no novo embaixador que deveria chegar e que para ele, Thomaz, se quisesse seguir a sua carreira, seria um belo mestre como chefe de Missão.

Quando, depois de subir o monte San Salvatore já no dia seguinte à chegada, lançou a vista sobre aquelas vilas e mais vilas que a uma distância de vinte quilômetros — não mais do que isso — se aninhavam ao lago, Thomaz perguntou:

— A mãe estará tão bem quanto nós?

— Claro — respondeu Marcos. — Ela sempre está muito melhor do que nós todos, em qualquer lugar onde esteja.

Aquilo intrigou um pouco Thomaz, mas afinal a resposta era agradável. Andaram por pequenos restaurantes, por antiquários. Tudo parecia resumido. Mas como era doce Lugano, como era bom esse Ticino que tinha toda a graça da Itália sem as confusões e o medo que agora reinavam por lá, como contava Marcos.

# 19
# Levava atado ao pulso o relho com punho de prata como um sinal de poder

Três dias depois de chegada à fazenda, o conselheiro Fagundes recebeu de Guida um telegrama: "Rogo avisar à família Rinaldi, por intermédio de seu advogado, que tenho o prazer de resgatar minha dívida muito antes do tempo marcado. Rogo outrossim, por meios que lhe envio, resgatar as promissórias em mãos do referido advogado. Agradecida. Afetuosamente, Guida".

Ela estava em pleno domínio de sua felicidade. Experimentara as forças humanas com que fora dotada, e elas lhe deram mais ainda do que pretendia. Agora, podia subir ao mais alto ponto da fazenda e olhar a paisagem. O casarão, o terreiro do café, as plantações e atravessar o rio, não passando por aquela ponte que tanto a humilhava quando ia visitar, ainda menina, dona Olívia. Observava o cenário que ficava além do rio para dizer: "Tudo o que a minha vista abrange é meu". Marcos dissera a Thomaz que ela estaria sempre melhor do que eles, e realmente estava.

É verdade que um fato muito estranho ocorrera logo no dia seguinte à sua chegada, quando, perguntando pelo administrador, Seu Limoeiro, disseram-lhe:

— Seu Limoeiro está para as bandas do córrego, e o pessoal está todo junto no plantio da cebola.

Ainda não era a época. Ele estava se adiantando... por quê? Veio-lhe a intuição — se ele mandou o pessoal para este lado, é porque estará no outro.

Guida montada no seu belo e robusto alazão campolina, de raça nacional, era uma figura impressionante: os cabelos presos por um pequeno chapéu de feltro negro, de blusa e calça também negros, com botas altas e finas, levava atado ao pulso o relho com punho de prata que recebera das mãos de dona Olívia, quem sabe se como um sinal de poder. Jamais castigara o animal. O chicote servia mais para um agrado. O cavalo a conhecia. Ela dava-lhe açúcar, e diziam que ele ria e mostrava os dentes como um ser humano enfeitiçado por ela. Esfregava o focinho em seu rosto com muito amor. Com o sentido que têm certos animais, sabia que era dela e só dela. Muitas vezes derrubara pessoas que ingenuamente tentaram montá-lo. Ele pastava tranquilo ou ficava na estrebaria. O tempo se anulava, e só o tempo de Guida devia contar para aquela massa de nervos, sangue e músculos, aquele conjunto de força sobre o qual certa mão branca de mulher tinha todo o poder. Nas suas longas temporadas distante do Brasil, Guida arranjava sempre um modo de vir à fazenda e então era uma verdadeira amazona montando o seu puro-sangue.

E foi montada no seu cavalo e dizendo como quem conversasse com um amigo "Agora você vai pisar bem mansinho" que ela chegou ao cafezal velho, aquele ainda dos tempos de dona Olívia, ainda verde, formoso, entrelaçando seus galhos, mas produzindo pouco pelos maus-tratos em que o deixavam.

— Quieto, quieto — dizia sempre Guida, baixando-se para o ouvido de seu cavalo. Percebeu ruídos, um agitar de folhas e pensou que também poderiam ser animais que por ali fizessem tocas: raposinhas, cachorros-do-mato... Mas, na dúvida, moveu repentinamente o cavalo e partiu de chofre em direção àquele rumorejar de velhos cafeeiros e lá estava seminu, com uma cabocla também muito descomposta, agarrados sobre a rasa grama, o espertalhão Limoeiro com a mulher de um trabalhador.

Guida não teve dúvidas. Enquanto eles tartamudeavam qualquer palavra de uma impossível explicação, desceu ágil do cavalo, e o chicote furiosamente castigou a ambos, porque no estado em que estavam, um a levantar as calças, outra a abotoar o vestido rapidamente, não puderam defender-se dos golpes — e eles foram muitos: caíram sobre o rosto da mulher, sobre a parte mais protegida de Seu Limoeiro, numa raiva que não conhecia limites.

— Cachorros! Enganando todo o tempo a todos daqui. Mas tomem mais esta surra, e mais esta.

E as fortes tiras do relho cortavam furiosamente as mãos que cobriam os rostos, as costas, o baixo dos corpos.

— Não, por favor, não aguento mais. Eu explico.

— Explica coisa nenhuma. Você pega amanhã o caminhão que lhe dei para ajudar esses pobres a vender no mercado, põe suas coisas lá dentro, carrega a estúpida da sua mulher e seus filhos remelentos e desaparece da minha vista, antes que eu meta você na cadeia.

A mulher já ia escapulindo atrás de um pé de café verde-escuro. Com força que ninguém julgaria pudesse ter, Guida agarrou-a pelos cabelos.

— Sua vagabunda! E você recebeu alguma coisa?

— Nhora, sim. Cinquenta cruzeiros. É o que ele paga sempre pra gente.

— Cinquenta cruzeiros para você se sujar com este porco! Vai embora já para sua casa antes que me dê — e ela puxava mais e mais o cabelo da outra, que chorava desesperadamente — mais vontade de surrá-la, e aí você não poderá contar ao marido que se arranhou no mato procurando, sei lá, uma cabra que fugiu. Conheço histórias daqui, sabe?

Largou-lhe os cabelos, empurrou-a e ela se foi correndo enquanto Limoeiro, já mais composto, fingia de valente:

— A senhora está aí castigando a outra, mas é igualzinha a ela. Eu também sei de muita coisa, viu?

Apesar de o chicote ter vibrado no próprio rosto e um filete de sangue escapar da barba malfeita, Limoeiro grunhiu:

— É igual a esta que você surrou, fique sabendo.

Horas depois, enquanto Guida descansava ainda trêmula pelo esforço e pela raiva, ouviu um grande vozerio, uma grande lufada de palavras que o vento lhe trazia, e o sino tocava como que a pedir socorro.

Nesse momento, Guida levantou-se e viu uma imensa fogueira ateada à frente da colônia. Ela poderia imaginar o que estava acontecendo, embora não desse para observar de perto todo o espetáculo grotesco de uma estúpida vingança.

Limoeiro, à frente de todo o pessoal da fazenda, despejava gasolina por cima do enorme caminhão e fizera menção de acender a fogueira. Sua mulher gritava. Gritavam os companheiros. Guida não poderia ouvir o que ele dizia, tirando do bolso uma pistola:

— Se alguém quiser impedir... — e já vinham homens e mulheres com baldes de água —, eu passo fogo no primeiro que quiser apagar.

E assim, para mostrar desprezo a quem lhe dera tão grande presente, "matou" o caminhão, incendiando-o e tornando-o logo em ferro-velho e em cinzas.

No dia seguinte, numa velha carroça, Limoeiro com a mulher e os filhos saíram de manhãzinha sem olhar para trás. Mas Guida observou a sua saída miserável, e dentro dela havia uma canção contente.

*

Depois do negócio, os vizinhos Gervásio e Guida ficaram mais próximos, mais amigos. Ela expôs-lhe a questão do administrador, e ele propôs ceder o seu por umas duas horas diárias, só para distribuir o serviço de seu pessoal.

— Aqui para nós, dona Guida. Dava pena ver uma fazenda tão boa quanto a sua entregue àquele homem. Foi bom a senhora ter vindo, porque, do contrário, não sei, não. Pois não é que até no aviário de repente as galinhas morriam e ele tinha a coragem de dizer que era de doença natural e não procurava o posto do Ministério da Agricultura para mandar tratar delas? Aquele empregado encarregado delas é um bom homem, mora lá mesmo no aviário e parece que até sabe conversar com as galinhas. Manda que elas se calem. Elas gostam dele, e, quando, por acaso, um freguês como eu deseja comprar uma franguinha bem nova, ele com os olhos muito tristes diz que é da raça das poedeiras e que ainda vai dar muitos ovos. Só com essa parte e mais a cebola, o alho que precisa também de cuidados, porque anda uma praga por aí que ainda não foi descoberta, só com isso e mais a colheita do café do ano passado, que foi muito boa, a senhora já tinha o seu pé-de-meia para fazer o custeio deste ano. Meu administrador vai lá, faz uns cálculos e ajuda a senhora até encontrar alguém que tome conta de verdade da fazenda.

Guida perguntou se os trabalhadores continuavam a deixar tudo por São Paulo ou se o sistema dos "boias-frias" ainda era muito forte na zona.

— Qual nada, dona Guida. Com tanta violência, crime e falta de moradia em São Paulo, está voltando gente para cá que não tem nem cabimento. Depois, a senhora tem uma boa colônia, graças a dona Olívia, com terreno para o seu pessoal plantar, tem luz elétrica, futebol, missa uma vez por mês e escola que fica na estrada, entre as nossas duas fazendas. Que mais podem eles querer?

Ele abriu o riso, deu umas três balançadas na cadeira de balanço, presença ali de dona Olívia, que a dera, e acrescentou:

— Só tem que quando chega no sábado e no domingo enchem a cara pra valer. — Riu gostoso para suas lembranças. — Tive um do terreiro, um negro chamado Benedito, que voltou de Laterra de manhãzinha, cai não cai pela estrada, e aí tinha uma cobra estirada tomando aquele primeiro sol; como o amor subia nele na quentura da bebida, agarrou a cobra e beijou a dita na boca, e a cobra se pendurou na beiçorra do negro que foi uma dureza ela largar. Mas ele estava tão cheio de cachaça que só ficou inchado, inchado que nem uma bola, depois aliviou e sarou. Ele tinha tomado o contraveneno que é o álcool, mas depois desta história apontavam muito para ele: "Olha lá o homem que beijou a cobra...". Parou de beber, ficou chato e quando chegava no sábado e no domingo não tinha o que fazer. Ficava procurando conversa comigo, com os meninos lá em casa para passar o tempo que ele antes enchia com a cachaça. Mas eu não estou dizendo coisa com coisa e me desculpe, dona Guida.

— Não. Que é isso? O senhor está me dando muita atenção, e agradeço o oferecimento do seu administrador. Devo regressar logo para a Europa. Quero deixar o serviço organizado.

O vizinho coçou a cabeça.

— Diz que na Itália tanto tem de riqueza como de beleza e que a TV de lá dá mulher nua que até enjoa. É verdade?

— Infelizmente é verdade. São estações particulares, por cabo, mas essa onda de nudez já está passando. Agora o que temos de ruim por lá são os roubos, os sequestros, as mortes, isso sem falar no terremoto que foi um fim do mundo na região de Nápoles. Mas assim mesmo acho que é um dos mais belos países do mundo, se não for o mais belo. Um dia, o senhor junta aí umas boas economias e vai conhecer a Itália que vale a pena. Que beleza! Tem palácios maravilhosos. O senhor pode ver o papa. Qualquer um pode ver. Ao meio-dia, ele aparece na janela e reza para todo o mundo na praça e também dá audiências para milhares de pessoas. Existem a *Roma Bianca* e a *Roma Nera*. A *Bianca* é a presença do grande papa João Paulo II.

Gervásio interrompeu:

— Eu já segui por todo o Brasil o João de Deus. É esquisito que um país comunista dê ao mundo um santo como dizem que ele é.

— Sim, um santo — disse Guida. — Mas abusam demais de seus esforços, e eu acho que ele devia ser mais preservado e protegido.

— Ah, mas um papa tem de ser assim mesmo. — Gervásio deixava a cadeira de balanço. — Se São Pedro foi posto na cruz de cabeça para baixo, essa história de governar as almas é a roça mais difícil que tem no canteiro de Deus.

De repente, Guida compreendeu que aquele homem sem cultura dissera uma coisa surpreendente e bela: "A roça mais difícil no canteiro de Deus!".

## 20
# A vida sexual é uma m...

E a intimidade entre Marcos e Thomaz se estreitava como se pai e filho nunca houvessem vivido tão separados. Com paciência, Marcos ia pondo Thomaz a par das particularidades brasileiras:

— Nós temos uma terra maravilhosa, cheia de contrastes. Produzimos muito, aceitamos o desafio do momento com muita *garra*, mas estamos chegando a proporções dolorosas e ao encarecimento da vida, os crimes em São Paulo, no Rio, os assaltos continuam, assim como a luxuosa vida dessas capitais continua também. Há um gosto de viver no brasileiro que nada apaga, mas já cheguei a pensar que muita gente só roubasse por falta de dinheiro, para comer. Deixei esse pensamento inocente de lado, meu filho, quando vi que a cidade mais rica do mundo, Nova York, é a grande recordista dos crimes. É por isso que este pequeno país, a Suíça, é feliz. Contém o mais possível o aumento das populações, e, quando Zurique passou dos quinhentos mil habitantes, houve uma espécie de pânico. Tudo é regrado, disciplinado, e por isso crimes e assaltos aqui são raros, se bem que agora, creio eu, já comecem certas ebulições do nosso tempo, como greves, descontentamentos e alguma violência estudantil, no caso nada próprio da Suíça. Hoje, vou levar você à Itália, mas é uma Itália deste tamanhinho, uma Itália anã.

Marcos fazia mistério e ria com grande satisfação para Thomaz, que saltou junto do pai, fazendo uma careta.

— Não me engana, não. Já estudei o mapa. Nós vamos a Campione, não é? Um pequeno troço da Itália encravada aqui no Ticino e onde se joga bastante.

— Mas o meu filho é muito mais informado do que eu pensava! Pois vamos lá tentar a sorte.

E foram. Atravessaram o portão do minúsculo território italiano, e um cassino de proporções razoáveis, mas muito frequentado por turistas, mostrou logo suas luzes de várias cores. Thomaz trocou dinheiro para o pai e viu que as fichas já não tinham o baixo valor das casas de jogo de Lugano e Genebra, onde se jogava *la boule*. Ambos divertiram-se em ganhar quase ininterruptamente. Uma senhora alemã, como pai e filho fizessem sempre jogos aproximados, resolveu unir-se a eles, e então, em duas jogadas, desistiram de continuar, levando apesar disso um montão de fichas para serem trocadas.

Thomaz sentia-se mais homem. A roleta para ele era um jogo excitante porque dependia unicamente da sorte. Passaram depois ao bar. Tomaram cerveja vagarosamente. Olhavam pela janela o lugarejo fechado em si mesmo, uma ilha italiana cercada de Suíça por todos os lados, pertencente à Província de Como, com pouco mais de mil habitantes, e procuravam distinguir nas casas alguma diferença nos habitantes. Mas se a Suíça era italiana, também a Itália era Suíça.

— Esta parte do sul da Suíça e do norte da Itália andou mudando de dono através dos séculos — explicou Marcos, assim meio vagamente. — Você sabe como são essas coisas de limites aqui na Europa. Ora pra lá, ora pra cá. Por isso é que Borromini, nascido por aqui e de que tanto você ouvirá falar em Roma, como o rival de Bernini, este fez a Fontana dei Quattro Fiumi e o outro a Igreja de Sant'Agnese, em frente à Fontana, é celebrado como suíço pelos suíços e italiano pelos italianos. Confusões da Europa, meu filho!

Thomaz fez perguntas sobre sua mãe. Marcos olhou em torno. Nas poucas mesas alguns nórdicos bebiam. Dois homens morenos abriam um tabuleiro de xadrez e empenhavam a fundo o seu pensamento em meio à leveza do ambiente.

— Não gostaria de falar de sua mãe aqui. Direi com mais tempo sobre Guida. Só quero, porém, avisá-lo do fundo do meu coração de pai: Guida não é uma pessoa comum. Você está vendo este jogo que nós fizemos? Ela riria de nós se estivesse aqui. Seu jogo é a grandeza da vida. Crescer sempre. Brilhar o mais possível. Sua mãe foi uma menina muito pobre, e isso talvez explique a sua maneira de ser.

Como que arrependido, prosseguiu:

— Mas vai encantá-lo de qualquer maneira, porque até hoje, depois de tantos anos de casado, ainda não conheci outra mulher com o domínio de Guida.

*

Voltaram para Lugano, pai e filho como dois adolescentes. Riam por qualquer coisa: pela velhota alemã que achava que a sorte estava com eles, pelo aviso que receberam logo à chegada ao hotel de que não fossem tomar banho àquela hora para não incomodar os vizinhos do quarto, pelos homens que jogavam xadrez e gastavam sua paciência no tabuleiro, enquanto os outros tentavam a sorte fácil ou difícil na roleta. Havia ocasiões em que Walter entrava em cena com as suas gírias. Marcos ria mais ainda. Tinha pena de não conhecê-lo, mas "ele devia ser um tratante muito simpático". Riram depois com certa ternura. Aí até sorriram com a inocência dos oferecimentos de Belita e por fim riam-se deles mesmos.

— Devemos trocar de roupa. Você está vestido como um diplomata, e eu como o filho rebelde.

Tinham mais ou menos o mesmo corpo. Nesse *blazer* que agora o filho vestia havia um agradável cheiro de bom fumo. Deixaram de rir quando o pai informou:

— Tive uma coleção de quarenta cachimbos. Os melhores Dupont! Deixei de fumar de um dia para o outro, quando soube que tudo quanto sentia estava relacionado com excesso de fumo.

— Deve ser difícil, hem, pai?

— Não, para dizer a verdade, controlei-me tão fortemente que os amigos nem me fizeram perguntas.

Ainda tiveram tempo de ver algumas coisas em Lugano. Chegaram a uma rua quieta e bonita onde havia um escudo do Brasil, a Via Nassa. Estava ali um Consulado honorário. As janelas fechadas indicavam que o Senhor Cônsul deveria estar fora da cidade. Desceram a encosta. A rua ficava bem no centro, numa pequena subida, e Marcos aludiu ao pouco-caso com que são vistos muitos Consulados honorários.

— No princípio muita festa, muito agrado, muita propaganda do Brasil. Depois, logo se esquecem um pouco desses senhores quase sempre de muito boa-fé que prestam grandes serviços. Se tivéssemos com eles um trato mais constante e humano, obteríamos proveito e faríamos justiça a seus esforços, embora o título de cônsul para um ou outro seja grande honra. Mas vai ver que lá dentro só tem revista de dois anos atrás. É bem capaz que não tenham sequer retrato do novo presidente.

Foram ao hotel. Thomaz não permitiu que o pai fechasse as malas nem fizesse um esforço maior. Levaram pequenas lembranças. Caixas de chocolate, bonequinhas vestidas à maneira dos cantões da Suíça, uma vaquinha que o resto de infância de Thomaz reclamou. Dava leite se lhe puxassem o rabo e soltava mugidos quase musicais. O pai fez questão de comprar para ele um belo relógio. O melhor que encontraram. Devia custar muito caro. Foi uma confabulação entre o vendedor e Marcos. Thomaz admirou aquele relógio dos relógios, "que só faltava falar", como diria Walter, pois dava o dia do mês, o ano, o dia da semana, era despertador, imune à água, enfim, era uma verdadeira preciosidade, e o pai simplesmente disse:

— Ora, meu filho, eu lhe dei tão poucos presentes na vida! É natural que agora me recupere desse atraso.

Tomaram o trem da tarde para Milão. Recolhiam imagens de uma terra nua que aqui e ali mostrava sinais de neve. O trem descia suavemente as montanhas do Ticino.

Em Chiasso estava o limite da fronteira com a Itália. Rapidamente, os guardas italianos imponentes e falantes uns com os outros e com os passageiros introduziam até eles também a Itália dos gestos, das falas, das comunicações entre as pessoas, do gosto em saber coisa sobre o próximo: casado? solteiro? viúvo? de que lugar é? tem filhos? Evidentemente, não haveria tempo para que eles, ao verificarem os *documenti*, fizessem tais perguntas, mas um deles não aguentou dizendo que tinha um *fratello a Rio*: o *fratello* tinha mais *testa* [cabeça] do que ele e estava ganhando dinheiro com uma *retifica* [oficina].

Lá fora, mulheres e homens conversavam, riam, iam tomar o trem por engano, logo saltavam. O guarda comentou que eram *tutti quanti pazzi perchè quando arriva ferragosto qui si prende un treno senza sapere la destinazione!* [todos ficam loucos porque, quando chega o feriado de 15 de agosto, pegam um trem sem saber o destino!] E saltou, apitando do trem e impedindo pessoas que queriam subir sem ter, ao menos, comprado bilhete. Milão era perto, e achavam desnecessárias essas "miudezas".

Apesar de toda aquela alegria fresca, saudável, aloucada de Chiasso, quando o trem seguiu para Milão uma leve saudade daqueles dias apertou o peito de Thomaz. Tivera o pai só para ele, aquele pai quase desconhecido, por uns dias extraordinários. Agora Milão, depois Roma e a vida diplomática. Thomaz não percebia o que estava para vir, mas uma intuição dizia-lhe que se acabava um prazo de felicidade toda especial.

Olhando pela janela e de pé, postos à esquerda, avistaram Como, seu lago que se desdobrava em toda a sua formosura plenitude, cercado pelas colinas próximas, alcantiladas, e contendo uma quantidade de casas de todos os tipos num aglomerado que em breve seria motivo da parada desse trem de poucos turistas e não muito rápido.

Chegaram a Milão pela Stazione Centrale e de lá partiram de táxi para o Hotel Principe di Savoia, que ficava na

Piazza della Repubblica. Era um hotel de luxo um tanto pesado. Como não pretendessem trocar de roupa para enfrentar a elegância do ambiente, jantaram em seus quartos, não faltando um bom prato de *pasta* no forno e um bife à fiorentina que Marcos comeu aos bocadinhos, dizendo:

— É o que Guida prefere. Em todos os lugares da Itália pede sempre um bife à fiorentina, a bisteca fiorentina.

A noite de inverno não parecia convidar os visitantes a passeios pela cidade.

— Fica para amanhã. Terei de trocar dinheiro — disse Marcos.

A praça mostrava pessoas apressadas, com agasalhos muito pesados. Mas, no dia seguinte, o tempo melhorou. Houve meia abertura de sol, e, enquanto o pai trocava dinheiro numa banca próxima, Thomaz visitou a Catedral, o Duomo. Ficou um pouco abalado por aquela grandiosa igreja gótica. Um pequeno folheto dizia que ali estavam mais de três mil e quinhentas estátuas e estatuetas, dentro e fora da Catedral. Fora iniciada — Thomaz fazia contas — na época do Mosteiro da Batalha que tanto o emocionava em Portugal, aquela monumental construção também no mesmo estilo gótico.

Havia marcado encontro com o pai num café que se situava debaixo da Galleria Vittorio Emanuele II, a famosa galeria, um prazer do público que ali encontrava restaurantes, lojas, toda coberta de cristais, alguns coloridos, magníficos, tetos com desenhos caprichosos, naquela abundância dos detalhes da segunda metade do século XIX. A praça e a galeria foram traçadas por Mengoni.

O jovem viu-se a andar à sua própria roda, deslumbrado com aquela enorme, altíssima galeria onde mesmo em tempo de chuva se estava bem, se estava em conforto.

Encaminhou-se para uma das mesas do café onde iria encontrar-se com o pai, e logo Marcos apareceu muito agasalhado, um pouco transido pela chuva que apanhara dizendo que iria telefonar para Roma, num telefone público ali perto, e avisar o dia da chegada. Disse, ligeiramente, ao filho:

— Estou horrorizado. O juiz do Supremo Tribunal da Itália foi raptado, e a filha leu na televisão a mensagem dos sequestradores! *Il Messaggero* a deu de cima a baixo. Acabei de ver agora todas as acusações que tinham para vomitar. Agora só se espera que, depois de terem conseguido fazer tanta propaganda, soltem este pobre juiz humilhado que conheci e já esteve em nossa casa, com muita simpatia e consciência de sua finalidade na Justiça. Deus meu, como o mundo está terrível!

Disse isso baixo para o filho, mas pessoas que passavam também diziam frases parecidas. Algumas atacavam o jornal por publicar os horrores que publicaram. Depois de ter cometido um crime, arvorarem-se em juízes do governo e de todas as suas ações, inclusive clamando contra os criminosos "que prendiam pessoas inocentes como se estivessem fora da civilização". O jornal não deveria ser lido para que não surtisse efeito a mensagem dos sequestradores, mas ele já chegara e era disputado.

Quando o pai saiu de perto, uma moça que não teria mais do que vinte e três anos, morena, vestindo um mantô tipo militar e calçando longas botas, tratou de observá-lo com o interesse de quem olha uma vitrina. Um tanto aflito com aquela insistência, Thomaz mudava de posição, cruzava e descruzava as pernas, fingia que prestava atenção nesta ou naquela pessoa que passava, e a jovem continuava a olhar tão fixamente que por fim Thomaz não aguentou; voltou a face para ela e viu que seus olhos eram como os de uma boneca. Por mais extraordinário que isto parecesse ao jovem, ela não piscava. Quando viu que Thomaz, por fim, se dignara a voltar-se para ela, perguntou:

— É brasileiro?

— Sim — disse ele. — E o pai que cá esteve também é. É diplomata.

Falava para preencher aquela aguda sensação que os olhos de boneca viva transmitiam:

— Posso sentar-me à sua mesa?

— Sim. Pode sentar-se, mas vou ficar aqui por pouco tempo. Vou correr a cidade.

— Hum — disse ela. — Você é brasileiro, mas tem sotaque português. Como é isso, hem?

— Fui criado em Portugal, nada mais posso dizer.

— Você conhece a vida?

— Que pergunta! Como não conheço a vida?

Ela fez uma pausa. Seus olhos continuaram abertos, mas agora se fixavam em outro ponto.

— Eu quero dizer: você conhece a vida sexual? Antes de mais nada, a minha opinião. É uma m... Experimentei, porque a mamãe é muito avançadinha, sabe, achou que eu devia ter a experiência e até hoje sinto que — os olhos voltavam a virar-se para ele sem uma única piscadela — estou suja, mais do que isso, imunda. E aí a mamãezinha que me empurrou para meu noivo, que só me dava beijinhos na testa e às vezes mais demorados na boca, o que não era mau, achou que eu devia fazer uma experiência antes do casamento. E eu lhe digo: o sangue da virgem é um sangue maldito. Nenhum outro animal tem essas coisas, é a prova de que somos maculados para o resto da vida.

Thomaz não sabia o que dizer:

— Bem, talvez sua iniciação não tenha sido... com uma pessoa delicada, amorosa.

— Foi tudo isso a princípio, depois virou um porco, um sujo, um imundo, e no dia seguinte voltei para casa berrando: esta história de amor é a maior sujeira que se inventou no mundo. O sexo é uma ... — voltou a Cambronne —,* e é essa sujeira que domina o mundo de hoje. Pode dar certo? Preste atenção no que eu digo: no momento em que se gruda homem e mulher, tudo é sujeira, porcaria. Eu gritava tão alto, no dia seguinte, que os vizinhos, todos eles fazendo o seu sexo muito amarradinhos, lá pelos apartamentos, vinham reclamar de minha mãe, e eu lhes dizia: "Vocês fazem

* Referência a Pierre Cambronne, general de Napoleão, que proferiu "merde" diante do desastre das tropas em Waterloo. [N. E.]

amor, fazem? E ainda apertam a mão da gente?”. Então minha mãe achou que, se eu viesse à Europa passear, esquecia disso. Mas por todo lado que eu ande só vejo esta porcaria: nos anúncios, nos filmes, na TV.

Uma senhora vestida de negro, ainda bonita e bem alta, aproximou-se.

— Sou a mãe dela. Ela não está bem, já compreendeu, não é?

— Não — disse ele para dissipar qualquer preocupação naquela mãe atormentada... — Ela teve uma conversa franca comigo... e mais nada.

— Vamos, minha filha — disse a mãe. — Vamos à Catedral, que você ainda não conhece.

Ela disse:

— Sim, eu quero ir à Catedral dizer ao bispo tudo que penso e vou pedir uma garrafa de água benta. Eu quero lavar-me de água benta. Eu quero lavar-me com água benta, a senhora sabe.

Aí os olhos grandes, vidrados, já não tomavam interesse por Thomaz. A mãe queria segurar-lhe o braço. Ela deu-lhe um safanão e foi andando ereta e até bonita, com aqueles olhos espantados cheios de medo e de culpa.

# 21
# Ideias que deveriam ser transmitidas, palavras que pediam pressa de sair da boca

Houve ainda tempo para que, antes da chegada do pai, Thomaz pensasse em Belita. Belita, uma fonte de amor natural, uma pecadora inocente, uma criatura de quem ele agora tinha pena, pois ele a repelira por excesso de zelo religioso.

Antes do almoço, ainda viram muita coisa. O tempo melhorara, e, ao sair da Galleria Vittorio Emanuele II, Thomaz apreciou melhor a Piazza del Duomo com suas calçadas baixas e lisas e foi com o pai visitar o glorioso Castello Sforzesco, a Basílica Sant'Ambrogio, o santo de Milão, mas seu maior deslumbramento, ele o sentiria num antigo convento dominicano. Fora lá que Leonardo da Vinci pintara a Ceia, três anos antes da descoberta do Brasil! Um afresco que em 1943 escapou miraculosamente do bombardeio. Uma pálida imagem do que teria sido a verdadeira Santa Ceia de Da Vinci e, evidentemente, qualquer reprodução tinha mais vida do que o original: uma memória esbatida pelo tempo e atingida até pela chuva, exposta que foi naquele muro sagrado em que estava fixada a Santa Ceia como o único pedaço vivo de uma grande sala morta.

Depois, de táxi, percorreram ruas e avenidas: Via Dante, Via Torino, Corso Europa, Via Manzoni, Corso Vittorio Emanuele II, Corso Matteotti, Via Mazzini. De repente, Thomaz voltou-se para o pai:

— Sabe que eu gostaria de ter estudado aqui? Eu me sentiria bem na Università Cattolica del Sacro Cuore. Achei muito bonito quando um aluno me disse que estudara

*Giurisprudenza*. Parece mais alto, mais nobre que estudar... Direito. Não acha, pai?

Em suas voltas por Milão descobriram num anúncio a presença do Quarteto de Cordas Municipal de São Paulo, no Teatro Angélico. Não resistiram. Às seis da tarde foram aplaudir os artistas, e a revelação feita a Thomaz pelo "Saci", de Villa-Lobos, nele produziu uma alegria meio estúpida e inconsequente, pois, terminado o concerto com grande sucesso, ele saltava num só pé, desafogado, feliz. Como se o "Saci" de Villa-Lobos houvesse despachado para longe as lúgubres ideias da jovem brasileira e sua maldição do sexo.

Na manhã seguinte, os jornais trouxeram a espantosa notícia de que dentro de um carro, todo amarrado e ligado em seus cobertores, o Juiz do Supremo Tribunal de Justiça, Giovanni D'Urso, tinha sido encontrado, liberto por seus raptores.

A neve principiou a cair. Eles deveriam embarcar muito cedo, às sete e cinquenta, no trem chamado "Settebello", de Milão para Roma. Saíram mais cedo e fizeram antes uma volta de táxi para que Thomaz pudesse ver um belíssimo edifício moderno.

— Aqui está resumido — disse o pai — nosso Palácio Itamaraty em Brasília. O gênio de Niemeyer cultivou sua obra-prima. Quero que você guarde bem estas formas. Quando chegar a seu futuro Ministério das Relações Exteriores, lembrará esta bela sede das Edições Mondadori.

Havia certa excitação, como se partissem para uma festa, um tumulto de planos e de ideias dentro de Marcos. Sentaram-se comodamente nas poltronas do expresso "Settebello". Era a planície do Pó que se desdobrava como um infinito solo de outro planeta, uma planície aqui e ali com limos verdes, porções de neve e, vindo contra o trem, algumas rajadas bruscas e brancas que se dissipavam logo conforme o dia ia crescendo.

Foi então que, naquela manhã de neve, sol e planície aberta como para uma libertação, Marcos teve com o filho o que parecia vir a ser a conversa das conversas que não tivera com ele. Tinha pressa em anular o tempo em que se separaram.

— Porque é bem capaz que já haja notícia da vinda do futuro embaixador e eu tenha muito que fazer em Roma, pois sou o legatário de problemas, relações especiais com pessoas do governo, enfim, teremos um período bastante trabalhoso para nossas conversas, as conversas que devemos ter sobre o que eu desejaria fosse a sua profissão.

Thomaz voltou-se espertamente para ele:

— Pai, não é preciso dizer mais nada. Trata-se da diplomacia, eu sei.

— Sim, a diplomacia.

Thomaz correu a mão como a acompanhar sobre a vidraça batida de luz o riscar de um último floco de neve.

— Lá em Portugal, quando há essa espécie de neve que risca brilhando pelo ar, nós chamamos de orvalheira, orvalho gelado, bonito, hem, pai?

— Mas já está a findar, e nós apenas a começar. Pois, Thomaz, meu pai sempre dizia que o importante é dar a seu filho o instrumento para vencer na vida, que essa é a melhor herança. Pelas conversas que tivemos, estou certo de que você tem uma excelente cultura latina e clássica, em geral, e pode falar o francês tão bem quanto se pediria a um diplomata num discurso de sobremesa ou numa conferência qualquer, quando o francês fosse a língua escolhida. Crescer aprendendo uma língua como aconteceu com você no Liceu Charles Lepierre é mais do que um aprendizado; vai à profundeza do inconsciente, e o aluno do liceu jamais esquecerá o que aprendeu no tempo em que sua mente era uma cera plástica, em que tudo se imprimia e se gravava. Quanto à preparação inglesa, já não é tão forte, mas é bastante boa.

*

Thomaz fez questão de dizer que tinha tido muito boas notas em inglês, mas o pai, que ofegava um pouco pelo volume de coisas que tinha dentro dele, de ideias que deveriam ser transmitidas, de palavras que pediam pressa de sair da boca, fez sinal para que ele parasse.

— Justamente, você tem boa cultura clássica, latina, humanística; fala bem o francês, está preparado em inglês e sabe admiravelmente redigir em português, embora não no nosso português, mas, evidentemente, numa construção perfeita ou quase, que qualquer mestre admirará, no Brasil.

Neste ponto, Marcos respirou fundo; observou um tanto a paisagem quase marciana do Pó gelado. Voltou-se para o filho.

— Falta a você mais cultura moderna. Anglo-saxônica, por exemplo, com as linhas mestras dos estudos do nosso tempo. Essa cultura é difundida pelo mundo inteiro, certa ou errada, em seus livros. Ela geralmente é uma panorâmica social e política indispensável a um diplomata moderno. Conversamos muito, meu filho, e vi que a você falta também a cultura brasileira moderna. Eu lhe deveria ter mandado mais jornais, revistas, mais autores atuais sobre a situação do Brasil, seus problemas financeiros, sua colocação, veja bem, filho, a colocação do Brasil dentro do mundo. Acredito que no ano 2000, quando você for embaixador, o Brasil venha a ser uma grande potência. Temos tudo para isso e procuramos vencer com alegria, o brasileiro é sempre alegre, misturadas as lágrimas de desencanto às crises mais fortes. Você sabe que até o carro do Presidente da República é hoje movido a álcool? Tudo isso parece banalidade, mas não é. Temos que pensar na energia, na saúde, na pobreza e na ascensão de um povo que, apesar de tudo, vai crescendo numa proporção vertiginosa e é o mais adiantado entre todos os países do chamado Terceiro Mundo.

Pôs a mão dentro da roupa e fez uma ligeira fricção perto do braço. Cortou seu pequeno discurso, dizendo:

— Acho que estou ficando velho. Estou sentindo aqui uma pequena dorzinha reumática.

— Pai, quer tomar o remédio?

— Agora não, meu filho. Espere.

Voltou a cabeça novamente para a janela. Silenciou por alguns instantes. Depois, veio com uma irrupção de afeto. Abraçou o filho, tomou-lhe os dois ombros e disse:

— A ensaística brasileira é muito boa. Acho que você sabe o que é ensaística, não é?

Thomaz riu:

— Claro, pai. Eu sei o que é ensaística, não fosse um aluno de Letras...

— Os livros sobre relações internacionais contemporâneas. Tudo isso deve vir a ser a sua preocupação.

Marcos, continuando num transporte muito afetuoso, como a abençoar o momento em que o filho sempre tão ausente estava todo entregue à sua comunicação de experiências, ainda com a mão friccionando o lado esquerdo do braço, contou-lhe um fato que produziu muita admiração em Thomaz:

— Olhe, eu estava num posto muito obscuro da América Central... e tenho a certeza de que fui um dos primeiros diplomatas brasileiros a descobrir, quem?, nada menos do que Henry Kissinger, através de seus livros, isso no fim da década dos cinquenta. Minha intuição me dizia que ele seria uma grande figura, um ente excepcional no cenário do mundo.

O filho ouvia atentamente, mas não deixava de reparar naquela constante pequena massagem no braço esquerdo.

— Em 1961, Kissinger, pela primeira vez, veio ao Brasil. Era já um grande professor, mas não mais do que isso. Ousei dizer-lhe coisas a respeito de seus livros, fazer comentários, e ele me olhava um pouco atônito com aqueles seus olhos de boi manso. Mas não fique pensando, meu filho, que seu pai é um *sábio*. Longe disso. Há colegas meus de turma que já são embaixadores. Vivi em postos difíceis de se comprar livros. Além do mais, a vida social com Guida só me dava mesmo as madrugadas e as manhãs para as leituras. Com o trabalho e tudo isto: jantares, almoços, passeios com os *chers collègues*, perdi muito tempo. Mas eu sei as minhas limitações. Isso é bom conhecer, e por isso posso dizer com humildade e amor a meu filho como se deve preparar para o Itamaraty. A diplomacia hoje é muito dinâmica.

Dizendo isso, Marcos cerrou os lábios e os punhos. Queria continuar a aproveitar a ocasião de ter a seu lado o filho para dizer-lhe o mais que pudesse, mas uma dorzinha quase sem importância, uma leve tonteira, vinha perturbá-lo.

— Pai, tome logo o remédio. O senhor está a falar demais. Pode cansar-se.

— Não vamos cortar esta conversinha, não é, meu filho? A diplomacia é muito moderna. Ela é o ápice de todos os problemas internacionais surgidos nas profundezas dos dissídios nacionais. Nós dizemos entre colegas que ela está na crista da onda, percebeu? O essencial para vir a ser um bom candidato para entrar no Instituto Rio Branco, você já tem. O que falta, meu filho, é um sentido de modernidade.

Houve uma parada rápida em Bolonha. Três minutos durou, e a conversa foi espaçada pela curiosidade de Thomaz em tentar observar a cidade já em tempo de sol, mas um tanto obscurecida pelo frio, e muito pouco à vista pela barreira dos viajantes que entravam com passagem para Florença ou Roma.

Começaria aí, depois de terem passado por várias cidades como Piacenza, Parma, Modena, a subida dos Apeninos. Depois daquela mansa estirada, aquela planície impressionante, pouco a pouco o trem foi subindo, arrancando para cruzar aquela cadeia de montanhas. Os primeiros desfiladeiros gelados estontearam um pouco Thomaz, que se pôs de pé para ver aquela prodigiosa engenharia que galgava as montanhas, tornando insólitas as passagens históricas pela facilidade com que a composição varava os abismos.

Distraído pela monumental visão, Thomaz pouco depois voltaria para o lado do pai, para comunicar-lhe suas impressões estonteadas. Marcos disse, mudando do assunto diplomacia, que Thomaz deveria interessar-se também pela fazenda, o que ele não fizera.

— Afinal, será nosso herdeiro, e Guida sem dúvida terá muito menos ocasião de estar lá do que você, quando for estudar no Brasil. Você é um rapaz de elite, mas não deve esquecer a terra de sua bisavó.

Dito isso, Marcos pousou a cabeça na poltrona, semiencostando-se à janela. Eram fundos os viadutos. Alguns túneis apontavam. A paisagem assustava pelos contrastes da escuridão dos túneis, da luz da neve aberta ao sol, das voltas. De repente, quando o trem apitou fino e lúgubre como um gemido interminável, Thomaz lembrou-se e disse ao pai, que agora parecia ter dado o seu recado e não pretendia continuar a conversa:

— Estamos atravessando o maior túnel da viagem, na altura de Castiglione dei Pepoli. É uma enormidade, pai.

Ele jamais, cem anos que vivesse, esqueceria a mão do pai tateando por ele, agarrando o paletó com força:

— Quero o remédio. O remédio. Não precisa água, o remédio, assim mesmo.

Thomaz tremia tanto que não conseguia abrir a valise onde guardara o remédio. Por fim abriu-a, retirou a pílula e a colocou na boca do pai. Este a teria engolido? As luzes do trem estavam debilmente acesas, mas ele viu que uma ligeira baba escorria da boca do pai e sentiu a gravidade do momento. Lembrou-se de um único modo de pedir auxílio, uma palavra que o pai ensinara:

— *Aiuto. Aiuto! Un dottore. Dottore, qui. Aiuto!* [Socorro. Socorro! Um médico. Doutor, aqui. Socorro!]

Três filas atrás de sua poltrona estava um homem elegante, calvo, que se precipitou dizendo:

— *Si, sono un dottore, un medico* [Sim, sou médico. Um médico].

Vinha já com sua pequena valise. Arregaçou a manga do paletó de Marcos, que agora estava com os olhos completamente cerrados, e sem que lhe movesse a camisa deu, ali mesmo, uma longa injeção. O coração do filho batia tão alto que ele podia ouvi-lo como se fosse dentro de seu próprio ouvido. O médico, sério, esperou a reação, mas ela não veio.

— Meu pai — perguntou Thomaz. — Fale! Agora está melhor?

O médico segurava o pulso de Marcos.

— *Una disgrazia! È morto. Un terribile infarto!* [Que tragédia! Ele morreu. Um infarto terrível!]

— Não é possível — respondeu Thomaz. — Ele estava falando agora mesmo!

Sentiu uma espécie de raiva daquele médico que lhe dava serenamente essa sentença da morte do pai:

— *Fare qualche cosa... impossibile!* [Faça alguma coisa... impossível!]

— *Suo padre è morto* [Seu pai faleceu].

Disse-lhe mais alguma coisa que ele compreendeu vagamente: o morto deveria sair dali. Perguntou para onde ia.

— *Ambasciata dei Brasile*, Roma.

— *Una vera disgrazia* — disse o médico.

E saiu em busca de um funcionário do trem que veio com um cobertor. As pessoas dentro do vagão compreenderam o que se passava. Levantavam-se em volta e questionavam atropeladamente Thomaz, que não respondia. Levou o lenço aos olhos e chorou, chorou seu último choro de criança.

Em breve, vieram guardas que com alguma delicadeza empurraram aquelas pessoas curiosas, enrolaram o corpo de Marcos num cobertor e o levaram acompanhado pelo filho, que não conseguia parar de chorar, até um pequeno compartimento completamente vazio.

O túnel findara. Lugubremente o trem apitava. Apitava sempre e dava uma monstruosa expressão da dor que Thomaz sentia. Houve a parada em Florença de cinco minutos. O médico desceu, explicou qualquer coisa que Thomaz não podia saber porque estava fechado do outro lado, mas deveria ter assinado rapidamente a *causa mortis* do passageiro e pedido que telefonassem à Embaixada do Brasil. Um funcionário da *questura* [delegacia] entrou no trem, e depois de rápidas explicações e ordens, o trem partiu para Roma no horário.

# 22

# ...o que mais quer é estar perto da senhora

Pouco a pouco Guida retomava os hábitos da antiga senhora da fazenda; mulher de requinte, a única pessoa que conhecera que tinha lençóis de seda em *guipure* em sua cama, toalhas com rendas de Veneza, tudo aquilo relembrava a presença da Europa em São Paulo, nos tempos em que o café dava para as gloriosas viagens de famílias inteiras e quando o dinheiro do Brasil era tão forte que mandar buscar na Europa um enxoval para uma jovem casadoura não era de estranhar.

O enxoval de Guida viera todo por intermédio de amigos que estavam em Paris e voltavam para as suas fazendas. Tudo aquilo era prodigiosamente guardado, lavado, posto ao sol, desdobrado no ar para que não se estragasse. No tempo de chuva usavam-se protetores contra a umidade, e no tempo de seca abriam-se os pequenos aparelhos geradores de uma névoa que uma vez por semana, pelo menos, inundava os aposentos de Guida. Nunca pensara em levar todas aquelas maravilhas para os postos em que seu marido servira. Por lá haveria outros recursos, coisas também muito belas e boas como os talheres em *vermeille* que compraram na Tailândia, suas belas sedas; os preciosos bordados da Madeira, rendas de Veneza e belíssimas obras de pintura e estatuaria em Roma como das reproduzidas gravuras de Piranesi. Isso tudo ficaria para o dia em que tivesse dinheiro suficiente para adquirir uma bela casa em São Paulo, no Morumbi, ou em qualquer ponto distante, no Rio. Mas o que restara de Olívia a Olívia fora reservado e agora era usufruído por Guida.

Nesse dia, lá pelas onze da manhã, como no tempo de dona Olívia, sob as mangueiras do jardim que tornavam suportável o calor do verão, foi armada a longa mesa para receber velhos e novos amigos de Laterra, incluindo na reunião o vizinho Gervásio, que chegou num grande carro — "seria mesmo um Mercedes?", perguntavam-se os amigos. Guida não pusera a melhor toalha, mas ainda assim era belíssima: de linho creme com aplicações de renda de crivo mandadas por uma comadre que se encarregava vez por outra de enviar presentes do Ceará.

Assim a tosca mesa que deveria conter umas vinte pessoas fora forrada de cor-de-rosa e, por cima, lançada a velha toalha de linho com as belas aberturas de pontos cheios e variados. Era uma mesa para gente simples, porém rica, e, no costume de Laterra, tudo era servido de uma vez: saladas, o bom leitão saído do forno, o cabrito bem lavado com hortelã, quatro ou cinco galinhas boiando em molho pardo com angu de milho, um peru majestoso, cercado por farofa e fatias de laranja, arroz, feijão e numa das extremidades já se podiam ver, para escolha próxima, os doces em compoteiras fechadas: de mamão, de laranja, a baba de moça, papos de anjo e o rocambole. A pilha de pratos e os talheres ali estavam para quem quisesse sentar-se ou à mesa, ou em qualquer banco do jardim.

Os convidados vieram com aquela fome inocente e não encoberta que só as pessoas capazes de viver ao ar livre proclamam. Fizeram grandes pratos, retornaram à mesa. Um dos fazendeiros, moreno e gaiato, a boca ainda a escorrer um tanto de molho pardo, dizia a um companheiro:

— Para comer bem e comer farto não há como a casa de dona Guida. A gente bem que merecia que ela viesse mais vezes por estas bandas.

O outro riu, a farofa aflorou-lhe à língua, e de repente, com uma rapidez de quem pretende mais comer do que conversar, todos chegaram à sobremesa com uma euforia que lhes vinha talvez da boa batida de cachaça com limão que lhes havia permitido abrir ainda mais o apetite. Então, lá de dentro da casa veio vindo uma pequena senhora que tinha a face meio pontuda. Era desleixada como uma pessoa que se esquece de si mesma e é capaz de calçar sapatos de sola de borracha, um vestido que mais parece um penhoar de algodão já lavado muitas vezes e aparecer para quem quisesse com uma ingenuidade muito sua. Era a tia Ziloca, de Marcos. Repentinamente, perdera as suas belas cores habituais. Fez o cumprimento a todos que já mastigavam a sobremesa e falou baixo ao ouvido de Guida.

— Peço desculpas — disse Guida a todos. — Chamam-me de Roma, ao telefone.

A voz, ainda que dificilmente ouvida, foi logo identificada. Era a do conselheiro Fagundes.

— Dona Guida — disse —, desculpe, mas não tenho notícias boas. O ministro Marcos não está nada bom, compreende? Está à morte.

Ela teve um ligeiro recuo, e a tia tomou-lhe o telefone da mão impetuosamente, entendendo o tom da conversa.

— Por favor, diga a verdade, Senhor Conselheiro. O que quer mesmo dizer? Meu sobrinho ainda está vivo?

Ficou silenciosa, ouvindo. Depois, enfrentou Guida:

— Aconteceu o pior. Ele morreu de uma síncope, quando regressava a Roma com Thomaz, em pleno trem. Uma coisa incrível!

Guida tomou novamente o telefone e disse:

— Que horror! Não tenho forças para ir buscar o corpo. A tia de Marcos vai buscá-lo. Aliás, ele desejaria ficar com a avó, dona Olívia, no mausoléu, eu disse no mausoléu!, da família, em São Paulo.

Lá de Roma, com lufadas de vento que interrompiam as comunicações:

— Estamos todos terrivelmente abalados. Pretendemos fazer o velório na Capela do Cemitério de Campo Verano... Quem está arrasado...

— Quem?

— ... é Thomaz. Não quer nem ir ao velório. Receamos por sua saúde. Estamos tratando dele.

— Obrigada — respondeu Guida. — Acho que seria mais prudente, já que estamos tão longe, fazer o embalsamamento do corpo e colocá-lo numa urna provisória.

— Thomaz diz que o que mais quer é estar perto da senhora.

Um pequeno silêncio.

— Ele pode vir quando quiser. Obrigada, minha tia tratará de fazer o transporte de nossas coisas, objetos e roupas.

— A senhora sabe que isso tudo fica por conta do Ministério das Relações Exteriores, pela lei. Não se preocupe com o menor gasto.

— Muito obrigada por sua dedicação. Até um dia.

Guida voltou a seus convidados e lhes disse com certa sobriedade:

— Desculpem, fiquem à vontade, terminem seu almoço, pois eu acabo de levar um grande choque. — E, sem que seus olhos derramassem uma única lágrima, acrescentou: — A minha tia virá fazer companhia a vocês.

Ziloca, esta, sim, havia chorado muito e apareceu de olhos vermelhos.

— O dono desta fazenda já morreu, mas como era um diplomata, um homem de fina educação, acho que ele gostaria que vocês terminassem o almoço como se nada houvesse acontecido.

Abraçaram-na com ímpeto, e ela não conseguiu manter aquela serenidade de Guida. Fugiu correndo pelas árvores do pomar enquanto alguns convidados se levantavam dos bancos e um terceiro dizia:

— Pessoal, eu ainda não provei os papos de anjo. Vamos com calma. Se dona Guida que é a viúva está calma, por que este corre-corre? Calma. Toda a gente dizia sempre que esse ministro Marcos fazia questão de convidar quem aparecesse e fosse amigo dele para uma boa mesa.

# Segunda parte

# Tempo de Guida

# 23

# Do armário de Guida se desprendia um odor de flores mortas

Não foi preciso esperar muito. A ambulância chegou, o corpo de Marcos foi impelido para dentro. Thomaz foi logo agarrado pelo conselheiro Fagundes e por Bianca. O conselheiro o abraçava, e ele apertava a mão de Bianca e dizia:

— Perdoem, perdoem por não compreender que meu pai estivesse tão mal.

Atravessava Roma como se estivesse num cenário dum outro mundo, incompreensível e louco. Ele sentia tanta dor e havia tanto riso, tanta luz! Pessoas alvoroçadas faziam parar o carro, e ele tinha a impressão de que era o único ser desgraçado na cidade ridente. Foi então, quando conseguiu reprimir mais as lágrimas e enfiar os óculos pretos do pai que ele trazia no bolso para que Marcos não os perdesse, que o conselheiro disse:

— Vou falar com Laterra. Você quer acompanhar o corpo de seu pai?

— O corpo de meu pai! Que coisa horrível! Um corpo sem alma. Eu não percebo como pode a vida fugir de uma pessoa que está bem, está falando, estava a dar-me conselhos. Conselhos para que um dia eu fosse um diplomata como ele era. Talvez ele soubesse que ia morrer logo! Como não percebi, como fui tão estúpido que não vi que aquele homem estava ensinando tudo que podia ensinar a seu filho no espaço de tempo em que sentia a morte de perto. Oh, meu Deus! Não tenho coragem de acompanhar o corpo de meu pai.

Voltou-se para Bianca:

— Quero conhecer, se a menina for bastante bondosa para ir comigo, o lugar onde ele morava. Senhor Conselheiro, dê-me licença para dormir na cama de meu pai. Eu nunca vim a Roma. Não conheço nada do lugar onde ele vivia.

Bianca fingiu olhar pela janela, mas seus olhos claros e abertos estavam inundados.

— Querido, faremos tudo por você. Haverá muitos amigos no velório de seu pai, e eu posso ficar com você no apartamento, se quiser assim.

Em breve, subia as escadas, passando à frente deles Silvinho, o terceiro secretário. Ia apanhar a casaca e as condecorações para que ele fosse velado com toda a dignidade. Cruzaram-se na escada, quando já iam entrar no apartamento.

— Espere, de quem é isso? — perguntou Thomaz.

— Era de seu pai. Um traje para as grandes ocasiões. Vamos cuidar dele, porque haverá muita gente a visitá-lo como requer a boa norma diplomática entre os colegas. E também do governo italiano. Desculpe, mas já vou andando.

— Bianca, você fica com ele — disse o conselheiro. — Tenho que tomar providências. Vou falar com dona Guida.

Entraram na casa, que, desligada a calefação, tinha uma frieza tumular. Rapidamente, Bianca mandou ligar o aquecimento. Thomaz olhava aqueles objetos. Um grande quadro a óleo representava a avó de Marcos, dona Olívia, de quem herdara a fazenda. O teto era curiosamente ornamentado. Várias salas tinham como forro caixilhos com traves decoradas e, ao centro, retângulos com rosinhas de gesso dentro. A cama do pai pareceu-lhe simples e um tanto estoica no meio daquele luxo. Era coberta por um pano adamascado vermelho-escuro. Ao lado, na mesinha de cabeceira, o retrato dele, Thomaz, e dois livros da atualidade: *O desafio mundial* e *Nomenklatura*.

O retrato era de Thomaz pequenino, ainda dos tempos em que ele iria entrar no colégio. Quantas vezes duvidara do amor de seu pai! Ali estava a prova: seu retrato como um bem precioso, como aquela santinha da Anunciação ou da Encarnação que ele tinha ao lado da sua cama.

Em seguida foi ver o quarto de Guida. A cama coberta por uma colcha azul brilhante de cetim e um estranho retrato posto ao lado de seu leito: o de um belo cavalo no qual ela montava risonha, fresca e feliz. Um pouquinho mais longe, no mesmo móvel, um casal numa fotografia meio desbotada. Bianca disse:

— Esses eram os pais de Guida.

Uma cômoda coberta por frascos de perfume estava ao lado de um espelho inteiriço onde ela poderia se ver de corpo inteiro, em trajes de baile, se quisesse. Um cofre embutido na parede fora disfarçado por um pequeno quadro.

— É aqui que sua mãe guarda as joias. Se você quiser, poderá levá-las juntamente com os vestidos.

— Eu não quero levar nada. Só vou carregar a mala que eu trazia juntamente com meu pai. Será como se nós continuássemos a viajar. Talvez minha mãe venha buscar essas coisas ou talvez outra pessoa as leve para ela.

Bianca disse, fazendo-o sentar-se com ela num belo sofá estofado em azul no quarto de Guida:

— Venha cá. Ele falou de mim?

— Sim, muitas vezes. Elogiou-a tanto que por fim eu compreendi seu papel na vida dele. Ah, ia-me esquecendo. Este relógio ele me pôs no braço dizendo: "Logo que chegar entregue a Bianca". Queria que fôssemos amigos.

Os olhos estavam tão turvos de lágrimas que ele não conseguia retirar o relógio. Por fim o fez. Com muita doçura colocou-o no braço de Bianca.

— Quem sabe se você tivesse ficado mais tempo ele não teria morrido porque você lhe dava injeções?

— Não, Thomaz, o tratamento foi completo. Ele tomou até a última injeção prescrita. Retire de si esse remorso.

Olhou para o relógio. Duas grandes e silenciosas lágrimas deslizaram por seu rosto límpido e claro.

— Para mim o tempo de Marcos jamais passará.

Ele foi para o quarto do pai, desabotoou o paletó. O aquecimento dava mais vida à peça. Olhou pela janela para a Via Dell'Anima que naturalmente o pai deveria sempre observar e disse de si para si:

— Eu e meu pai estamos juntos. É neste quarto que ele está e não... — Nem mesmo para si ousou pensar na capela de Campo Verano.

Dormiu deitado sobre a colcha, com um lenço dobrado em cima dos olhos, que lhe ardiam tanto. Antes de adormecer, longinquamente pensou: "Como me receberá minha mãe?".

*

Despertou com o sol batendo na face. Já era bem tarde. Bianca mandara Dionísio levar seu pequeno almoço. Ele já estava posto na mesa do centro, com frutas, pão, queijos e o café e o leite ainda fumegantes. Thomaz ouviu a porta fechar-se e observou na sala aquele requinte todo. Havia mesmo um tom de delicadeza: uma flor, uma bela flor que talvez fosse ainda uma memória das brancas rosas que decerto da Embaixada foram levadas para a capela.

Pensou naqueles dias em que tomava o café alegremente — ele e o pai — nas manhãs plenas de projetos de passeios e em como Marcos gostaria de lhe mostrar Roma. Tomou seu café, tentando colocar no espírito a ideia de que, se vivera tanto tempo só, deveria readaptar-se à falta do pai. Marcos viveria nele como vivem em nós as melhores saudades, e ele tinha, graças a Deus, a sua mãe. A mãe que o protegeria decerto dessa obsessão de não ter podido salvar o pai.

Antes de sair do apartamento, abriu o armário de Guida. Dele se desprendia um odor de flores mortas, talvez vindo da umidade do palácio. Percorreu, como se tocasse nos braços, nos ombros da mãe, aquela série brilhante de vestidos. Os pequenos *tailleurs* de esporte, as compridas calças de veludo, dois longos mantos de peliça, um preto e outro claro, e um bem curto que deveria ser para as noites de primavera. Buliu nas gavetas, viu camisolas, roupões. Fechou tudo, achando que fizera algo de impróprio. Não seria desrespeito mexer nas roupas de Guida?

O telefone tocou. Era Bianca dizendo que queria mostrar--lhe o palácio e dar pelo menos uma volta em torno da *piazza*.

— Vou tomar banho — disse ele —, vestir-me e desde já ficar pronto para a viagem.

Mas deveria ocorrer uma surpresa. Tocavam a campainha. Ele foi abrir, e um senhor de meia-idade, os olhos lacrimejantes, atirou-se em seus braços.

— *Non sapevo niente!* [Eu não sabia de nada!] — retomou o fôlego que era bem curto e disse: — *Lei è il figlio di Marcos?* [Você é o filho de Marcos?]

— Sim — disse Thomaz, compreendendo. — Sou filho de Marcos. Mas quem é o senhor?

— Um velho amigo de seus pais: Arnaldo Giudice. — Agora conseguia falar em português.

Tirou o cartão do bolso, deu a Thomaz e disse em português por que não sabia falar assim quando ficava muito nervoso. Não conseguia, então, dizer palavra nessa língua.

— Meu filho, venha procurar-me se um dia precisar de mim... Mas eu não compreendo. Você também é filho de Guida?

— Sou filho de Guida, é verdade, mas vivi em Portugal para não prejudicar meus estudos. Uma história muito longa, senhor Arnaldo, e agora vou hoje mesmo encontrar-me com minha mãe.

— *Tanti ricordi per lei!* Ela deve *ritornare presto, non è vero?* [Lembranças para ela! Ela deve voltar logo, não?]

O homem assoava-se furiosamente e permanecia de pé. Thomaz achou-o um tanto inoportuno com aqueles excessos de ternura.

— Não sei, penso que minha mãe agora já nada terá que fazer aqui, não é verdade?

— *Non è vero* — disse ele —, ela tem seus amigos. Ela deve pelo menos despedir-se de nós, se for da vontade dela.

Observando que o rapaz não lhe oferecia cadeira, Arnaldo Giudice sentou-se pensativo, tirou do bolso um pequeno envelope que entregou a Thomaz, que continuava de pé, à sua frente.

— É para Guida. — Seus olhos inundaram-se. — *Io volevo un figlio così. Meraviglioso, una donna cosi bella ed un figlio così grande* [Eu queria um filho assim. Maravilhoso, uma mulher tão bonita e um filho tão grande].

Abraçou-o. Em seguida assoou-se, limpou o suor da testa e disse:

— *Vado al cimitero. Addio, caro figlio di* Marcos e Guida.

"*Vado a Campo Verano!*" Ele, o filho, se refugiara ali, e os amigos partiam para homenagear seu pai, mas por coisa alguma deste mundo queria vê-lo mais uma vez como o viu: uma *coisa*, não mais uma pessoa. Uma coisa que o fez tremer, quando uma parte do cobertor descaiu e ele viu a face da morte do pai. Seus olhos, que o balanço do trem abrira, refletiam baços como cristais foscos a fugidia luz intermitente. Cobriu-lhe o rosto. Jurou que nunca mais queria ver seu pai morto. Dentro dele. Marcos viveria para sempre o seu tempo, como bem dissera Bianca; qualquer dia que fosse seria sempre o tempo do pai.

*

Correram o palácio sem grandes interesses para ele porque não tinha olhos para ver a beleza da Galeria Cortona, a grandiosidade da Sala Palestrina. Bianca dissera-lhe que ela ali assistira à "maior festa que Roma conhecera nos dias presentes", mas tudo era palavra. Pinturas, bustos, mulheres, símbolos, mulheres que refletiam a imaginação de um grande pintor e decorador daquela parte da Galeria, pois sua pintura bem se parecia com aquelas que vira na decoração setecentista de velhas igrejas de Lisboa, embora as do palácio tivessem um sentido ímpio.

Compreendeu, entretanto, depois que Bianca explicou que aquela mulher era Vênus pleiteando junto a Júpiter a entrada de seu filho Eneias no Olimpo, contra a vontade e o ódio de Juno. Que estranho! Um palácio onde vivera um cardeal, mas tão pleno de pinturas pagãs! Depois, viu o quarto daquele que, no tempo em que ali dormia, era cardeal e depois viera a ser o papa Inocêncio X, um aposento conservado na beleza de seus detalhes com a cama folheada a ouro, a seda da cor cardinalícia nas paredes e na colcha; a pequena janela fechada para sempre por onde ele assistiria à missa na igreja de Sant'Agnese, feita por Borromini, o suíço-italiano.

Desceram. Ele sentiu-se um pouco abafado vendo aquela enorme construção tão antiga, fechando o pátio. Por fim, atravessaram o portão trancado a grossa chave e, tornando o porteiro a fechá-lo depois de saírem, conheceu a Piazza Navona. Ali junto, a Fontana del Moro e logo mais adiante a Fontana dei Quattro Fiumi, dizendo bem que o mundo de então ainda não conhecia a existência do maior de todos: o Amazonas. Mas tudo parecia inexpressivo. Ouvia palavras como Bernini, Borromini, Cortona. Isso atravessava-lhe a cabeça sem fazer sentido e contemplou, como se fosse cercado de inimigos, um grupo de jovens meio maltrapilhos, sujos de propósito, pois ostentavam sua condição como se fossem enfatuados e fumavam sabe-se lá que espécie de fumo enjoativo e adoçado.

Como Bianca e Thomaz fossem a um café ali perto, lançaram gritos e desafios dando gargalhadas acintosas para eles. Thomaz tomou seu *espresso* e disse a Bianca:

— Não posso mais. Quero embarcar o mais depressa. Um dia, quem sabe, voltarei a esta cidade, mas para mim, agora, desculpe: ela me parece um pesadelo.

# 24
# Queria dar-lhe todo o amor que a distância não deixava

Embarcou levando com ele a mala do pai, como se a viagem de ambos prosseguisse. Houve uma breve parada em Lisboa, e na sala de espera apareceram Walter e Jussara, acompanhados do pai, que vieram abraçá-lo longamente, muito comovidos. Jussara timidamente beijou-o na face, e Walter disse:

— Quando você menos esperar, nós estaremos a seu lado em qualquer canto do Brasil. Não pense que escapa de nós.

O coronel Almeida fez oferecimento para qualquer coisa de que precisasse, como, por exemplo, o envio de objetos seus. Foi curto o encontro, mas caloroso.

Na mão do adido vira a enorme manchete de um jornal lisboeta: os reféns norte-americanos em Teerã tinham sido soltos. Thomaz não tinha cabeça para sequer pensar no assunto.

Quando o avião subiu de Lisboa, ele sentiu: mais do que dela, despedia-se de sua juventude.

*

Conhecer o Rio de Janeiro, mesmo do alto, suas praias, as encostas dos morros, o Cristo Redentor, Copacabana aberta ao sol, túmida de corpos e de calor. As longas avenidas partindo para o centro da cidade, passar em voo rasante pelas últimas porções de mata da cidade; depois São Paulo, o assombro, aquela gigantesca metrópole que ele não podia entender com tantas e tantas ruas na mesma direção e por fim, após o susto que São Paulo dá aos que a desconhecem e já no avião menor, a descida em Ribeirão Preto.

O solo de uma cor desconhecida e rica. A cidade erguendo-se no interior com pujança e fartura, e após tudo isso a chegada de um carro com o motorista: Mateus.

— Sim, senhor. Conheci logo: é a cara do finado. Que Deus o tenha. Dona Guida me mandou aqui para dizer que ela não está bem e espera na fazenda.

Thomaz indicou-lhe as malas, e Mateus, prosseguindo na direção, apontava:

— Aqui é a fazenda dos Córregos. Aquela é a do doutor Belém, que tratou dos olhos de toda a gente destas bandas. Dos meus não, que graças a Deus os tenho bons para poder guiar até em escuridão de noite fechada, por estrada ruim.

Thomaz não tinha vontade alguma de conversar, mas o homem não o deixava em paz:

— Está muito frio nas Europas?

— Está frio, sim, mas aqui está muito quente.

— Tire o paletó, seu moço, e a gravata, que o termômetro está lá pelos trinta e seis. Bem que esse calor pedia que o senhor provasse o chope de Ribeirão Preto que eles aqui dizem que é o melhor do mundo...

Com má vontade — queria chegar bem-vestido à mãe —, mas sentindo que não suportava mais o aperto da gravata e o calor do casaco de inverno, colocou-se à vontade. Viu depois de certo tempo alguns bambus, coqueiros, encostas subindo e descendo, belas casas para o campo, uma ideia de fartura e de dignidade não esperada.

Por fim, depois de muita explicação sobre a designação de nomes que para ele nada queriam dizer, uma seta indicava: Fazenda Laterra. Entraram por ali. A mansão surgiu diante deles com toda a sua majestade dos fins do século passado, os lances de escada, as árvores, jardim e pomar.

Pararam em frente, e como era muito alta a escada ele viu uma figura de mulher ameninada pelo tamanho. Assim como se fosse uma santinha colocada num daqueles altares de prata de muitos e muitos degraus, como por exemplo a da Encarnação, com a pombinha na cabeça. Subiram as escadas, ele carregando uma valise e o chofer outra, e aquela ilusão dissipou-se. Guida era uma mulher muito alta, os cabelos soltos, louros, a tez morena e os olhos que podiam ser vistos seis ou sete degraus antes como dois grandes pontos negros em seu todo. Vestia uma espécie de túnica muito larga, cinza e leve que o vento da tarde fazia bulir. A emoção de Thomaz ao deixar a mala no chão e inclinar-se para beijar a mão de Guida fê-lo tremer.

— Que é isto? Que é isto? Vamos. Hoje já não se beijam mais as mãos como antigamente. Fez boa viagem?

Riu, e seus olhos ficaram sérios. De repente, observou Thomaz da cabeça aos pés.

— Mas você está vestido como Marcos!

— Sim, minha mãe. Como viajássemos juntos, trocávamos de roupa e ele gostava que eu fizesse assim.

— Ah, o Marcos sempre teve umas estranhas ideias. Sabe que ao ver você vestido com a roupa dele tive até um susto? Mas vamos a seu quarto. Deve estar precisando tomar um bom banho e não se espante, jantar na roça é bem cedo. Logo mais jantaremos.

— Eu queria falar-lhe de meu pai e também tenho uma carta para a senhora.

— Dele? — Guida arregalou os olhos.

— Não, de um senhor lá de Roma que me foi a visitar e parecia muito amigo porque estava sentido e acho que chorava. É para a senhora.

Estendeu-lhe a carta que ela não abriu e foi guiando os passos de Thomaz através dos salões com retratos antigos, móveis de jacarandá, lustres com tulipas coloridas e um resto de pequeno arco-íris brilhando na tarde através dos vitrais que encimavam as janelas.

Guida mostrou o quarto com um banheiro ao lado, uma larga cama de madeira escura com colcha de estranho estampado: um desenho de aves e de flores brasileiras. Era o que quebrava um pouco a sisudez daquele aposento. Havia, ao canto da janela, uma mesa que sustinha um armário fechado. Era uma pequena biblioteca que vinha, ainda, dos tempos de dona Olívia. Quanto ao guarda-roupa, era tão alto que se necessitava de um banquinho para poder subir e colocar as roupas em seus devidos lugares. Toda a sua porta era de espelho.

— Bonito quarto — disse Thomaz.

Guida não perdeu muito tempo para dizer:

— Era o preferido de Marcos. Ele vinha depois do almoço descansar aqui com um livro na mão e se esquecia do tempo. Bem, acho que você tem tudo aqui para arrumar-se até a hora do jantar.

— Quanto tempo?

— Um pouco mais de uma hora. Você será chamado, porque eu fico do outro lado da casa.

Thomaz debruçou-se à janela que suspendeu. Era presa pelos lados por dois suportes de segurança. O esforço aumentou-lhe o calor. Lembrou-se de que tinha aparecido à mãe só em camisa e envergonhou-se.

O pomar vinha com seus cheiros até ele. Era o tempo da florada das laranjeiras, e havia um perfume diferente que não conhecia: o das jabuticabas, ainda mais embriagadoras do que as mais saborosas uvas moscatel que ele provara em Azeitão. Um alto pé de mamão chegava até a janela, e ele observou aquele fruto enorme e outros que ainda estavam para amadurecer com tamanha curiosidade que se distraiu um pouco em seu estado de espírito. Com a janela aberta e a tarde caindo, veio uma brisa mais leve. Espichou-se naquela cama com os estranhos desenhos de flores e pássaros e pensou:

"Junto da mãe acho que vou ser feliz."

*

Durante algum tempo, mergulhou num sono tão profundo como havia muito tempo não experimentara. Despertou com pancadas na porta:

— É a hora da janta, seu Thomaz. Daqui a dez minutos.

Uma rápida ducha, roupas mais leves, e ele lá veio para a mesa da sala de jantar, atravessando os salões plenos de figuras de ilustres anônimos: homens de grandes barbas, mulheres pensativas apoiadas a colunas românticas e bem fornidas de carnes. Retratos da família de dona Olívia. Dois, dentre eles, feitos a *crayon*, representavam Olívia e seu marido ainda crianças (eram primos em segundo grau). A menina sustinha uma cesta de flores, e o rapazinho, um grande livro. Ambos eram belíssimas crianças e lembravam um passado distante, tão distante que Thomaz nem sequer conseguia perceber quem seriam os outros parentes que compunham essa galeria.

Passando à mesa de jantar, encontrou Guida já comendo a sua salada.

— Você sabe, Thomaz. Aqui na roça nós temos de ter quase o mesmo horário dos trabalhadores.

Ela mesma colocou no prato de Thomaz uma grande quantidade de folhas, ovos duros, azeitonas, sardinhas, tudo com muito limão, vinagre, azeite e uns enroladinhos de presunto. Thomaz quase não conseguia comer, observando aquela que era a sua mãe. Estava tão límpida e fresca! Não mostrava sinais de fadiga nem de pranto. Entretanto, Guida perguntou-lhe como se dera a morte de Marcos. Ele foi minucioso e chorou quando disse que acontecera justamente quando iam para Roma de trem e o pai lhe dava conselhos. Baixou os olhos, buliu no prato e disse:

— O pai sabia que ia morrer.

Guida ficou pensativa e depois mastigou um pedaço de bife grelhado. Então, perguntou:

— Ele foi gentil com você durante a viagem?

— Muito gentil. Parecia até que queria dar-me todo o amor que a distância não deixava que ele desse.

Os olhos nublados de Thomaz agora inundaram-se de vez.

— Você ficou muito sentimental vivendo com os portugueses. Afinal, se Marcos quisesse, poderia ir vê-lo ou trazê-lo para casa. Sim, ele devia saber que estava chegando a sua hora e talvez sentisse remorsos.

Vinha a compoteira de doce de mamão trazida por Malvina. Thomaz apenas tocou no prato. Aquele jantar parecia-lhe estranho. Em vinte minutos estava tudo acabado, e o café já vinha sendo servido.

Guida levou Thomaz ao terraço, apanhou um violão, dedilhou uma frase musical: "Tão longe de mim distante,/ onde irá, onde irá/ teu pensamento" e explicou a Thomaz, que estava assombrado pela desenvoltura da mãe.

— Deve pensar que eu sou uma pessoa destituída de sentimentos. Não. A minha viuvez já vem de muitos e muitos anos. Era uma vida de fachada a que eu levava com Marcos.

— Sim, meu pai me disse mais ou menos isso.

Nas sombras do terraço, os acordes do violão que Guida tentava recuperar em seus dedos, já descuidados de sua música dos velhos tempos, faziam Thomaz sentir um aperto infinito no coração.

— É verdade que Marcos lhe disse quase a mesma coisa... mas de que maneira? E quantos elogios fez a mim? Amanhã — disse Guida —, vou levá-lo a percorrer a fazenda. Vamos a cavalo, porque há muito canto por aqui onde o carro não chega. Estou sem administrador... — ela saltou ágil da rede como uma menina com seu esvoaçante vestido cinza —, o desgraçado do administrador deu tanto prejuízo e depois se meteu com uma cabocla no cafezal, esquecendo a obrigação. Dei-lhe uma surra de chicote, mandei-o embora, e a sua vingança foi a mais cômica que já vi. Há tempos dei-lhe de presente um caminhão para que vendesse no mercado o produto das fazendas e também o de suas colheitas. Pois atirou gasolina em cima do carro, ateou fogo e, quando as pessoas queriam jogar água, apagar o incêndio, ele ameaçava: "Quem chegar perto eu atiro". — Deu uma risada máscula. — É preciso ter pulso para tomar conta de uma fazenda como esta. Agora, tenho aqui uma pessoa que vem apenas duas horas por dia para dar a tarefa aos trabalhadores. E as coisas, parece, até melhoraram.

Era um assombro aquela mãe tão diferente do doce retrato que tinha à sua mesa. E, no entanto, ela ainda não lhe parecia hostil. Foi até um armário da sala, apanhou uma garrafa de conhaque, trouxe dois copos, fez Thomaz sentar-se a seu lado na rede e disse:

— Você sabe, quando aprendi a beber? Eu me casei na verdade muito menina, e nas noites de sexta para sábado os colonos se embriagavam, saíam por aí aos gritos cambaleando, voltavam de manhã. Então, a atmosfera era tão desagradável... que aprendi a embriagar-me com Marcos, e quando acordávamos no dia seguinte o sol já ia alto. A fazenda parecia morta, ainda muitos estavam dormindo. Mas no dia seguinte, domingo, havia missa na igrejinha que serve esta fazenda e a outra vizinha e lá íamos nós dois — ela deu uma risada ríspida — santamente acompanhar o coro desafinado dos colonos que juntos em grandes caminhões percorriam as igrejas das fazendas cantando aquelas antigas canções: "Neste mês de Maria, tão lindo mês de flores, queremos de Maria, entoar seus louvores...". Sim, era esta a vida que levávamos nas primeiras férias depois do casamento.

Thomaz agora estava aterrado. Terminado o primeiro copo de conhaque e ele apenas tendo provado o seu, Guida pediu-lhe que fosse descansar mais cedo, pois devia estar ainda fatigado da viagem e de tudo por que passara.

— Mãe... — pediu Thomaz.

— Chame-me de Guida. Afinal nós nos conhecemos muito mal, não é? Depois, mãe é uma palavra horrorosa. Lembra um mugido: Mãaee...!

Ele riu com gosto. Sabia que os brasileiros diziam mamãe, mas Guida era um nome tão lindo! Ele não faria objeção. Agora Guida se desembaraçava de suas bonitas sandálias. Deitou-se a fio comprido na rede e disse:

— Vou aproveitar esta noite de verão para dormir aqui algumas horas. É tão bom. Daqui de onde estou — e o seu segundo conhaque já lhe dava um tom mais carregado à fala — posso avistar, depois do rio, ainda iluminada a pequena casa onde nasci. Foi a mais longa viagem que uma pessoa terá conseguido fazer: vir de uma casa pequenina de administradores e chegar a ser dona da mansão mais famosa de Laterra. Esta rede para mim vale muito; da altura em que está eu domino a fazenda. Mas vai dormir. Vai que eu estou com sono e amanhã cedinho começaremos a nossa ronda. Boa noite, Thomaz.

— Boa noite, Guida.

Guida! Quando pensaria Thomaz em chamar a mãe de Guida? No entanto, ele o fizera com alguma naturalidade, reconhecia. Agora se lembrava bem daquele italiano lacrimoso, que dizia ser ela uma mulher jovem demais para ter um filho homem. Que idade teria Guida? Seu pai nunca lhe falara nisso, mas pelas suas contas, pelo tempo em que seu pai estudou e andaram namorando pelas bandas do rio ou pelas doçuras do pomar, ela deveria ter no mínimo quarenta anos. Para um rapaz de sua idade uma mulher de quarenta anos seria uma velha. Que mistério era este que Guida guardava de sua juventude? Fina, bem-lançada, os movimentos ágeis, os pequenos seios aflorando sob o vestido leve, o rosto um tanto inexpressivo, mas nem uma ruga sequer.

Não, ela não teria esta idade. Não lhe havia dito que casara muito nova? Talvez estivesse pelos trinta e seis, trinta e sete. Mas, assim mesmo, eram notáveis a juventude e a determinação de uma mulher já vivida em tantos lugares do mundo, até no Oriente, com uma longa experiência da vida diplomática ao lado do marido. Quando o velho italiano perguntou se ele era filho também de Guida, notou uma espécie de susto, acompanhado de deslumbramento lacrimoso. Sua mãe não queria ser chamada de mãe porque mãe, como ela disse, é um nome que os poetas gostam de cantar, mas parece um mugido. Guida talvez fosse a mais linda e mais doce palavra do mundo.

Pensou também naquela sua cor, uma cor morena, seus cabelos alourados e seus olhos pretos. Afinal, ele saíra ao pai, fisicamente. Nada tinha de parecido com aquela senhora elegante, desenvolta e naturalmente muito desejável entre os homens que conviviam com o casal. O casal! Como era afetuoso o pai, como tinha ternuras e delicadezas e de que maneira profundamente gentil sabia desculpar Guida. Quanto a ela, sentiu de repente, sem poder explicar por quê, certa aspereza. Talvez ela desejasse ficar sozinha nesse momento decisivo da sua vida e ele tivesse vindo perturbá-la? Mas Guida, ela mesma, havia dito: "A minha viuvez já vem de muitos e muitos anos".

Recordou-se da doçura de Bianca, com uma leve combinação a atender ao pai na cama e dizer-lhe que vinha dar uma injeção. O próprio pai confirmara ser ela discreta, isto é, uma "amante discreta" da qual Guida com certeza tomara conhecimento havia anos.

Estava nervoso. Não conseguia deixar de pensar em Guida. Ligou-a, sem saber como, ao mistério da Encarnação que tanto o perturbava a ponto de fazer confissões ao padre. Fora em seu ventre, naquele corpo tão fino, que ele tomara forma? Era carne de sua carne e sentia que ela nutria por ele algum sentimento de irritação. Por quê? De súbito, assustou-se. Não estava mais chorando a perda do pai. Guida como que tomara conta de todas as suas preocupações. Era uma indagação à qual um dia seria dada a resposta. Sentiu a mágoa profunda da sua ingratidão para com o pai e quis retribuir aquela sorte de antipatia de Guida rezando por ele, mas não conseguiu.

Dormiu pensando nela como se tudo o mais: paisagem, mansão, as frutas tropicais, o cheiro do mato, agora o céu estrelado, tudo o mais desaparecesse e ele desejasse pé ante pé aproximar-se de sua mãe dormindo na rede sob o calor de verão. Contava com o tempo para que ela fosse mais amiga, mais terna para com ele. Pensou mais uma vez no pai com um agudo sentimento de remorso. Uma nova angústia subia-lhe ao peito. A mãe que ele esperava ter, estava certo, ele não a tivera, mas talvez Guida um dia fosse sua amiga, tivesse confiança nele e deixasse de acusar seu pai, a pessoa que para ele fora a mais abençoada e querida.

# 25

# Ah, Bianca, a doce Bianca, a inefável Bianca

Na manhã seguinte, partiram a cavalo para que Thomaz fizesse o conhecimento da Fazenda Laterra. Guida estava com uma roupa de montaria negra muito elegante, com altas botas e o pequeno chapéu a prender-lhe os cabelos louros. Ao vê-la, o cavalo Ruivo veio rindo com seus fortes dentes, a cauda empinada. Ela estendeu-lhe uma pequena porção de açúcar, e, ao lamber-lhe a mão, o cavalo parecia fascinado; tanto que depois, agradecido, roçou-lhe o focinho no rosto.

Ela brincava com ele também, elevando a face para as festas do animal. Thomaz lembrou-se de que vira o alazão campolina chamado Ruivo na fotografia ao lado da cama da mãe, em Roma.

Ela lhe deu como montaria um belíssimo cavalo pampa, e lá se foram eles percorrer a fazenda. A fazenda que continha em seu bojo a história de uma magnífica dama chamada dona Olívia, aquela que fora a primeira proprietária das, então, lonjuras de Laterra.

Foram logo adiante perto do rio onde se encontravam as verdes plantações de cebola. Alguns colonos empenhavam-se em mudar um pouco a terra em torno das plantações que se haviam encharcado demasiado.

— Por aí não há cebola podre? — perguntou Guida.

— É, dona, Seu Limoeiro mandou a gente plantar um pouco antes da hora. Chuva demais também prejudica.

Mostrou para Guida um punhado de cebolas prejudicadas pelo excesso de água. Mas, otimista, concluiu:

— Com a lição deste homem que vem aqui todos os dias aprendemos muita coisa, e tudo isso ou quase tudo pode ser aproveitado.

Guida se fez de graciosa. Perguntou pela família, pelos filhos e andaram a percorrer o outro lado onde estava uma cultura menor, para experiência, os alhos que agora estavam dando bom dinheiro.

No mais, na extensão da planície, era a soja vigorosa em plena expansão, aquela bendita soja que só ela daria para resgatar as dívidas da fazenda, pagar os empregados e ainda enriquecer toda a gente com a facilidade com que produzia e o ganho que dava.

Para Thomaz, tudo aquilo era um mundo diferente e curioso. Andaram até perto da chamada colônia com suas casas bem-feitas e grandes, porque, no tempo em que foram construídas, as famílias dos trabalhadores vinham de emigrantes e traziam filhos, irmãos e até outros parentes para a lavoura. Dali, muitos enriqueceram, saíram para outras fazendas, depois tiveram as suas, educaram os filhos em São Paulo, e uma parte desses jovens conseguiu sobressair em meio às dificuldades da competição. Guida contava essas coisas para Thomaz sem nenhuma simpatia. Lembrava-se da mãe, principalmente dela, que não gostava que a filha tivesse contato "com essa gente".

Aquela, sim, era terra grande, como ele nunca havia visto. O que ele conhecia, de terra extensa em Portugal, era a reserva que a lei de reforma agrária tinha deixado à família de um dos colegas da Faculdade de Letras, uns duzentos hectares, que ele uma vez ou outra visitara, no Ribatejo já na fímbria do Alto Alentejo, em Coruche. Era uma herdade linda, com sobreiros, chaparros, azinheiras, um pequeno olival, pinheiros, aflorações de pedras — os arrifes —, a criação de ovelhas, de vacas finas, os campinos a correr com suas longas varas. Que saudade imensa de Portugal!

Morar lá de novo só num futuro distante e incerto, se por acaso ele fosse um dia diplomata como o pai. A memória de sua juventude era Portugal, e Lisboa mais do que todo o resto do país.

Depois, foram ao cafezal subindo pelo caminho da encosta. Esse era o café mais novo, o mais produtivo, ainda não alcançado pela praga que se vinha alastrando. O outro, já velho, não tratado da hemileia, a "ferrugem", dava seus frutos pequeninos e era praticamente abandonado. Thomaz jamais se esqueceria da atitude de Guida, quando lá do alto tiveram o panorama da fazenda por inteiro: a grande mansão com seu pomar e seu jardim de canteiros simétricos, as plantações, as casas dos colonos e o rio cortando a meio todo aquele conjunto agrícola, agora sendo recuperado depois da saída de Seu Limoeiro. Além do rio, um ponto branco, a casa de Guida de onde, Thomaz se lembrava bem, ela fizera a maior viagem para vir morar no casarão.

— Veja — disse ela —, até há certo tempo a fazenda terminava ali no rio. Eu morava com meus pais naquela casa, de favor, pois o vizinho nunca se importou com aquela parte de sua propriedade e era de lá que meu pai vinha cuidar da fazenda, como era de lá que eu seguia a pé pela estrada, para a escola. Pobre de minha mãezinha! Eu ia com o mesmo uniforme: uma saia azul, uma blusa branca, sapatinhos de tênis, mas fazia questão de que fosse impecável para que eu me distinguisse, como naquele tempo ela dizia, da "gentinha" que eram os outros meninos, filhos de emigrantes ou negrinhos e mulatinhos. Um deles, muito engraçado, até me chamava Senhora Duquesa. Hoje, estou certa, mamãe não falaria mais assim.

A vida de Guida estava aberta para Thomaz, no sentido do que significava possuir aquelas terras, porque ela disse:

— Recentemente, compramos as terras além do rio. Então, você pode voltar-se para todos os lados, até ali, à esquerda, onde há um resto de mata e dizer: tudo isto — quase concluiu, é *meu*. Conteve-se para dizer: — Tudo isto é a Fazenda Laterra.

Criado fora dessas lutas do campo, Thomaz não sentiu grandes atrativos pelo passeio. Foi um alívio voltar para casa. Não sabia montar, e Guida ia sempre na frente, montando elegantemente, ela, sim, gesticulando, falando, trocando palavras com os trabalhadores, enquanto ele, por vezes, deixava escorregar as patas do cavalo pelas pedras do caminho, por não saber conter ainda as rédeas do animal. Não sabia sequer apoiar-se corretamente nos estribos. Durante todo o passeio pensou no pai, neto da fundadora da fazenda. Ele também não devia ser como Guida, um entusiasta da terra, embora a estimasse como parte da sua vida. Já estava quase a chegar à casa, quando Guida, simplesmente, pondo nele os olhos negros e calmos, perguntou:

— Quando é que você volta?

Ele mal havia acabado de chegar. Era tão estranha essa pergunta!

— Quando volto? Não sei.

Nem saberia dizer, mesmo, para onde deveria voltar. Guida ficou pensativa. Depois que desceu do cavalo, fez ao Ruivo as festinhas costumeiras, alisou-lhe a crina.

— Você tem de cuidar dos estudos, não é?

— Sim. Mas meu pai decidiu que eu não voltaria mais para Portugal. Coitado, queria juntar a família, como disse, e o que desejava é que eu ficasse na Itália a estudar *Giurisprudenza*, isto é, Direito.

Já subiam a escada. Ele sentia a respiração curta mas não ofegante de Guida. Subia da sua roupa, decerto transpirada pelo exercício, aquele mesmo cheiro peculiar de rosas guardadas que Thomaz sentira. Era agradável, mas muito diferente do que supunha vir a ser a atmosfera mais próxima de sua mãe.

Almoçaram, como sempre, rapidamente. Ela comeu uma talhada de mamão muito grande e doce. Ele fez o mesmo, depois de terem degustado o bom bife na chapa, desta vez acompanhado de batatas-doces e fritas. Terminado o almoço, Guida disse:

— Vou a Laterra fazer umas compras e você fique à vontade. Tem lá livros que o distrairão.

Eram velhos volumes, muitos dos quais foram escolhidos pela própria dona Olívia. Ele não pertencia à geração que conhecia Anatole France. Principiou a ler *Le Lys Rouge* [O lírio vermelho]. O romance começava por uma recepção, e ele dava à festa a expressão diferente: Guida recebia convidados, em lugar da personagem. Mas o telefone tocou, e Thomaz, como tinha uma extensão no quarto, não pôde deixar de lado a curiosidade em saber alguma coisa mais a respeito de sua mãe. A tia Ziloca chamava Guida para dizer que não poderia ir buscar o corpo de Marcos.

— Vai você, minha filha. Você é mais nova, resiste melhor.

— Faça esse sacrifício por ele, que gostava tanto da senhora, tia Ziloca!

Tia Ziloca parecia pensativa do outro lado do fio, porque silenciava.

— Mas ele sempre me disse que queria ser enterrado no cemitério da Consolação em São Paulo, no jazigo da família, junto da avó e do pai. Como é que eu vou fazer tudo isso sozinha?

— Não há pressa, o corpo de Marcos está no cemitério Campo Verano, em Roma. Quando a senhora o trouxer, eu estarei também presente porque muitos amigos dele de São Paulo vão querer recebê-lo. Olhe, depois nós conversamos sobre o assunto. Até logo, tia.

Thomaz ficou arrasado. Por que seria preciso ocultar dele, seu filho, o enterramento do pai no mausoléu da família? Por que Guida não dissera nada, nada a respeito do assunto? Caiu-lhe o livro da mão. Quando Guida voltasse, ele enfrentaria esse assunto. Aliás, tudo lhe estava parecendo muitíssimo estranho.

Eram seis horas quando Guida voltou com provisões, pacotes. Thomaz esperava-a deitado na rede e saltou.

— Estou sabendo que o corpo de meu pai está para chegar. Foi Bianca que de Roma me telefonou, avisando.

Guida fez um gesto de aborrecimento.

— Ah, Bianca, a doce Bianca, a inefável Bianca, o amor mais discreto deste mundo. Ela teria que seguir seu pai até na remoção do corpo para o Brasil?

— Não acho nada extraordinário — disse Thomaz um tanto arrogante —, o que acho extraordinário é que ela me disse que a senhora já deveria saber, porque o Consulado já lhe havia comunicado a notícia.

— E o que é que você pensa que é? Alguém a quem eu deva dar satisfações? Lembre-se de que passamos a vida quase toda separados. Não temos intimidade para trocar essas impressões, ou você quer que tenhamos essas intimidades?

Ele pegou no pulso de Guida, que ainda estava com o chicotinho de punho de prata.

— Você tem contra mim alguma coisa que deve ser esclarecida, e eu exijo esclarecimento, porque tenho o direito como filho, embora criado longe, tenho o direito de saber por que sinto em você essa espécie de irritação comigo.

— Ora, rapaz — disse Guida —, você quase me feriu o pulso. Vou tomar meu banho de espuma, depois jantamos e conversamos, e acho que para seu bem devemos mesmo ter uma conversa muito franca. Até o jantar.

# 26
# Como um homem que quer seduzir uma mulher

Era sábado. Quase todos os colonos da fazenda haviam partido para um jogo de futebol da região no qual alguns, já veteranos, tomavam parte. Era o sempre infeliz Laterreanos *versus* seleção do Clube Atlético Rio Fundo, abrangendo este uma escala de jogadores já muito conhecidos naquela zona e tendo entrado por várias vezes com seus elementos nos jogos da Loteria Esportiva.

Antes do jantar, houve a partida dos jogadores que levavam flâmulas, pulavam e gritavam na caminhões, um ou outro menino metendo-se dentro da confusão nos carros; donos de táxis oferecendo-se de bom grado para levar seus conterrâneos e vibrar com eles no bom campo de futebol de Laterra.

Depois da partida e da enorme grita formada pelos jogadores, suas famílias, seus fãs e até por aqueles que, duvidando da vitória, levavam a marca de seu atrevimento, um tabefe aqui, uma indignada declaração ali, e ouviam:

— Não te carrego, não. Vai dar azar com a sua mania de dizer, antes da hora, que o jogo está perdido...

Passado esse clima de grande agitação, Guida e Thomaz se encontraram na sala para jantar. Thomaz vinha muito firme em não desviar a conversa, mas Guida parecia não ter pressa. Chegou a dizer:

— Você vai arrepender-se de querer tocar neste assunto.

— Que assunto? Haverá alguma possibilidade de que eu possa saber tantas coisas de mim escondidas? A ausência prolongadíssima entre a minha família e a minha vida? Foi você mesma, Guida, que me perguntou: se Marcos gostava tanto de você, por que não ia visitá-lo e não o trazia para passar uns dias conosco?

— Pois tudo lhe será dito, mas depois do jantar. Eu disse que nós conversaríamos ao jantar, mas não disse se era antes ou depois dele. Será mais agradável se for depois.

Olhou-o de viés, observando-o como num estudo prévio de sua condição. Estava nervosíssimo. Deixou cair o garfo três ou quatro vezes. Não comeu quase nada e, vez por outra, como que seu espírito fugia e Thomaz ficava olhando o teto onde a luz fazia enxamear insetos do verão, na impaciência de que aquele jantar terminasse.

— Você vai aceitar um pouquinho de conhaque, não é? Precisa de ânimo, e eu também.

Segurou seu braço, levou-o à rede, fê-lo sentar-se junto dela enquanto ela própria fazia com que ele tomasse os últimos goles do conhaque que desprezara na mesa. Depois, ao compasso da rede — e ela os fazia ficar mais perto um do outro —, Guida revelou o que deveria ser o mistério na vida de Thomaz.

— Você sabe, no começo de nosso casamento, com a subida à cabeça de sua condição, naquela época, no Líbano, um terceiro secretário era importante, podia convidar quem quisesse à sua casa ou à sua tenda na praia, as bebedeiras entre os amigos eram contínuas. Aliás, isso já viera daqui, desta fazenda, quando às sextas-feiras os homens caíam de bêbados pelas estradas. Ele me fazia também beber, como se houvesse uma união entre fazendeiros e trabalhadores para esses dias de folga. Em Beirute, Marcos me vinha com frases como estas: "Ela lhe *deu* três filhos. A mulher de meu amigo vai *dar* a ele seu primeiro filho na próxima primavera". Ora, com poucos meses de casada e ainda muito inexperiente, isso calou em mim. Vim ao Brasil de férias, anunciei que voltaria com tia Ziloca, que iria internar-me para ter a criança. Nem mesmo Ziloca percebeu. Eu fui aumentando os acolchoados, modificando meu guarda-roupa até que cheguei a Beirute de navio, de sapatos baixos e amparada pela tia que tinha comigo os maiores desvelos. No Hospital Americano, que fica bem no centro de Beirute... Você quis toda a verdade e a verdade está aí, eu encontrei uma mulher muito bonita e infeliz que por poucos dólares aceitou fazer o negócio. Quanto aos médicos, preveni um de minha inteira confiança, que só em caso de complicação eu chamaria. Fui para lá, deitei-me numa confortável cama e até, muito longinquamente, senti o que deveria ser aquilo que chamam de dores de parto. Minutos depois, a meu lado, estava um bebê recém-nascido. Tia Ziloca foi quem o tomou em primeiro lugar nos braços. Marcos ficou radiante. Nossa vida agora tinha uma motivação: o filho que ele aguardava e eu não lhe pudera *dar*.

Thomaz saltou de junto de Guida. Pôs a mão no rosto.

— Então fez de mim um embuste vivo?

Apoiou-se em uma das colunas do terraço com raiva. Voltou-se para ela com violência:

— E se eu não acreditar em tudo isso? Se você estiver contando essa história para me afastar da fazenda, onde quer ser dona e soberana? Por que meu pai que tanto conversou comigo nunca disse nada a esse respeito?

— Como podia dizer se ele mesmo não sabia?

— E por que só agora, quando nos defrontamos um contra o outro, diante desta paisagem que tanto adora, diz-me essas coisas? Não seria natural que eu fosse preparado durante minha vida para voltar a ser ninguém? Não, eu sei que é a minha mãe. Quando estamos juntos, embora sua irritabilidade em relação a mim seja grande, a doçura de seu tato, a ternura de sua presença, mesmo contra sua vontade, e o interesse que você mostra por mim dizem que eu não me engano que é a minha mãe, mas, agora que meu pai morreu, quer renegar-me.

Ela levantou-se de um salto da rede. Seus olhos tão pretos luziam quase ferozes.

— Vou provar que não sou sua mãe.

À meia-luz do terraço principiou a caçoar e a dar voltas, a girar como se se preparasse para algo extraordinário.

"Que estranho comportamento", pensou Thomaz. "Que forçada alegria é esta, estará bêbada?"

Então, depois de achegar-se para bem perto e ele dela fugir, agarrou-o pela nuca e como um homem que quer, de qualquer maneira, seduzir uma mulher, apertou-o nos braços enquanto ele procurava desvencilhar-se, achou o caminho de sua boca e o beijou longamente, como se fosse faminta, pondo nesse beijo todas as suas mais sábias maneiras de encantar. Thomaz não resistiu muito.

Ela gritou-lhe depois, vitoriosa, no nariz limpando-lhe a boca ainda encharcada de umidade.

— Agora você sabe que eu não sou sua mãe.

Atiçado por aquela mulher cujo retrato ele tinha na cabeceira de sua cama como a imagem de uma santa, a mulher que para ele era a mais linda mãe do mundo teve a coragem de ir até as últimas consequências.

— Ainda não é o bastante. Prove mesmo que não é minha mãe!

*

Logo depois, Guida, voltando-se para Thomaz já à beira da escada, disse:

— Eu não fiz de você um embuste. A verdade é que se você fosse verdadeiramente um homem me teria esbofeteado e não viria com essas teorias idiotas de que estou a contar histórias para não dividir a fazenda com você. Por que iria dividi-la, se você não é nosso filho? Não tenho a mínima culpa de que durante tantos anos de ausência não lhe passasse essa ideia pela cabeça com o afastamento em que viveu. Agora, deixe-me. Vou cavalgar pela noite. Isso me faz bem e depois, se você achar que ainda é preciso provar que não sou sua mãe, por que não provarei? Eu não sou mesmo a sua mãe.

Desceu rápido a escada. Vestiu no térreo a sua roupa de montaria e em breve chegava, trazido por Mateus, o Ruivo. Dentro dos bolsos ela sempre tinha uma pequena quantidade de açúcar. O animal a festejou e uniu sua longa cabeça, seu focinho, à face de sua dona, num carinho que seria quase de amor. Ela alisou-lhe a crina, montou-o e partiu pela noite clara, numa espécie de desabafo dos sentidos. Do terraço, junto da coluna, Thomaz observava, estremecendo de ódio e de sentimentos desencontrados, que não sabia analisar propriamente, mas que depois reconheceria como sendo o imperioso desejo daquela mulher que era ao mesmo tempo sua agressiva inimiga e sua ardente sedutora. A que fora e não era mais... sua mãe.

Aquele "você não é homem" dera-lhe um novo impulso.

— Pois vai pagar por isso.

Mas a dúvida se insinuava. "E se tiver dito a verdade?" Olhou a confusa paisagem da noite e viu que Guida galopava ao lado do rio com segurança e desenvoltura. Seus cabelos eram uma clara mancha que adejava ao galope, e seu corpo agilmente subia e descia numa cadência perfeita. Aquela espetacular corrida ao lado do rio que brilhava sob a luz noturna continuou até que a visão de Thomaz a perdesse.

Então ele foi para o quarto, humilhado, vencido.

Que estranha mulher era Guida! Não duvidava que fosse sua mãe, quando ela mostrara a viagem mais longa de sua vida, a que a levara da casa pequenina para a grande mansão! Ele guardara aquilo no momento apenas como uma informação a mais sobre Guida. Agora, sabia que não era apenas uma informação, pela maneira como ela o beijara, decerto como um homem beijaria uma mulher. Ele pressentia, ela quisera mostrar seu desprezo verdadeiro por aquele pobre "menino" que julgara encontrar ali seu refúgio, seu caminho na vida.

Pensou em Marcos, isto é, pensou no pai. Para ele a memória de Marcos era intangível, porque só um pai poderia proceder com ele como Marcos o fizera: morrendo e dando conselhos ao filho. Uma espécie de herança, de abertura para a vida, sim, de verdadeira herança feita em palavras, como síntese daquilo que deveria ser a sua orientação.

A viagem mais longa que Guida fez! Ela não casara por amor, casara por tudo que obtivera desde então, desde que se unira a seu pai, e agora que ele estava morto ela o tratava como... e por sua boa educação natural não conseguiu dizer o resto, lembrando-se das atiradas maneiras com que se comportou naquele beijo no qual fora o beijado e ela beijara.

"Você não é homem", dissera. Mas pagaria por isso.

*

Dormiu vestido, pensando e repensando. Ora achava que era filho de uma libanesa anônima, ora pensava que havia certa inverossimilhança na história. Houvera muito, muito tempo para que ela o chamasse, fizesse saber de sua própria condição já que, como dizia, tendo-o tomado para agradar ao marido, Thomaz nada significava para ela. Isso poderia ser revelado ainda que seu pai, que o amava, o preservasse dizendo:

— Eu considero você meu filho de qualquer maneira.

O retratinho dele, ainda criança, à beira da cama do pai agora morto não dizia de seu amor por ele, Thomaz?

Todos esses pensamentos engendravam outros. Aparecia-lhe aquela louquinha de Milão que dizia: "O sexo é uma m...". E a outra, Belita, que fazia do sexo uma aproximação natural com a vida, uma demonstração de ternura entre os amigos.

"Você ainda não provou que não é minha mãe." Apesar do beijo, Guida não havia chegado ao ponto definitivo, aquele ao qual jamais chegaria uma verdadeira mãe. E o sono desceu como um manto de feltro sobre ele, sobre sua ardente e confusa cabeça.

Despertou com a presença de Guida, que trazia uma vela acesa.

— É para não chamar a atenção do pessoal que já vem correndo do jogo de futebol e das festas em Laterra pelo sucesso do *nosso* clube!

Realmente, um tropel avançava pela estrada. Caminhões, carros, gritos de bêbedos, uma roufenha canção esportiva, o estribilho em que todos entravam. Guida, iluminada pela vela, como sempre usasse aqueles vestidos largos e finos em casa, não parecia estar de camisola de dormir, mas estava. Era de cetim brilhante, com uma renda transparente pousada sobre os seios. A cor não dava para saber. Era sempre a preferida dela, bege ou rosa. Estava bastante maquilada para que Thomaz notasse, assim mesmo, com tão pouca luz, e vinha cheirando bem, talvez chegando daqueles banhos perfumados que costumava tomar.

— Vejo que não preciso mais dar provas. Você está aí vestido. Estava tão bem-vestido e tão arrumado no centro da cama que até parecia... não digo.

— Diga. Já me fez tantas humilhações!

— Um simpático defuntinho.

Ele levantou-se de um salto e começou a tirar a roupa. Quando estava quase despido, com certa brutalidade apanhou a vela das mãos de Guida e apagou a luz. Lá de fora ainda vinha uma réstia de claridade pela janela. A voz de Guida vibrou:

— Você prometeu bater-me.

Puxou-lhe a mão junto da face fria e lisa. Ele fechou o punho. Rasgou-lhe a camisola e se atirou sobre Guida. Durante os momentos mais impetuosos, para castigá-la, ele repetia, contra si mesmo, mortificando-se, perdendo-se:

— Mãe, mãe, mãe...

Silenciosamente, depois da primeira vez, ela se comportou entregando-se com doçura, afagando-o e o beijando como se fosse uma mulher amorosa. Já apontava o sol; o quarto era invadido pela luz vermelhenta da aurora, pois era daquele lado que o sol nascia. Ela apanhou rápido a camisola rasgada, correu para seu quarto, trancou-se.

E na noite seguinte, depois de um dia um tanto afetivo, quando passearam novamente juntos pelos ermos da fazenda, ela o levou a seu próprio quarto e disse:

— Veja estes lençóis! São de seda, ainda do tempo de meu noivado, com rendas da Bretanha, e eu só usei uma vez e foi na noite do casamento.

Thomaz agora era acarinhado e tratado com toda a solicitude de uma amante que quer agradar nos mínimos requintes. Foram três dias e três noites de amor pacífico, depois daqueles atritos, daquelas palavras corrosivas e ásperas, e de súbito Thomaz acordou em seu próprio quarto, chamando por Guida.

Apareceu-lhe, então, pela porta adentro, uma doce e terna figura de mulher já velha. Era corada, tinha uma espécie de focinho de raposa, usava um penteado alto com os cabelos prateados muito bem cuidados, presos por um véu. Estava impecavelmente vestida de cinza.

— Você está chamando por Guida. Então não sabe que ela foi ao enterro de Marcos, em São Paulo? Quando ela me disse que você estava aqui, vim depressa para vê-lo.

Sentou-se numa cadeira. Ficou olhando Thomaz com simpatia infinita.

— Você me lembra tanto meu sobrinho! Ser tia-avó é como ser avó, não é? E eu morando tão longe, muitas vezes pensei em você em Portugal, país que não conheço.

Thomaz procurou recompor-se, abotoou o pijama, arrumou-se, vestiu o roupão e com alguma firmeza na voz disse:

— A senhora é a tia Ziloca, não é?

— Claro que sou a única tia que seu pobre pai teve, e estas mãos foram as primeiras que apanharam você ao nascer, ainda todo sujinho, antes de a enfermeira dar-lhe o primeiro banho. Enrolei você num pedaço de pano bem limpinho e chorei porque você gritava tanto que parecia não ter consolo de vir a este mundo.

— Tia Ziloca — disse Thomaz com alguma prudência —, vamos tomar café juntos. Eu quero ter uma boa conversa com a senhora antes de embarcar, porque volto hoje mesmo.

Tia Ziloca acompanhava Thomaz com tanta ansiedade que se acentuavam seus traços de raposa simpática: como se uma raposa pudesse ser inventada e rósea.

— Mas que pressa é essa, o que há?

A mesa da fazenda como sempre era farta. Lá estavam postos pela presença de tia Ziloca o pão de forno, as rosquinhas de fubá, as talhadas de mamão, leite, coalhada e café. Inúmeros potinhos de geleia, de goiaba, de marmelo e ainda uma garrafinha de licor de jabuticaba compunham o que deveria ser o pequeno almoço.

— Tia Ziloca — disse Thomaz, desdobrando seu guardanapo e parando ao ouvir o canto, ou, por outra, a violenta "conversa" de galinhas que haviam recebido novas hóspedes em sua casa e aparentemente não estavam felizes. O homem que tomava conta delas, desse pequeno aviário, dizia:

— Suas diabas. Quietas!

Imediatamente, elas pararam os protestos e a conversa pôde prosseguir, o guardanapo foi aberto e com calma pousado nos joelhos de Thomaz.

— Disse-me a senhora que me pegou nos braços antes mesmo de que me levasse a enfermeira para o primeiro banho, mas Guida — corrigiu —, dona Guida, afirmou que eu não era filho nem dela, nem de Marcos. Que havia feito um "arranjo" para que ela pudesse agradar meu pai, a Marcos, chamarei sempre assim, que muito queria ter um filho. Disse que se fantasiou de grávida, aumentando o volume de suas roupas, chegando amparada pela senhora e indo ter ao Hospital Americano de Beirute onde previamente tudo havia sido combinado para que uma mulher pobre e muito linda lhe vendesse o filho que estava a esperar.

Tia Ziloca ficou uns instantes de boca aberta. Arfava. Seu focinho róseo tornara-se escarlate.

— Meu Deus do céu! Já se viu mentira maior neste mundo? E você caiu nessa? Como num hospital de categoria, como o Hospital Americano, se poderia fazer uma encenação dessas? Meu filho, se fosse no interior, lá pelas funduras do sertão, uma "curiosa" podia resolver questões como essa, mas num hospital de primeira classe! Ah, o meu pobre sobrinho quanto sofreu nas unhas desta mulher! A sua ambição, meu filho, não conhece limites. Ela é capaz de fazer qualquer coisa, por mais abominável que seja, uma intriga, uma desunião com a família, se isso estiver de acordo com seu único objetivo: riqueza e poder. Quando vim para cá, não quis assistir ao enterro de meu sobrinho porque a "viúva", eu sabia bem o que ela era para Marcos, o que fazia dele, o que dele exigia, ia fazer drama, vestir-se de negro, com véu espesso. Não seja igual a seu pai. Lute por seus direitos. Metade do que meu sobrinho deixou deve caber a você, e, lembre-se, a herança desta fazenda é dele que a compartilhou com Guida, mas veio de sua bisavó, Thomaz, de dona Olívia, uma santa mulher que levantou este casarão e fez muita caridade por estas bandas. Marcos herdou o gênio dela. Bondoso era, sim, mas não tinha a sua capacidade de vir a ser sempre independente. Não sei se ela descobriu, antes de morrer, quem era Guida, cujo casamento festejou tão maravilhada, como se obtivesse para o neto a melhor jovem, a mais pura, a mais doce, a mais sensata, "uma flor de menina", dizia.

Thomaz ouvia aquilo tudo e não podia desabafar o que guardava no fundo da consciência. Por pior que fosse Guida, ele não podia acreditar — jamais acreditaria — que ela se entregasse a ele como uma prostituta para chegar a seus fins; no caso, ficar livre dele para sempre.

— Minha querida tia — disse ele —, vou terminar em paz a viagem de férias que iniciei com meu pai; essa viagem terminaria em Roma para ele, mas para mim, não. Tenho algum dinheirinho que ele me deu. Sou moço, não pretendo mais voltar ao Brasil.

Os olhos da tia estavam inundados.

— Mas, meu filho, você acreditou, acreditou mesmo, e deixa tudo o que tem, que é este pequeno império, que é a fazenda Laterra, para partir para a Europa onde você não tem ninguém, nem um parente? Não faça isso. Olhe! — De repente ela se lembrou de uma coisa muito séria: a empregada, a doce, a insubstituível Monah, sua primeira ama libanesa. — Ela me ajudou a enfaixar os seios de sua mãe, que não queria perder a beleza. Isso se faz muito, quando as mulheres desejam secar o leite. Pois bem, nós duas fizemos essa operação. Durante muito tempo, pelo Natal, ou lá pelos meados do ano, recebíamos cartões dela. Perguntava sempre pelo *petit*

Thomaz. Mas, de uns anos para cá, os cartões terminaram. Soubemos depois que ela morreu num dos piores bombardeios no bairro cristão de Achrafieh, em Beirute.

— Uma testemunha morta, hem, minha tia? Veja que sorte tenho eu.

— Mas eu também sou testemunha — disse a tia com veemência — e juro pela tranquilidade de Marcos, pela sua eternidade no céu dos justos, que você é filho dele e filho de Guida. A irritação dela é claríssima: afastá-lo de qualquer maneira para ficar como única proprietária da fazenda.

Ele voltou-se. Saiu para o terraço. Respirou. Movimentava-se a fazenda nos seus momentos mais duros de trabalho. Ouviu um relinchar alegre. Era o Ruivo, que esfregava a cabeça na mureta da escadaria. Teve um gesto de ternura. Apanhou um pouco de açúcar, abriu a mão, e o cavalo rodopiou nas quatro patas e saiu relinchando como se repudiasse a mão que não fosse de sua dona. Thomaz voltou à tia.

— Tenho que fazer as malas. A senhora quer ajudar-me?

— Sim, meu filho. Eu estou bastante velha, mas ainda sei arrumar bem as malas, já que você não quis ouvir-me.

— Então não compreende, tia Ziloca, que a própria maneira de me afastar dela e a impossibilidade de conviver com dona Guida são também razão para que, sendo filho ou não, eu me vá?

Ele foi subindo no banquinho, tirando ternos, camisas, sapatos, gravatas, lenços. Ela habilmente arrumava a mala e pedia mais. Lembrou-se Thomaz de um livro de Anatole France que principiara a ler e o guardou, porque sentiu uma vaga semelhança entre os ambientes descritos pelo romancista e aqueles em que deveriam ter vivido Marcos e Guida.

Em poucos minutos, a tarefa estava concluída. Ele chamou Mateus, que se espantou muito com sua saída, e depois de beijar com muita doçura e respeito a velha tia-avó, que ainda estava bem durinha de pernas e esperta, tomou o carro para Ribeirão Preto e daí para a viagem de volta.

## 27
# Sua mãe *parlava di me*?

Chegara a Roma no descair do inverno; as flores começando a enfeitar a cidade, como na Piazza di Spagna transformada já numa cascata de flores de cada lado dos degraus. Tomou um táxi que o levaria... aonde?

Durante a viagem, Thomaz distraidamente meteu a mão no bolso dos papeizinhos e encontrou o nome e o endereço daquele homem tão comovido e afetuoso para com ele, e o primeiro movimento que teve foi de procurá-lo. Fora muito amigo de seu pai.

O motorista, como muitos italianos, queria saber da vida dele. Quando informado de que era *brasiliano* e sabedor das belezas do Rio e de São Paulo, através de um irmão que residia na capital paulista, voltou o rosto risonho por segundos naquele trânsito incompreensível.

— *... ma Roma è la più bella di tutte* [mas Roma é a mais bonita de todas].

Sim, Roma era mais bela. Ele voltava ali para terminar um ciclo de sua vida ou para começar a viver? Sua intenção, como dissera à tia Ziloca, era continuar a viagem que seu pai havia combinado com ele. O ponto-final seria Roma. Ele estava ali e persistente, monocordicamente, a voz da pequena encontrada em Milão gritava nele: “O sexo é uma m... Eu preciso de uma garrafa inteira de água benta para purificar-me”. O pior é que a experiência com Guida não o marcara com o ódio que desejava ter. A descoberta do sexo com aquela mulher que sustentava não ser sua mãe, mas em cujo ventre, de acordo com tia Ziloca, deveria ter tido seus começos de vida, o perturbava e malditamente o fascinava. Fora sua primeira experiência sexual na vida. Eram choques contrários, mas a maldade de Guida, usando a sua tática, expulsando-o por aquele modo de partilhar a fazenda, derrubou logo sua resistência diante do sentido da história que ela contara.

Foi assim, extremamente cansado, porque não dormira no avião com um mundo de ideias a povoar-lhe a cabeça, inclusive a de que estava amando menos a memória de seu pai do que deveria, cuidando menos nos seus conselhos do que deveria ter cuidado, foi com essas ideias que ele chegou à casa-museu do conde Arnaldo Giudice, em Via di Monserrato. Era cedo, e, como sempre, ele mesmo veio abrir a porta: fitou-o por uns momentos meio perplexo, depois lembrou-se:

— *Ah, ecco qui il figlio de Marcos i Guida!*

Voltando para seu português que ele sabia, mas se esquecia de falar na língua por meio da qual tanto comerciara com o Brasil:

— Que alegria, meu filho. Ficou tão pouco tempo na fazenda! Guida, como vai a caríssima Guida?

— Está bem, mas eu desejava do senhor uma indicação. Sabe onde posso encontrar uma pensão modesta? Pretendo trabalhar algum tempo aqui em Roma. A vida no campo não me agradou muito.

— Caríssimo Thomaz. Este é o seu nome, não é? Sempre quis ter um *figliòccio*, e nesta casa a Camorra não deixou que eu pudesse ter essa *felicità. Io potevo avere um figlio come te. La mia casa sarà la tua casa.*

Aquele oferecimento pareceu a Thomaz muito descabido. Aliás, o velho italiano tinha um jeito meio de doido, mas era simpático, e, até o momento em que tivesse uma situação definida, podia aceitar.

— *Grazie tante.*

Havia aprendido umas poucas palavras em italiano na estada em Lugano, com o pai. Agradecer, por exemplo, ele sabia. Depois, voltou a seu português:

— Será muito rápida a minha estada aqui, porque vou trabalhar e estudar — lembrou-se da palavra — *Giurisprudenza.*

— Uma maravilha de *figlio.*

Ajudou-o, ofegante, a carregar a mala lá para cima. Mostrou-lhe, enquanto subiam, a quantidade de coisas, de objetos, de quadros, de móveis que guardava ali. Chegava a seu grande quarto com duas amplas janelas e um bom banheiro. Havia uma alcova, onde ele hospedara aquele menino louro que trouxera de Nápoles. Faltava escolher a cama, mas isso não era nada, porque tinha cama de todos os tamanhos e de todos os estilos lá embaixo.

"O velho é extraordinário", pensava Thomaz. "Acho que caí bem."

Ele o observava tanto e com tanta agudeza por seus olhinhos que lacrimejavam, às vezes, que Thomaz pensava estar procurando na sua pessoa qualquer semelhança com o pai, pois, quando soube da sua morte, ele chorava como uma mulher lacrimosa. Buscava nele o pai. Devia ser isto: por amizade e admiração ele o tratava como um filho, não um afilhado, como dissera que a Camorra lhe pusera à mão, em troca de seu afilhado verdadeiro que desaparecera no terremoto.

Facilmente ele foi instalado ali na alcova, mediante o arranjo de um bonito divã do século XVIII, justamente aquele que pela largura e pelo tamanho poderia caber no pequenino quarto. Também descobriram um armário sem portas que dava para pendurar suas coisas: com porta não caberia ali. E o velho, com uma esperteza extraordinária, ainda descobriu, entre os seus atulhados haveres, um bonito biombo que podia servir de porta e um fino abajur, elegante e harmonioso, cujo fio, colocado numa tomada, dava para ficar exatamente do lado da cama. O alojamento estava completo, e ele firmemente atacou em português:

— Descansa agora, meu filho. Você deve estar muito, muito fatigado.

— Sim. Estou muito fatigado. Mas antes de descansar queria usar seu telefone. Posso?

O número de Bianca, na Embaixada, estava anotado em seu caderninho.

Telefonou e, com o coração batendo, ouviu-lhe a voz serena e nobre.

— Thomaz, você já está de volta! Que foi que aconteceu?

— Não me dei bem na herdade, na fazenda, digo.

— Eu podia esperar por isso — disse Bianca. — Você quer jantar comigo hoje? Eu tenho uma notícia para você.

— Bem, eu estou aqui na casa do conde Arnaldo Giudice, que me acolheu como se fosse um afilhado ou um parente, melhor, um filho. Nunca pensei que houvesse tanta bondade assim e vou dormir enquanto puder.

— Às nove — disse Bianca — vou apanhá-lo com o meu carrinho.

Estava quase adormecendo naquela tarde, vestido com o seu roupão, quando Arnaldo Giudice perguntou a Thomaz:

— Sua mãe... *parlava di me?*

Para alegrar aquele homem que lhe parecia infinitamente bom, disse:

— Sim, senhor, muitas vezes, dizia sempre que era o maior amigo que tinha em Roma.

Ele sorriu iluminado, como um sol desenhado por crianças. Fechou cuidadosamente o biombo. Fosse lá cair em cima de seu hóspede! E principiou a vestir-se para o que restava de seu dia de trabalho, enquanto Thomaz ficaria ali como uma presença viva de sua bem-amada, de sua preciosa e querida criatura que um dia, Deus haveria de permitir, seria a sua esposa.

*

Um pouco antes de Bianca chegar, à noite, apareceu Arnaldo Giudice, tão contente com a presença de Thomaz quanto se um pouco de sua caríssima Guida estivesse guardado ali, naquela sua estranha mansão. Thomaz disse-lhe que ia jantar com Bianca, mas ele não suportou a ideia de ficar só. Sim, ele conhecia um restaurante que era *sotto* [sob a] terra. Descia-se por vários salões e, tanto mais se descia, mais curioso era, com estátuas, placas, lembranças — diziam os espertos donos — de mais de dois mil anos. Depois, como se fosse um grande *onore* [honra], dava-se um diploma da visita. Estalou a língua:

— *E si mangia così bene!*

Bem, teria de submeter a Bianca, que chegava daí a poucos minutos, esta nova orientação para jantar. Bianca aceitou com uma condição:

— Preciso ter uma conversa particular com Thomaz.

Arnaldo Giudice riu, bondoso.

— Seguramente quer tomá-lo de mim para nele reencontrar Marcos. *Giustissimo! Finito il pranzo me ne vado a casa* [Teminada a refeição, vou para casa].

O restaurante poderia ser um dos mais antigos de Roma, visitado sempre por turistas. Tinha paredes recobertas por pequeninas pedras. Os tetos também eram em abóbada, construídos da mesma forma rústica. Havia um sistema de aeração que não permitia sentir-se alguém abafado ou em desconforto. Seria uma Roma fingida de dois mil anos atrás ou aproveitada de algum secreto refúgio de um tempo indefinido.

Desceram os três e lá se foram sentar no melhor de todos, o quarto salão, metido na profundeza do solo.

— Ei — disse Arnaldo Giudice —, se tivermos um bombardeio, corre *subito* para este *salone*.

— E um terremoto? — perguntou Bianca sorrindo. — Poderíamos ficar sepultados aqui.

— *Macchè? Niente* terremoto, *andiamo a vedere il menu.*

De repente, Thomaz começou a sentir-se aflito. A testa ficou orvalhada de suor. Ele descia ao ventre da terra. O ventre, o ventre. Aquilo lhe dava uma preocupação indissimulável. Assim mesmo, conseguiu que os companheiros não notassem. Passou o lenço na testa e disse:

— Vocês escolham por mim, pois não conheço a comida romana.

Eles escolheram um prato de massa e em seguida comeram uma *bistecca alla fiorentina*. Aquele sempre apreciado bife que Guida pedia. Naquela sala havia pouca gente. Os dois falavam, alto e como que as paredes e o teto devolviam-lhes o som, com uma acústica um tanto incômoda. Perguntava Bianca:

— Que tal a fazenda?

— É imensa. Impossível para quem vive na Europa imaginar o tamanho de uma fazenda das boas no Brasil. E vejam que São Paulo já tem seu território muito construído, muito ocupado. Calculem então o tamanho das fazendas em Mato Grosso, Goiás ou por exemplo na Ilha de Marajó. É uma brutalidade de terra, toda ela cultivável.

Perguntou Arnaldo:

— Guida mostrou-lhe toda a fazenda?

— Sim, toda, e havia uma colina de onde se podia ver a primitiva parte da fazenda Laterra, o rio e depois uma continuação da fazenda em campos não cultivados, mas excelentes, porque são à beira do rio.

Começava a reganhar confiança em si mesmo. Podia falar naturalmente, sem transpirar de acanhamento ou de vir a ser, pelas circunstâncias, obrigado a dizer falsidades.

— E Guida? — perguntou o conde quando já entrava na boa lasanha verde. — Ela *così svelta... ma come fa* para *governare questa* fazenda Laterra?

— Não é muito difícil porque o vizinho, um homem muito bom, cedeu-lhe seu próprio administrador que vem diariamente distribuir o trabalho aos colonos, isto é, aos trabalhadores, e logo que ela tenha outro administrador escolhido por este, que está provisoriamente na fazenda, poderá até viajar.

Bianca perguntou:

— Você acha que ela virá à Itália?

Arnaldo Giudice ficou pálido.

— *Troppi ricordi. Io aspetto un invito di Guida per tornare in Brasile*, e agora vou falar em português, porque tenho negócios lá e vou unir negócios com o prazer de estar com Guida. *Vederla, capisce*, é uma amiga que *non si può dimenticare* [não pode ser esquecida].

Thomaz ficou silencioso.

— Lamento não dizer que gostaria de voltar para a fazenda, pois pretendo trabalhar com o senhor enquanto estudo italiano para o meu curso de *Giurisprudenza*.

Estavam já na *bistecca alla fiorentina* e Giudice ficou silencioso, lembrando-se com que gosto e com que belos dentes Guida trincava a carne. De repente, sentiu com pungência a falta de Guida. Guardava sua imagem dentro da memória quase como se ela tremulasse no perpassar de um espelho, com seus olhos negros, seus cabelos, seu perfume de pele lavada com seus banhos de espuma, seu talhe de princesa, o gosto de seu beijo e a eterna ideia de que, mesmo possuída, ela não lhe pertencia, nem mesmo nas mais íntimas ocasiões, porque Guida jamais teria dono; nem mesmo dela teria sido dono o marido.

Sob a cúpula de pedra, em cada cabeça ardiam pensamentos que se entrelaçariam uns aos outros, mas as bocas nada diziam, e Arnaldo foi rapidamente ao *maître*, pagou a conta e, de longe mesmo, disse:

— *Addio*.

Pensou: que segredos seriam esses? Calculou possíveis perguntas de Bianca sobre Marcos — ele sabia daquela discretíssima amizade, por um acaso. Encostados num desvão da entrada da casa de Bianca, ele uma vez surpreendera-os beijando-se, mas afastara-se do lugar com sua propriedade de pisar sem fazer barulho, talvez porque usasse sapatos muito finos para seus pés já cansados. Mas Bianca, bem diferente do que estava pensando Arnaldo Giudice, afetuosamente disse a Thomaz:

— Tenho uma intimação para você. Deve ir com urgência ao Consulado. Já vi a expedição de um chamado para você, de outro para Guida e outro para sua tia. Seu pai deixou um testamento, mas como ficasse trancado no cofre do cônsul e ele só voltasse das férias agora, é que saiu a notificação para os herdeiros.

— Mas eu não quero nada, eu não vou nem comparecer. — O rosto de Thomaz se tornava rubro. — Escute, eu não queria dizer, mas dona Guida afirmou-me que eu não era filho deles.

— E você acreditou?

— Como não acreditaria? Por que não vivia normalmente na companhia deles e estudava na Itália, como tantos outros filhos de diplomatas estudaram? Por que me mandaram há tanto tempo para Portugal?

— Porque ela, sim, ela não queria que você viesse, queria ser sempre mais nova do que de fato era e conseguia convencer seu pai de que tudo era para seu bem, para que não fosse contaminado pela droga e pelos vagabundos da Piazza Navona. Hoje posso dizer que meu único amor na vida foi Marcos, mas o verdadeiro amor de seu pai, aquele que fica no íntimo da pessoa, foi você. Ele vivia contando os dias para essas malogradas férias, quando por fim possuiria o filho em casa. Você não vai fugir de seu pai, porque o testamento não é apenas a doação de bens, ele é um resumo de amor e de preferência na vida. Eu sabia que Guida não era boa. Às vezes, eu sonhava que Guida e dona Olimpia Maidalchini eram a mesma pessoa. Você não conhece, nunca soube da legenda de um fantasma dentro do Palácio Pamphilj: a legenda de uma antiquíssima proprietária, péssima criatura, que chegou a fazer tais intrigas a ponto de ser expulsa do palácio por seu cunhado, Inocêncio X, e só voltou porque a nora intercedeu por ela junto ao papa, que já não suportava suas maldades e suas intromissões na vida de príncipes e cardeais. Dona Guida, ela mesma, garantia tê-la visto. Disse-me que sua figura se formava de baixo para cima. Primeiro os pés, os tornozelos, até que uma face rechonchuda aparecia, reclamando pela sua presença que todo aquele palácio era dela, de mais ninguém.

— Fantasmas — e apesar de tudo Thomaz não conseguiu reprimir o riso. — Você acredita nisso, Bianca?

— Acredito que dona Guida é uma espécie de bruxa. Com toda aquela soberana beleza. Veja só. Afastou você de seu pai e agora quer afastá-lo de seus bens, dos bens a que tem direito, como faria a espertíssima dona Olimpia Maidalchini em seus manejos dentro do mesmo palácio em que seu pai viveu. Eu agarro você pelo amor que tenho à memória de seu pai e o levarei ao Consulado na semana que vem. Não é justo que você não ouça a mim, que era confidente de seu pai, e prefira ouvir uma mulher como dona Guida da qual seu pai já se havia afastado há muitos anos e com grandes razões. Eu não o perderei de vista e o levarei. Parece que está marcada a data da leitura do testamento na terça-feira da próxima semana. E não fique receando enfrentar a mulher que tem a coragem de dizer que não é sua mãe, porque, por pior que ela seja, seu pai, deixando testamento, certamente terá feito de você seu legítimo herdeiro, queira ela ou não queira, diga ou não diga que você não é filho dela. Que Deus me mate se na terça-feira você não for ao Consulado levado por minha mão.

Assim ambos saíram da *cave*, e Bianca perguntou se não queria dar pelo menos uma volta em frente à Basilica di San Pietro. Ele aquiesceu e viu aquela imensa catedral com suas colunatas, suas figuras lá no alto esbatidas na meia-claridade noturna. Viu também, ao lado, a construção maciça do Vaticano e a janela do papa, que era um olho brilhante em toda aquela imensidão fechada e escurecida. O papa lia, estudava, orava pelos desatinos dos povos, pelo sofrimento de cada alma?

— No domingo, ao meio-dia, a janela se abre, e ele dá a bênção a milhares e milhares de pessoas aqui na praça. Há também muitas audiências públicas. Eu levarei você, se quiser. Este homem possui o mais estranho poder, o mais misterioso, que lhe foi dado pelo Espírito Santo. Não há quem resista. Veja você o que está acontecendo na Polônia.

O sindicalista Walesa vem a ele procurar forças, receber conselhos. É uma loucura santa que anda por lá. Um destemor que parece vir de tempos muito antigos. É a gente mais católica do mundo, porque eu sei que o maior número de católicos está no Brasil, mas lá há muitas influências de outras religiões, como aqui na Itália. Você poderia ver isso lendo os jornais e vendo as colunas de anúncios de tira *malocchio* [mau-olhado]. Ah, lembro-me agora — disse Bianca —, Guida não gostava de vir a São Pedro. Achava-a uma brutalidade esmagadora. Ela preferia visitar, quase semanalmente, uma Santa Teresa d'Ávila, feita por Bernini, que é a representação de uma noiva com um manto de mármore em dobras incrivelmente realizadas. O mármore torna-se, seda, e Teresa como que é rendida de amor por um anjo-cupido que lhe dá uma flechada.

O comentário de Thomaz foi apenas este:

— Curioso.

E logo em seguida, quando faziam a volta do carro junto à Piazza di San Pietro, ele pôs a cabeça para fora para olhar mais uma vez aquele ponto de luz sobre as trevas, como o anúncio de uma vigilância e do espírito alerta de um homem que tornou novamente a fé à sua grandeza.

# 28
# ...tinha poderes de exercer o chamado *piccolo* exorcismo

Bianca tomou a Via della Conciliazione, passou em frente ao Castel Sant'Angelo, cruzou o Tibre e deixou-o na casa de Arnaldo Giudice. O conde esperava vestido num roupão um tanto ridículo, de cor escarlate, que ele disse ter pertencido a um aristocrata do século XVIII. Cheirava mal a rica vestimenta, mas ele se comprazia com ela. Trazia um candelabro de prata à mão, para que os vizinhos não vissem luz na sua casa, afinal mais retiro do que casa.

— Meu caro conde, obrigado por tanto trabalho que lhe dou. Tenho que aprender rapidamente italiano para poder empregar-me, mas na terça-feira Bianca me levará ao Consulado do Brasil, onde será feita a leitura do testamento de meu pai. Peço, senhor conde, que me conceda a honra de ser uma das minhas testemunhas. Eu não queria ir, mas Bianca me fez compreender que seria como uma traição à memória de meu pai.

Subiam lentamente as escadas, conversando até chegar ao confortável quarto do conde. Rico, moderno, com uma sala de banho excelente. Havia duas poltronas. Ele continuava com a iluminação da luz das velas, talvez porque a eletricidade tirasse a magia daquela extraordinária roupagem. Fez um esforço e falou na língua do rapaz, mas com o inconfundível sotaque italiano:

— Sim, com muita honra serei sua testemunha. Logo que você tiver a segurança dos bens que seu pai lhe deixou, deverá sair, é claro, da sua *piccola alcova*. Quanto ao trabalho, eu lhe darei muito que fazer, contanto que aprenda o italiano logo. *Buona sera, figlio.*

— *Buona sera*, caro conde.

Esperou que o conde tomasse um ruidoso banho, com trechos cantantes, e depois que ele ouviu bater a porta do banheiro foi até lá, banhou-se, voltou a seu pequenino aposento. Teve o cuidado de puxar o biombo para que a luz não transparecesse e tentou rezar suas orações, como o fazia em Portugal.

Ainda estava sob o domínio de Guida. Não conseguia deixar de pensar nela. Por mais provas que tivesse da tia Ziloca ou por mais que o testamento agora anunciado aparecesse como um documento dirigido ao filho por Marcos Antunes, Guida ressurgia em seu pensamento como uma mulher desejada, sempre desejada.

Dormia de bruços e por vezes não continha as lágrimas. Ouvira seu pai falar na Scala Sancta, em São João de Latrão, onde havia alguns anos um padre, já muito velhinho, tinha poderes de praticar o chamado *piccolo* exorcismo e desejou ardentemente encontrá-lo, ou quem o substituísse. Não tinha coragem de confessar-se, e para ele a comunhão, criado como fora dentro de um rígido padrão religioso, era tudo o que ele mais desejava, como aplacamento dos sentidos e elevação espiritual. Achava-se porém tão enodoado por aquele desejo que agora sabia infame, embora tivesse sido enganado por Guida, que tinha a impressão de que jamais contaria seu caso a um confessor.

Entretanto, a Scala Sancta com seu *piccolo* exorcista podia talvez conjurar-lhe o espírito do mal que nele entrara. Teria Bianca razão quando dizia que testemunhava as vezes sem conta em que o pai desejava buscá-lo e Guida o contrariava? Teria razão até quando a fazia aparecer como uma sucessora de dona Olimpia Maidalchini?

Foi à igreja, viu a escada trazida por Santa Helena, por onde Jesus subira ao pretório para ser julgado por Pilatos. Beijou-lhe a gasta madeira que reveste os vinte e oito degraus de mármore e aguardou na semiobscuridade da Capela de

São Lourenço que muitas pessoas fossem atendidas. Enquanto aguardava, um jovem ao lado dele dizia que tinha estado sempre nas mãos do médico, que ouvia vozes, gargalhadas. Vivia tão atordoado que não podia trabalhar, e depois de quatro sessões naquela igreja todas essas manifestações estranhas haviam desaparecido.

Esperava encontrar um padre com fisionomia doce e compassiva, como descrevera seu pai o antecessor. Entretanto, aquele que o ouvira para fazer o pequeno exorcismo naquele comovente cenário que era o *Sancta Sanctorum* negou-lhe fazer esse ato de esconjuração.

— Meu filho — disse ele com voz áspera —, você disse que tem um pecado enorme que não deseja contar a ninguém. A única coisa que posso fazer é dar-lhe a bênção com os santos óleos.

Rezou rapidamente em latim. Fez o sinal da cruz na testa e na boca, também como se fosse no coração. Disse sempre de rosto fechado para Thomaz:

— Tenha coragem, filho. Volte a seu caminho certo, que Deus o ajudará.

Ele levantou-se bastante desiludido. Por que todos aqueles que ali estavam mereciam ser exorcizados e ele não? Por que não se tratava de nada que parecesse sobrenatural? Ou por que não tivera coragem de abrir-se com o padre? Naquele momento invejava a paz de espírito em que encontrou, na Cartuxa de Évora, um amigo que deixara a Faculdade de Letras para abraçar a vida religiosa contemplativa. Vira-o em hábito branco, com um capuz branco, num lindo jardim alentejano, e sua imagem era a da paz saciada.

Era domingo. Mais tarde, foi com Arnaldo Giudice ao Hotel Hilton em Montemario. No terraço, Arnaldo disse que Guida gostava de vir ali tomar uma mistura muito especial de destilados e frutas e contemplar toda a Roma em seus monumentos antigos e em sua modernidade.

— Aqui no salão térreo tenho sempre uma exposição. Quer vir comigo?

Ele foi. Teve sua primeira lição sobre objetos de arte, estilos, tapetes, móveis, pratarias, porcelanas, faianças e cristais antigos, que Arnaldo lhe deu. Pensou que não seria mau para ele trabalhar ali, aprender a conhecer o requinte da arte através de tantas épocas, como ali se via. Desde os mestres de pintura dos séculos passados até os modernos, ali estavam alguns colocados por famílias ricas que não desejavam ver seus nomes ligados a uma venda preciosa. O conde apresentava vários De Chirico, um Modigliani — uma linfática mulher —, um Van Gogh (em esboço), um Gauguin e jurava que seu Chagall "Os noivos da Torre Eiffel" era legítimo, apenas uma variante, um estudo inicial do famoso quadro. Arnaldo mostrou-lhe também alguns estudos atribuídos a Salvador Dalí, de cenas bíblicas para ilustração de uma fina edição na Suíça. Chamou logo sua atenção o estudo sobre a Encarnação — uma pombinha como que lançando sua misteriosa graça sobre a Virgem em transe e embaixo aquela legenda que deixou Thomaz absorto: *concipies in utero et paries filium... Jesum* [Você conceberá e dará à luz filho... Jesus]. Depois viu Fragonard, Watteau, Corot, todos autênticos, recebidos em comissão para vendas diretas ou em leilão. Tudo isso ao lado do que Arnaldo dizia serem desenhos de Rembrandt e El Greco, em contraste com a audácia da derrubada dos princípios pelos modernos e contemporâneos.

Thomaz não estava ainda liberado de seu demônio-Guida. Teria de esperar um dia apenas para enfrentar a leitura do testamento, mas afinal dava razão a Bianca. Deveria atender à vontade de seu pai.

Segunda-feira, passando pela Chiesa Nuova, subiu a Via del Governo Vecchio onde, com as lições que tivera do conde Arnaldo Giudice, descobriu numa loja muito despretensiosa quatro cadeiras renascentistas. Aquilo faria as alegrias dos turistas do Hotel Hilton à cata de boas barganhas, pois as quatro pequenas cadeiras eram maciçamente esculpidas em madeira negra com pequenos dragões em seu espaldar, mas figurando em perfil, de tal maneira que não prejudicavam o sentar-se. Perguntou o preço. O vendedor declarou um valor praticamente insignificante.

— *Aspetta. Torno subito.*

Foi ao conde, contou-lhe sobre as cadeiras. Ele ficou feliz de ver que Thomaz evitara a caríssima Via del Babuino e disse-lhe que começava *molto bene*, deu-lhe o dinheiro necessário com que logo comprou as quatro cadeirinhas, legitimamente depois expostas pelo melhor técnico em antiguidades de Roma, no grande salão térreo do Hilton.

*

E terça-feira chegou. Como prometera, Bianca viera buscá-lo na Via di Monserrato. Ao chegarem à parte reservada ao Consulado, no próprio Palácio Pamphilj, uma jovem morena de cabelos negros foi logo dizendo:

— O Senhor Cônsul está em conferência! Não pode atendê-lo.

Bianca mostrou sua raiva, e seus calmos olhos fuzilaram:

— O *Senhor Cônsul* está justamente esperando com hora marcada o filho do ministro Marcos Antunes.

Foi um choque. A preciosa moreninha, muito elegante e graciosa, abriu a porta e lá estava o Senhor Cônsul folheando alguns jornais e revistas brasileiras, chegadas na véspera.

— Muito prazer — disse ele — em conhecer o filho de um dos melhores colegas e chefes que já tivemos em nossa carreira. — Voltou-se para Thomaz. — Trouxe as testemunhas?

— Bianca poderá ser, não é verdade? E também o conde Arnaldo Giudice.

— Perfeito. Estamos aguardando apenas a chegada de uma senhora que deve receber algo de seu pai.

Thomaz estremeceu. Seria Guida? Sua ansiedade durou apenas segundos, porque, muito sóbria e distinta, conquanto a face um pouco rubra pela subida da escada, apareceu a tia Ziloca.

— Antes de mais nada — disse o cônsul ao receber com um cumprimento o conde Arnaldo Giudice —, sob nenhum pretexto, por mais justo que pareça, podem as testemunhas sair da sala enquanto estiver lendo o testamento do Senhor Ministro Marcos Antunes. Tenho a dizer que só agora eu o torno público pelo fato de que estive de férias e as disposições do ilustre e saudoso ministro foram guardadas no cofre deste Consulado.

Veio o princípio da leitura na voz forte e grave do cônsul, homem ainda bonito, os cabelos começando a pratear, que dava o endereço do testador e o dia em que fora feito o testamento: 8 de janeiro. Depois passou à parte:

— ... e perante essas mesmas testemunhas pelo outorgante testador Marcos Antunes, que se acha em seu perfeito juízo e no gozo pleno de suas faculdades intelectuais, segundo o meu e o parecer das testemunhas, livre de todo ou qualquer induzimento ou coação, me foi dito, usando em todas as suas declarações o idioma nacional, que de sua livre e espontânea vontade resolveu fazer seu testamento.

O testador nasceu em São Paulo, à avenida Angélica, número 320, no ano de 1926.

Em seguida, veio a declaração do nome de seus pais e seu estado civil: "casado com Guida da Silva Antunes. Tem um filho legítimo, Thomaz, nascido na constância do casamento com Guida da Silva Antunes, em Beirute, no ano de 1961. O testador deixa à sua viúva a parte que lhe cabe por lei pela comunhão do casamento e a seu filho legítimo tudo o que pertence a ele, testador, e que ele pode legar. Deixa também à sua tia-avó um depósito no Banco do Estado de São Paulo e dela faz testamenteira (refere-se à senhora Filomena Antunes, solteira, residente em São Paulo). Na falta, ou na recusa da testamenteira, roga a seu colega, o conselheiro Carlos Fagundes, que a substitua nos trâmites legais e na divisão dos bens.

Concluiu o Cônsul dizendo:

— Certifico e porto fé haverem sido fielmente observadas todas as solenidades e formalidades especificadas no artigo número mil seiscentos e trinta e dois do Código Civil brasileiro. Em fé do que escrevi, assino em público com o outorgante testador, e as testemunhas, e faço selar com o selo das armas deste Consulado.

Depois disso, algumas pessoas do Consulado vieram abraçar Thomaz, que retinha furiosamente as lágrimas.

— Bendito fosse seu pai!

O cônsul Davi Lima serviu um cafezinho e conversou com ele sobre os problemas burocráticos relativos à divisão dos bens. Tia Ziloca, muito contente porque lhe chegara algum bom dinheiro, disse:

— Senhor Cônsul, muito lhe agradeço desde já pela certidão. Com o juiz da Comarca haverei de resolver todos os problemas e dar conta de meu encargo.

— Ainda bem — disse o cônsul. — Recebemos hoje um telegrama de dona Guida dizendo não poder vir por achar-se adoentada e pedindo também uma cópia autenticada do testamento, o que vamos fazer imediatamente.

*

Tia Ziloca encontrou Guida numa calma marmórea, como se ela tivesse chegado a uma solução definitiva sobre o problema da divisão dos bens com Thomaz.

— Tia Ziloca, vou denunciar esse testamento. Aquele garoto, com jeito de quem não sabe nada, durante a viagem arrumou tudo o que desejava e não tinha na vida. Mas pode estar certa a senhora, que é a testamenteira, que eu conseguirei a anulação do testamento.

Tia Ziloca estava séria, mas no íntimo experimentava uma grande sensação de força — a primeira que tivera diante daquela mulher de vontade férrea.

— Minha filha — disse ela —, não caia nesse ridículo. Se você não estivesse com a cabeça tão prejudicada pela decepção, chegaria a um resultado satisfatório. Você vai ser a proprietária desta parte da fazenda, pois eu, que sou a testamenteira, vou fazer a partilha dando as terras que ficam além do rio para Thomaz. Eu, se fosse você, não caía nesse ridículo, porque a maternidade é um fato, minha querida. Eu vi Thomaz ainda todo sujinho antes do primeiro banho. A maternidade é um fato, e não uma presunção, como a paternidade. Se ele não fosse mesmo seu filho e apenas você desejasse criá-lo, ainda assim haveria dificuldades, porquanto, lembre-se, ele foi regularmente registrado perante testemunhas no Consulado em Beirute, feita a comunicação em tempo oportuno ao Itamaraty para os devidos registros no Rio de Janeiro. Tudo certíssimo! Além do mais, se você fizer isso, poderá até ser processada, pois um embuste como este que você pretenderia ter feito também é crime. Não sabia, com toda a sua inteligência?

Agora Guida, que se aninhara ao canto de um longo sofá da sala, juntava as mãos ao rosto como para encobri-lo.

— E eu que fiz tudo para que este rapaz nunca mais desejasse voltar aqui.

— Imagino, imagino, minha filha. Posso muito bem imaginar como você contou à sua moda o nascimento dele. Mas Thomaz não virá para cá, e sim para a *sua* fazenda do outro lado do rio, como eu já disse.

— Mas isso é um absurdo e é a maior injustiça, porque esta fazenda... se a parte de cá pertenceu por herança a Marcos, a de lá fui eu que comprei.

— Sim, mas a promissória foi assinada também por Marcos, seu marido e meeiro, quando você trocou tapetes de valor histórico com seu vizinho pelo preço daquelas terras. Tudo isso eu sei muito bem, porque o Arnaldo Giudice contou que você foi extraordinária, pagando logo a dívida assumida por ambos. Veja só o significado disso.

Guida agora parecia ter caído numa grande apatia. Tirou as mãos do rosto, ficou rígida durante alguns minutos. "Talvez desmaie", pensou a tia, mas ela forçou-se a si mesma a dizer:

— Obrigada por ter sido comprada por Marcos para ser a testamenteira.

Aquela frase vibrou como um chicote para a velha senhora. Pequenina, mas altiva e fremente, chegou bem junto de Guida e disse:

— Não se atire contra mim, porque como legítima testamenteira eu também posso partilhar os bens que você tem dentro desta casa e também pertenceram a Marcos, mas não vou fazer. Será ilegal, mas não vou fazer, porque tenho pena de você, com toda a sua arrogância.

Só então Guida compreendeu. Ela poderia perder uma parte das preciosidades que estavam naquela mansão e os belos quadros que levara para decorar o apartamento em Roma, assim como cristais, livros, pratas, todo aquele tesouro, feito de toalhas de renda, de mobiliário nobre, de objetos finos e grandes lustres, hoje valiosíssimos.

— Tudo isto, minha filha, deveria entrar também no inventário, porque Marcos, além do que caberia a Thomaz por lei, deixou-lhe tudo de que livremente podia dispor. Veja bem como me trata, porque eu não sou mais aquela tia boazinha que fingia não saber o quanto você foi má para meu sobrinho, para não agravar a situação. A vontade de Marcos será cumprida, e, lembre-se também, ele fez o testamento antes de viajar com Thomaz, bem antes, sem, pois, influência alguma da parte do filho. E agora estou pensando nas lindíssimas joias de Olívia. Elas ficaram todas com você, quando também parte delas, como descendente direto da família, poderia caber a esse menino de ouro a quem você repudiou, só por egoísmo, durante tão longos anos.

— Estou vivendo num inferno. Por favor, desculpe se a ofendi, mas acho que fui miseravelmente tratada por Marcos que deu ao filho mais do que a mim, pois a parte que recebi já me era garantida pelo casamento. No fundo, Marcos não me legou nada. — Guida fez uma pausa. — Adeus, tia Ziloca. Eu ainda penso que, com um bom advogado, as coisas possam ser arranjadas, como, por exemplo, vender aquela parte da fazenda que fica além do rio, dar-lhe o valor em dinheiro, e ele que fique na Europa.

— Será tudo como Marcos quis, embora eu lhe conceda, como já disse, que você desfrute dos bens desta casa, porque não foram mencionados no inventário. E agora adeus. Vou à missa que mandei rezar por intenção de Marcos na igreja de Laterra. Sei que ele deve estar num lugar muito bom, porque muito sofreu e calou por sua causa.

Guida bateu com a cabeça, fazendo uma despedida silenciosa. Tia Ziloca, firme e dura nos seus passinhos, saiu da sala, entrou no terraço e, ao descer a longa escada, pensou em Olívia: "Lá de cima ela deve estar contente, embora suas coisas estejam para sempre em mãos tão pouco dignas. Em todo caso é a melhor arma que tenho contra Guida. Se ela quiser derrubar o testamento, o que não creio que ela vá fazer sem consultar um bom advogado, poderá também perder parte do patrimônio que tem dentro desta casa que guarda ainda a presença de minha bela irmã Olívia, que eu admirava, menina ainda, como se ela fosse uma santa, um ser extraordinário, dada a grande diferença de nossas idades. A lindeza rara de minha mana!".

# 29
# Memórias de contatos mais íntimos com Thomaz

Guida pediu a seu amigo, um dos melhores advogados e juristas de São Paulo, que viesse até ela para um problema de grande urgência. O doutor Roberto Sá era professor, especialista em problemas de família, notável pela ação que tivera em vários desquites litigiosos. Com elegância e bom entendimento com os colegas, resolvia o que jamais se acreditava pudesse ser resolvido. Como muitos homens de seu grupo, era amigo do casal Marcos Antunes e tinha por Guida uma admiração profunda. Deixou, portanto, os trabalhos de seu escritório e fez uma viagem de três dias a Laterra para estudar, como amigo, o caso do testamento de Marcos.

Mostrando-lhe Guida a folha, ele disse que tudo estava em ordem e, como se queixasse da *ingratidão* de Marcos, pediu para ficar só, logo que chegou ao terraço, a ler o documento e a balançar-se na rede, concluindo pela lisura do testamento, que não achava mau para ela.

— Pelo que eu sei, o seguro que lhe cabe pela Fundação Cabo Frio para funcionários do Ministério das Relações Exteriores é bastante compensador, à parte a pensão a que terá direito exclusivo como viúva de ministro da carreira, metade do equivalente ao vencimento de Marcos quando em serviço no Brasil, mas reajustável anualmente pelo governo. Essa parte será discreta, pois Marcos não tinha ainda direito a proventos integrais. Tem o direito de deixar tudo que era propriamente seu para o filho do casal. Lamento ser desagradável.

— Esse rapaz não é meu filho.

— Mas como? — perguntou o advogado. — Não é seu filho, mas foi registrado como tal? A senhora foi assistida pela tia de seu marido, pois ela já me procurou também, e depois de tantos anos pretende decerto afastá-lo da parte que lhe legou Marcos, sob essa espantosa revelação?

— Não, doutor Roberto. Reconheço que é muito tarde. Eu perderia a causa, mas o que desejo é que tudo seja avaliado de tal maneira que lhe seja dado em dinheiro o valor da propriedade além do rio e a tal parte disponível. Creio que uma pequena casa de São Paulo, sei lá.

Guida estava pálida e não disfarçava mais seu nervosismo. O advogado continuava:

— A maternidade é um fato, ela foi comprovada. Permita-me dizer que ainda hoje qualquer perito ginecologista poderá afirmar se teve ou não um filho. Veja: cairá tudo dentro das declarações de seu marido. Casos como o seu não são para mim tão extraordinários. As indisposições dentro das famílias tornam-se por vezes tão violentas que pais renegam seus filhos! Por outro lado, para que tire da cabeça a ideia de deserdar, quero esclarecer que ela só pode existir quando ordenada em testamento, com expressa declaração de causa pelo testador, tal como definida no Capítulo XV do nosso Código Civil. Marcos fez o normal: dispôs, pouco tempo antes de morrer, de forma não revogada, seus bens em favor do filho, Thomaz. Mas não é a um co-herdeiro que assiste o direito de tentar "deserdar" o outro. Quanto ao que a senhora queira e possa pretender, de futuro, na sua relação de testadora diante de Thomaz, isto é outra história, mas sempre respeitados os condicionamentos da lei. Aliás, eu sei quem é Thomaz. Antes de vir para cá, tive a cautela de me dirigir por telefone, que sua tia me dera, a seu antigo mestre em Lisboa, um jesuíta chamado padre Américo, que disse ser Thomaz não só um dos melhores alunos como também um jovem de excelente formação moral. Não deixou de criticar um pouco, desculpe-me!, o fato de que passasse tanto tempo sem ver o pai e a mãe e disse, certamente pensando em meu interesse como advogado no caso do testamento do pai, que Marcos deveria ter procurado remediar a situação, ao sentir no íntimo que estava gravemente doente. Dou-lhe todas essas explicações para que não tenha ilusão alguma: o legado a Marcos é irreversível. E agora desculpe este amigo com sua linguagem de foro.

Guida puxou uma cadeira, aproximou seus belos, profundos e másculos olhos aos do doutor Roberto Sá.

— Um arranjo em dinheiro não seria a solução?

— Não creio. Por todas as aparências, aquelas terras que a senhora me apontou valem muitíssimo menos que a fazenda e também todo o *recheio* da casa, além das benfeitorias e das plantações, pois por lá não há quase nada. Para a senhora, o interessante é conseguirmos que ele aceite aquela parte, acrescentando-se a pequena casa de São Paulo e ainda algum dinheiro em compensação, pois o testamento é muito claro: ele terá direito à sua parte e mais à parte que era livremente disponível pelo pai.

— Quer dizer então que eu vou ser obrigada a tê-lo como vizinho nas terras que eu comprei.

— Bem sabe que não poderia ter adquirido um bem imóvel fora da comunhão do casamento.

— Mas houve uma mera formalidade, Marcos apenas assinou as promissórias que eram devidas pelos tapetes com os quais eu — fui eu! — comprei aquelas terras.

— Perfeitamente, as promissórias são, além do mais, a prova de que seu marido também estava interessado no negócio da compra dos terrenos operada na comunhão dos bens do casal. E não vale a pena tocar, nunca faça isso, no assunto dos tapetes, porque poderá ficar mal para a senhora. E ainda me admira que Marcos, uma pessoa tão sisuda, tenha aceitado a transação.

— Ele estava no *astral* quando isso aconteceu.

— Bem... — disse o advogado —, peço-lhe licença para sair logo depois do almoço, pois quero ter um encontro com sua tia que é a testamenteira e verificar o que cabe fazer.

Eles estavam cercados pelo ruído de uma fazenda em atividade: passavam tratores puxando carretas com cana-de-açúcar, trabalhadores voltavam para descanso em casa, outros sentavam-se um pouco longe do casarão e comiam por ali mesmo. Preparava-se o terreiro de café, lavavam-se as grandes extensões para que em breve o fruto fosse ali exposto; limpava-se a tulha e, além do rio, na estrada, passavam crianças que vinham do primeiro turno da escola. De repente Guida teve os olhos marejados de lágrimas que não caíram.

— O senhor está vendo aquelas crianças ali? Eu fui uma delas. Em casa, às vezes, a pobreza era tão grande que passávamos dias a tomar só mingau de fubá. Era uma casa emprestada, ali depois do rio. Meu pai fizera tão maus negócios que perdemos tudo que tínhamos. Dona Olívia, que ficara sem administrador, tomou meu pai para trabalhar na fazenda. A princípio, como qualquer colono, depois percebeu que apesar de seus desastres poderia fazer dele um bom administrador. E ele voltou a animar-se. Foi assim que eu entrei nesta casa, como filha do administrador desta fazenda. Já aí comíamos bem, minha mãe fazia vestidinhos muito bonitos, mas muito simples, e eu estudava com os filhos dos trabalhadores, como estes meninos que estão chegando às suas casas no primeiro turno. Meu namoro com Marcos foi na adolescência, e desde aí, então, dona Olívia me fez uma espécie de filha. Dizia: "Você deve preparar-se porque um dia terá que substituir-me". Veja que ironia, meu amigo. Doutor Roberto, salve-me! Se eu perder esta fazenda, compreenda que ela representa tudo que tive para sair de minha repelente miséria, eu não suportarei. Eu pareço forte, mas não sou. Há noites em que não durmo e quando durmo tenho sempre um pesadelo. Não vale a pena contar, mas está ligado a uma antiga impressão que uma gravura italiana me deixou. *A vitória do príncipe*, e eu, como mendiga, a assistir a seu triunfo. É horrível. Salve-me.

Almoçaram no requinte a que estava acostumada Guida, e o advogado, homem de hábitos simples, apesar de rico, observava todo aquele luxo numa mesa de fazenda: toalhas finas de renda, pratas, porcelanas. A comida não parecia naquela ocasião ter gosto de fazenda. Era o suflê de aspargos, a mousse de camarão vindo de São Paulo, a galinha à Kiev e por fim uma torta de amêndoas.

Guida comeu muito pouco, mas observou que o advogado se deliciava com o almoço.

— É muito difícil — disse ela — dividir o requinte com outros quando esse requinte nos custou um alto preço.

— Eu a compreendo, dona Guida. Farei tudo que for possível, mas uma única coisa a salvaria: era se esse rapaz a odiasse tanto que preferisse o dinheiro à terra.

— Quanto a isso — disse ela secamente —, esteja tranquilo. Ele me odeia.

— Como? — perguntou perplexo o advogado.

— Porque tudo fiz para afastá-lo de mim depois da morte de Marcos.

O advogado não podia imaginar o que estaria incluído nesse *tudo*.

Quando desceram as escadas e o doutor Roberto Sá tomou o carro de luxo, mansamente Guida sentiu, pelo rumor de seu resfolegar, que o Ruivo estava chegando.

— Oh, meu amor, não trouxe o seu açúcar!

Ele pareceu entender. Esfregou o focinho no rosto dela. Cerrou os olhos enquanto ela lhe alisava a crina e batia com doçura no lombo do animal. Guida disse:

— Olhe, mais tarde vamos dar um bom passeio juntos.

Ele pareceu compreender, porque saiu relinchando alegremente, brilhando ao sol com sua cor dourada. Ela pensou: "Jamais gostei de ninguém como do Ruivo. Nem mesmo nos tempos em que namorava com Marcos. Passei a vida a ter muito amor, admiração e agrados de outros, mas bem-querer... Ah, sim, houve um dia dona Olívia".

Um homem a cavalo entregou-lhe os jornais e a correspondência. Um envelope trazia o brasão que a fez sorrir: era de Arnaldo Giudice. Subiu lentamente lendo a carta.

"Sei que está com muitos encargos", e lá vinha o italiano, "mas *voglio sapere* quando *potrei vederla. Non dimenticare, caríssima Guida...*" Terminava a carta em português. "Quero provar meu amor, cara Guida."

Sim, ela poderia ser a condessa Giudice e arrumar com todas aquelas antiguidades, num palácio de Roma, a sua moradia definitiva, deixando para trás sua vida com Marcos, as lembranças de dona Olívia e o ódio implacável a Thomaz. Teria coragem para esse sacrifício?

Arnaldo era um homem que tinha o seu lado esplêndido, mas era um tanto perturbado, e por vezes ela o achava ridículo. Como amante, havia sido suportável, mas e como marido? Depois de ter habitado um dos mais belos palácios romanos, o Pamphilj, poderia se quisesse encontrar uma antiga casa que seria restaurada depois do casamento, ou até antes mesmo, com Giudice. Seria uma fuga, mas uma fuga mortal, porque estava ligada àquelas terras por um sonho de poder realizado: um sonho de menina que jamais morrera dentro dela.

De repente, como um tufão, esquentou-lhe a cabeça a lembrança de contatos mais íntimos com Thomaz. Aquilo a obcecou. Vestiu-se para cavalgar. Tomou o Ruivo. Deu a volta pela ponte, entrou na pequena e velha casa em que passara a infância. Abriu uma janela, enquanto o cavalo comia umas plantinhas que estavam saindo do jardinzinho abandonado.

Da janela, viu como dominadora a casa de dona Olívia: a sua casa, dela, Guida. O rio trouxe memória dos anos em que adolescente, numa parte que chamavam de Prainha, ela e Marcos se beijaram pela primeira vez. O beijo não tinha para ela nenhuma significação de amor. Era agradável ser amada pelo neto de dona Olívia.

O casarão batido pelo sol era um desafio. Todo em cores, com os lances das escadas, majestoso, enorme, ele dominava tudo, impunha-se com a sua presença maciça e gloriosa pelo bom gosto que dona Olívia trouxera por aqueles matos antigos. Observou a planície que se estendia agora por todos os lados no terreno comprado ao vizinho. Thomaz aceitaria ficar com a pior parte?

Ah, se ele quisesse o dinheiro! Ela faria dívidas que pagaria como sempre pagou e depois... podia ser até a Senhora Condessa Giudice, mas sempre dona daquilo tudo. Andou um pouco pela casa. Viu seu quarto de menina. Uma cama velha, de ferro, estava ali com um colchão de palha, naturalmente ocupada por vezes por qualquer trabalhador. Seu quarto de criança, seus sonhos de criança. Ela sentia-se ameaçada e tinha medo.

# 30
# O mal é de todos nós

Ajudado por Bianca, em breve Thomaz mudou-se para o pequeno apartamento construído numa vetusta casa, mas com entrada independente, um pequeno *saloto* mobiliado, uma espécie de armário cujas portas, quando abertas, mostravam pia, cozinha, fogão, pequena geladeira e todos os apetrechos para um almoço ou um jantar organizado com facilidade. Em cima desse armário e, aproveitando as alturas descomunais desta enorme construção, ficava um espaçoso quarto de dormir, tendo a abertura de uma bela ogiva. O pequeno salão também dispunha de uma porta de ferro que abria para um terraço de onde se viam os telhados de Roma.

Muitas andorinhas, muito céu e muita alegria naquele lugar. Ao amanhecer, as vizinhas surravam seus tapetes com a violência conhecida das mulheres de trabalho na Itália — as *tuttofare* — e depois punham a roupa a tomar sol. Foi ali, por intermédio de Bianca, que chegou a novidade: Guida procurara um grande advogado de questões de família e mandara uma oferta por intermédio de tia Ziloca: a parte da fazenda de Thomaz seria avaliada e ele receberia a quantia justa, conservando para ele a pequena casa em São Paulo. Tia Ziloca acrescentava que isso não era da vontade dela; que o dinheiro se vai e a terra fica. Além do mais, esse não deveria ser o desejo de Marcos quando fez seu testamento, pois não mencionou trocar os bens por alguma quantia que fosse.

"Lute, meu filho, como eu já disse, pois você pelo sangue é mais dono do que ela da própria Fazenda Laterra. Responda-me o mais breve possível. Acho que você deve tomar posse do que é seu, à medida que a Justiça for liberando as partes que lhe cabem, o que será feito rapidamente, dadas as minhas boas relações com o juiz da Comarca, como já lhe disse. Um beijo da sua velha tia Ziloca."

— Que foi? — perguntou Bianca vendo Thomaz tão preocupado.

— Acontece que eu não tenho mais força para enfrentar aquela mulher. Eu não desejaria vê-la nunca mais na vida. A avaliação daquilo que seriam os meus bens, feitos em dinheiro, bem administrado, poderia proporcionar-me uma vida tranquila, de estudos, sem a obrigação de ter sempre a face de Guida diante de mim. Mas eu sei que estou errado, não deveria ser isso que meu pai queria.

— Venha cá — disse Bianca, sentando-se no sofá com Thomaz. — Diga a verdade. O que foi que Guida lhe fez? Pelo amor que tinha a seu pai, que tenho ainda, mereço que você se abra comigo. Por que este terror de Guida?

Então aquelas lágrimas reprimidas, aqueles momentos demoníacos de desejo e de ódio, tudo aquilo avolumou-se e começou a oprimir Thomaz. Ele abriu a janela, e pelos telhados havia pombas sem conta em alegre revoada. O céu era azul, só ele deveria ser o contraste naquela doçura toda, só ele era o mal, pois acreditava ser abjeto. Voltou para junto de Bianca, e de súbito veio uma explosão de choro e de soluços.

— Bianca, eu sou mais miserável e mais odioso porque aceitei — ele buscava uma palavra —, sim, aceitei que ela provasse que não era minha mãe.

Houve um intervalo de soluços. Bianca estava tremendo.

— Ela disse-me: somos apenas um homem e uma mulher diante do outro e depois: "Digo-lhe isso para que você se sinta completamente livre".

Cada palavra doía-lhe na garganta. Era como se ele, todo ele, educado por um santo homem, expusesse a alma enodoada, coberta de chagas.

— E ela *provou* várias vezes que não era minha mãe. Agora que você sabe disso, pode odiar-me, já que amou meu pai e deve ver em mim um ser coberto de vergonha, marcado entre todos.

Os olhos límpidos de Bianca deixaram correr lágrimas silenciosas. Não vieram os soluços, não veio um único gesto de repreensão.

— Foi a arma que ela teve para expulsá-lo. Depois, você, com as afirmações dela, simplesmente não agiu como seu filho, mas como um homem qualquer, desde que a prova, a prova!, deveria tirá-lo do caminho dela e para sempre. Mas Guida não sabia do testamento.

Ele voltou as costas àquela boa amiga e novamente soluçou de vergonha e de desprezo por si mesmo. Ainda com os olhos molhados, Bianca insistiu:

— Sim, houve mal, e eu não posso dizer a você que não houve, porque antes tivesse tido a coragem de dar-lhe bofetadas do que aceitar esta *prova* de uma mulher depravada, capaz de fazer qualquer coisa para chegar a seus fins. Mas o meu mal, o mal de nosso amigo conselheiro Fagundes e daqueles que conheciam bem Guida, foi não o termos avisado da possibilidade de que ela tudo faria para expulsá-lo para sempre de sua vida. Nós sabíamos quanto seu pai desejava ter o filho junto dele e quanto, ao contrário, ela fazia para afastar você, Thomaz. Então, como o entregamos, sem preveni-lo, a esta mulher? É verdade que estávamos perturbados com a morte súbita de Marcos, mas aceitamos e repartimos com você a dor pelo que aconteceu. Agora, ouça uma última sugestão de uma amiga sincera: vou levá-lo a um beneditino meu amigo. Confesse como se confessou a mim, por que não?, e justamente enfrente esta mulher maléfica, aceitando a partilha da fazenda que, já sei, terá um rio ao meio e um corte de mata subindo a encosta, da parte que ela ocupa. Você construirá, em nome de seu pai, ali, a sua casa, isto é, na parte junto do rio, plantará o que for necessário, tomará empregados, deixará quem sabe tia Ziloca tomando conta de tudo e um ou dois anos depois — talvez você possa resolver tudo mais rápido — faça a suprema vontade dele: o concurso para o Itamaraty. Assim, o terá contentado de duas maneiras. Aceitando os bens que ele lhe deixou, com carinho de pai, e aceitando os últimos conselhos que ele lhe deu, minutos antes de morrer. Vou pedir a Deus que me perdoe por não o ter avisado sobre Guida. O que aconteceu foi como eu disse: um erro que nos cobre a todos. Mas nada direi, fique tranquilo, porque o maior castigo que ela poderá ter se aproxima e você não vai fugir, vai?

Dolorosamente, as palavras saíram da boca de Thomaz:

— Não vou fugir, não. Não há mal que se apague com o dinheiro. O padre Américo já me havia ensinado.

— Agora vamos esquecer um pouco tudo isso e eu lhe preparo um bom omelete com queijo. Vamos beber um pouco de vinho e pensar que, sem saber, com o mal que ela o fez praticar, tornou-o um homem. Você é um homem e um homem como seu pai foi.

Houve ainda a última fase da instalação: uma prateleira para seus livros, um pequeno móvel para sua santa mais misteriosa e querida — Nossa Senhora da Encarnação. Vieram algumas cadeiras mais, emprestadas pelo conde Arnaldo Giudice, e, um tanto animado pelo que lhe dissera Bianca, Thomaz foi criando novo alento. A culpa é de todos nós. Sim, se lhe tivessem dito como era aquela mãe com que sonhara tanto tempo, não partiria tão cedo de Roma, mas ele compreendia como a brutalidade da morte de Marcos agiu nos amigos de seu pai, criando um abalo muito profundo.

Realmente, achava que houvera desatenção a seu respeito, dele, Thomaz, mas a grande culpada fora ela, Guida, que o forçara a dar aquele seu grito de animal ferido: "Então prove que não é minha mãe".

Já, de pensamento em pensamento, começava a aceitar poder residir numa fazenda, preparar-se com alguns bons livros para enfrentar o concurso do Rio Branco. E enquanto estudasse, à noite, conheceria, durante as manhãs e as tardes com vizinhos, a melhor espécie de plantio para aquelas terras.

A pacificação veio vindo. Não se achava um ser tão repelente. Teve coragem de ir ao confessionário apontado por Bianca. Encontrou um homem altamente sábio. Pelas suas perguntas, logo parecia ter compreendido o logro e o drama em que caíra, mas ele impôs-lhe uma condição:

— Deve orar muito e só frequentar a mesa da comunhão depois que tiver tirado, como planta daninha, embora a odeie, o desejo físico que diz sentir. Quando este inconcebível desejo tiver passado, poderá retornar, com a minha bênção, à mesa sagrada.

Não era uma absolvição, mas sentia que estava perto dela.

*

Dias correram, e Bianca, ao telefone, disse que haviam aparecido na Chancelaria três amigos dele, chegados de Portugal: um coronel e seus dois filhos. Walter, afinal, aportava a Roma! Se a cidade soubesse quem era Walter, até se dançaria nas ruas!

Pediu a Bianca que desse logo o endereço e o telefone. Ficou esperando com alegria seus amigos. Meia hora depois, porque estivessem dando um pequeno passeio pela Embaixada, chegaram ao apartamento. Walter estava num de seus grandes dias.

— Quem te viu e quem te vê, hem! Num apartamento próprio, com um estúdio lá em cima, uma sala de banho que é uma graça. Você que tinha que pedir licença à dona de seu apartamento em Lisboa para tomar banho quando quisesse. Lembra-se? Uma cozinha muito bem disfarçada por um armário de espelhos, um salão de luxo e pombas em revoada sob o céu mais lindo.

A irmã Jussara pediu desculpas pelo exagero de Walter.

— Você sabe que ele sempre foi um rapaz que não consegue fechar o entusiasmo na boca.

O pai interveio:

— Acho que você mora bem. Mas já me deram a informação de que seu pai lhe destinou por herança uma grande parte da fazenda, e, mais do que isso, ouvi dizer que legou dinheiro também. Na sua idade ter todas essas benesses não é comum, e você está procedendo bem. Alugando um apartamento pequeno, bonito, mas dentro do que deve fazer, antes de receber tão grande herança.

— Eu estou trabalhando, coronel Almeida. Estou numa loja de móveis de estilo, de quadros e de tapeçarias no Hotel Hilton. Vale a pena conhecer. O senhor que vai para o Brasil em breve talvez gostasse de levar alguma coisa de lá. Olhe, há quatro cadeirinhas renascentistas que fariam furor na entrada de qualquer casa no Brasil.

— Sim, meu rapaz, iremos lá. Mas hoje queremos que você nos indique algum passeio bonito para a noite.

— Informaram-me que pelo bom tempo que está fazendo, levem seus agasalhos, entretanto, o espetáculo de Luz e Som de Roma foi reaberto. É uma maravilha. Pode-se ouvir de dentro do Senado, do mesmo Senado onde ocorreu a tragédia, as vozes dos senadores e a pergunta: "*Até tu, Brutus?*", feita por César, ao morrer. A história de Roma é contada na voz de Orson Welles através de seus monumentos. É diversão e ao mesmo tempo é uma oportunidade para ter a visão da Roma antiga, que ainda permanece presente através de tantos monumentos. No hotel onde estão devem comprar bilhetes para o espetáculo, se houver... senão recomendo que conheçam o famoso Alfredo, junto do qual está o Mausoléu de Augusto.

Voltou-se para Jussara:

— Você com certeza vai comer a célebre *pasta al triplo burro*, a especialidade da casa. Numa bandeja de ouro! É a oferta para a mais linda freguesa ou senhora que estiver presente.

A jovem corou.

— Temos apenas uma semana aqui e eu queria ver o papa, visitar o Museu do Vaticano e toda a São Pedro.

— Calma, se for ao beija-mão do papa, só por intermédio de nossa Embaixada no Vaticano. Mas a mesma jovem que os recebeu vai arranjar tudo isso.

Na frente do pai, Walter não teve nenhum constrangimento.

— E onde é que se vê mulher pelada aqui?

Thomaz deu uma gargalhada gostosa, enquanto o coronel franzia o rosto.

— Isso é pergunta que se faça?

— Havia uma TV de quinta categoria. TV local, por cabo, que passava a noite toda exibindo *striptease*. Dizem até que alguns maridos ficavam mais vaidosos quando suas mulheres pouco a pouco iam ficando despidas.

— Safados, hem!

— Mas isso tudo parece ter cansado a população romana. Não sei se continua e qual é o tal canal, pois eu ainda não comprei aparelho de TV. Tenho leituras aos montes para fazer, mas há divertimentos ótimos: cinema, teatro, *ballet*, o de Milão está aqui agora e os ingressos podem ser comprados no próprio hotel.

O Coronel disse:

— Olhe, nós viemos de trem e estamos muito cansados. Você nos desculpe, mas foi só uma visitinha de amigo.

Jussara perguntou com certa timidez:

— Se houver Luz e Som, você nos leva?

Walter mostrou um nariz muito torcido.

— Levo, sim, e até Walter vai gostar. Passarei no hotel lá pelas oito horas.

A despedida foi meio bamba, a mão do coronel resvalou pela dele, a de Walter deslizou num abraço um tanto desapontado e só Jussara beijou-lhe calorosamente as faces, ficando corada até a raiz de seus negros cabelos puxados para trás.

Do corredor, Walter voltou, como se tivesse esquecido alguma coisa.

— Olhe aqui, seu sortudo, se você for à fazenda, eu quero ir com você. E como não descobri até hoje qual é a minha vocação, acho que o melhor será praticar para fazendeiro. Você me recebe?

— Claro — respondeu Thomaz. E antes de fechar a porta o rosto corado da jovem também apareceu:

— Posso ir com Walter?

— Claro que deverão ir. Vocês não são meus amigos?

*

Dia seguinte Thomaz vinha do Capitólio, onde deveria comprar bilhetes para Luz e Som, já que seus amigos não encontraram no hotel. Estava um dia tão lindo! A primavera estourava, uma renovação tão perceptível que ele quase sentia no rosto a penetração de um novo sol. Nem parecia que esse ar destruía milenares estátuas de bronze! Roma floria, e de repente ele começou a sentir-se muito leve. Não sabia por que seu coração se acelerava. Dentro dele havia uma como que alegria sem motivo, pois as pessoas andavam normalmente pelas ruas sem mostrar feições alegres.

De súbito, como numa concha, ao fim da rua San Marco, encontrou uma pequenina praça e a igreja de San Marco, cuja parte primitiva havia sido construída trezentos e poucos anos depois da morte de Cristo por um papa chamado Marco, santo, em louvor a São Marcos Evangelista. Os tempos se sucediam, e dentro da igreja havia um simpático religioso com uma grande chave pendurada à cintura.

Perguntou-lhe se queria ver a antiga igreja, aquela que estava lá no fundo, a que fora a primeira a louvar Marcos Evangelista. Ele disse que sim e foi descendo, o monge aluminando a descida com uma grande lâmpada, e por fim, no âmago da terra, no íntimo do solo, estavam lá as sobras da igrejinha bendita, cuja invocação tinha o nome de seu pai,

Marcos. Era tudo muito rude e simples, pois aqueles vestígios vinham dos princípios do cristianismo, mas de repente, como se fosse um dilaceramento capaz de mostrar-lhe seu interior, ele fez a descoberta. Ali, sim, estava sua origem. Marcos, nome de seu pai, nome abençoado que de agora em diante o faria apagar todas as memórias sobre as quais pendia a sentença daquele padre:

"Enquanto você tiver esse desejo físico, meu filho, não poderá comungar; só depois de ultrapassá-lo, então, voltará à mesa sagrada."

O monge estava um tanto embaraçado com aquele visitante que demorava muito mais que os outros, porque rezava e não queria sair nunca mais dali. O jovem voltou-se para ele e disse:

— Meu pai chamava-se Marcos. Sinto algo ou muito de mim aqui. Nestas origens da Cristandade. O mais não importa.

Bizarro era aquele rapaz, pensou o monge, mas sentiu nele um tal êxtase tão verdadeiro que pensou: "Ele libertou-se de algum mau pensamento".

E foi a ascensão novamente, depois de ter saído do ventre da terra, e era a hora da comunhão. Ele comungou e ficou infinitamente aplacado. Deus o perdoara. Deus nele habitava, e mais uma vez, na sua libertação, ele sentia a mão providencial do pai. Teve uma ideia, sua propriedade chamar-se-ia "Fazenda São Marcos". Saiu para o sol como se tivesse dez anos de idade.

# 31

# Pediu um coquetel de camarão, tomou champanha e terminou com crepes Suzette

De acordo com as previsões de tia Ziloca, a partilha dos bens fora rápida, e a velhinha mostrara uma habilidade desconhecida para tratar de assuntos difíceis. Com o advogado de Guida, ponderou que a parte em que se situava a mansão estava toda plantada, dava lucros e além do mais possuía benfeitorias extremamente caras, como as casas dos colonos, o terreiro e o tanque da lavagem do café, as tulhas e o recheio da moradia que era dos mais nobres. Portanto, Thomaz teria direito a ficar com aquelas terras ainda improdutivas, mas participar de um corte que integraria a seu terreno a mata, aliás desaproveitada pela fazenda, para contrabalançar, já que Marcos deixara a metade para o filho e todos os benefícios que a velha fazenda possuía. Quanto a tudo que estava dentro de casa: móveis, espelhos, luxos de antigamente, pratarias e o mais que vinha de sua irmã, achava cruel — por menos agradável que fosse — dividir com Thomaz. Para compensar, restavam as ações do Tesouro do Estado de São Paulo e a pequena casa na capital, que ele decerto venderia para começar seu trabalho de agricultor.

Foi rápido, mas assim mesmo levou meses: demarcações, avaliações, visitas ao sobrado e aos campos destinados a Thomaz, assim como à pequena casa em São Paulo. Durante esse tempo, Guida debateu-se a princípio com a sua garra e a sua força: aquilo era dela, pois metade dos bens lhe pertencia. Como desmembrar uma fazenda que lhe pertencia, tendo *legalmente* a metade daquilo que o marido possuíra? Foi preciso que o advogado explicasse quanto Thomaz ficaria ainda abaixo dela em valores e, só por se tratar de um rapaz desprendido, de bom gênio, teria aceitado a partilha tal qual fora feita.

Guida teve grandes lances de mudanças de ideias. Um dia despertava dizendo: "Deixo tudo isto a estes porcos. Caso-me com Arnaldo Giudice, vou ser condessa, terei uma lindíssima moradia, com os móveis mais requintados e relações com a nobreza da Itália". No dia seguinte, já pensava diferente: "Eu nasci aqui, além do rio, não posso abandonar esta casa a meus inimigos que decerto a invadirão, quando souberem que me casei de novo. Sem mim, a fazenda também cairá no abandono como estava quando cheguei".

De repente, a memória das noites passadas naquele clima de sedução que ela criara para mandar Thomaz o mais longe possível lhe veio à mente: "Para mim aquilo foi um jogo, mas estou certa de que para ele não". E minuciosamente repassava até a insensatez, até a perturbação de uma cabeça já dolente, as carícias com que ela o iniciara no amor. Perdera seu tempo, perdera seus bens. Então o ódio a Thomaz estourava nela, e, de contradição em contradição em sua mente, ia passando os dias e adiando a visita prometida a Arnaldo Giudice.

O corte do terreno e a parte além do rio na qual ainda existia a casa onde ela nascera a atingiam como se fossem agulhas riscando sua carne, e ela não podia fazer nada, nada. Os empregados assustaram-se. De repente começou a queixar-se da comida. Achava tudo sem gosto e malfeito: a vasilha com que apanhavam o leite era suja, por isso ele tinha um gosto azedo. Não escolhiam bem o arroz; o feijão não era do dia, decerto era guardado na geladeira para menor trabalho. E sua cama de dormir? Nunca fora tão malfeita, tão pouco estirados os lençóis. Levou algum tempo ainda para ouvir de tia Ziloca, que ia pedir-lhe uma assinatura, a verdade.

— Guida, você deve procurar um médico. Emagreceu e está com uma cor!

— Lógico. Evidente. Sou apunhalada pelas costas por pessoas em quem eu confiava, como a senhora, e depois ainda acha que é extraordinário que eu fique doente. Estou doente mesmo. Não sabe que desgosto fere muito? Não aprendeu isso?

— Pois — disse tia Ziloca — aconselho a que vá o mais rápido possível a São Paulo. Você terá muitos anos pela frente e muito gozo de vida lá com o seu conde italiano, eu sei, para ficar cozinhando este ódio. Afinal, você está aqui no alto na mansão maravilhosa e eles estão chegando, Thomaz e dois amigos, para ficarem abrigados naquela pequenina casa onde você viveu.

Guida levou a mão ao rosto.

— Até nisso fui punida.

E na manhã seguinte, quando começaram a pintar a casa em que vivera e abrir em torno dela um espaço em meio às ervas daninhas, Guida tomou uma resolução: iria tratar-se, realmente. Enfrentaria aqueles idiotas que acompanhavam Thomaz: daria festas, pois o mal-estar que sentia, o mau gosto pelas comidas, a palidez de sua face indicavam que a tia tinha razão.

*

A instalação ali naquela pobre casa não foi difícil. Caiada de branco, tinha janelas e portas azuis, uma boa mesa sólida, oito cadeiras, a rede ao canto e nos dois quartos três camas: duas para ele e Walter e uma no quarto de Jussara.

Walter, que estava engordando tremendamente depois da viagem à Itália e apresentava as calças sempre abaixo da barriga, saiu para o campo, pôs a mão na cintura e disse com muita firmeza:

— Isto aqui está feio como o diabo. Mas vamos arrumar tudo: uma boa casa, plantações que tenham colheita rápida, e, enquanto não se completa o que queremos, olha aí o banho do rio. É sempre uma beleza ter um rio por perto e ouvir o barulhinho d'água.

O que Walter dissera em parte se ia cumprindo com rapidez. Os chamados boias-frias, sabendo que ele não regateava dinheiro, este novo fazendeiro filho do ministro, vieram logo para o plantio da soja, da cebola, do alho e um pouco além do campo, onde havia uma colina, plantaram café, e entre os pés, milho, que era para que um, o milho, ajudasse a pagar o crescimento do outro, o café. À beira da mata batida de sol, fizeram logo o canavial. A cana-de-açúcar dava lucro mais do que tudo, pois as minidestilarias de álcool estavam surgindo. E, como numa poderosa simbologia, estavam plantando feijão junto da cana, atendendo à dupla necessidade de alimento e energia.

A tia veio ver os trabalhos. Achou que já era tempo de começar a nova casa e as casas dos colonos, pois assim, pagando diaristas, sairia caro demais. Trouxe um engenheiro. Jussara disse como desejaria a casa da fazenda em tijolo aparente, sem revestimento interior. Com um bom terraço, quatro quartos, uma sala, cozinha e dois banheiros, naturalmente. Thomaz achou que tudo aquilo ficaria caríssimo. Ela suspirou e disse:

— Sua tia disse que com este terreno você hipoteca a casa à Caixa Econômica e constrói facilmente. Além do mais, as casas dos trabalhadores podem ser feitas mediante um pedido de financiamento a algum organismo do governo ou do Estado, como tanto se diz por aí.

*

Guida deixou-se ficar algum tempo num hotel em São Paulo. Foi a uma clínica. Pediram-lhe vários exames e, afinal, foi atendida por um médico ainda jovem de quem diziam ser operador famoso — o doutor Inácio Prates. Ele apanhou as várias radiografias. Acendeu luzes, comparou umas com outras e perguntou a Guida:

— Há quanto tempo a senhora se sente doente?

— Realmente, doutor, eu não me sinto doente. Não tenho vontade de comer, tenho uma grande indisposição para alimentar-me, mas não sinto dores e, por não comer, estou emagrecendo muito.

O médico ficou silencioso. Depois, pensativo, perguntou:

— A senhora tem alguma pessoa da família em sua companhia?

— Não — disse ela. — Eu estou viúva e praticamente só.

— Pois devo dizer-lhe o seguinte. Seu caso é difícil, mas — ele ia fazendo um gesto — não se aflija, não é desesperador. A senhora veja aqui nessa radiografia: tem um tumor no estômago, e, num caso como este seu, faz-se a ablação ligando-se o esôfago diretamente ao intestino. — O médico teve um sorriso nervoso. — A senhora poderá ter uma vida quase normal, apenas comer um pouco menos de cada vez.

Guida estava aterrada.

— Eu não vou operar-me, doutor. Afinal é um nojo... mastigar e sair logo pelo intestino.

— Não, não é bem assim. As pessoas se habituam, tanto que até se esquecem de que estiveram doentes. Se quiser, trago-lhe dois companheiros, colegas que fizeram esta operação e continuam tão bem que prosseguem normalmente como clínicos. Conversando com eles, verá a senhora que não é tão mau quanto pensa.

Dos grandes olhos negros, borbotões de lágrimas caíram.

— Eu sou muito orgulhosa. Não quero ser retalhada.

Pensou no orgulho que tinha de seu corpo e na miséria que lhe estava reservada com aquela cirurgia.

— Amanhã volto aqui, doutor, para pedir-lhe outros esclarecimentos.

E forçando a presença da enfermeira, que se interpunha entre ela e a porta, Guida saiu limpando os olhos.

Ao jantar, pediu coquetel de camarão, tomou champanha e terminou com crepes Suzette. Maquilou-se muito. Estava linda. Reparou que uns dois ou três homens não tiravam os olhos dela. As três taças de champanha que tomou ao jantar deram-lhe certa distensão, mas, quando chegou sozinha ao quarto, um vento morno de desespero a assolou.

Ela rodopiou na cama, apalpou o estômago. Volveu-se no leito até que dormiu.

Voltou ao médico, que havia levado para a sua bela cliente dois colegas submetidos à mesma cirurgia que Guida deveria fazer. Realmente, pareciam pessoas saudáveis, envergavam amplas batas de cor verde. Um deles, bastante excitado, disse:

— Só se deve fazer a gastrectomia total medindo bem as consequências — e antes que o companheiro se intrometesse concluiu: — Porque temos que fazer pequenos sacrifícios, por exemplo o de comer menos de cada vez, mas isso se consegue com disciplina, e passamos a enfrentar outros tipos de problemas como todos os homens, e isto com a maior naturalidade.

O segundo, um bonito homem de uns quarenta e poucos anos, disse:

— O perigo é retardar a operação. Estive vendo as radiografias, e a senhora está dentro da nossa faixa de segurança. Não deve esperar nem mesmo uma semana a mais, porque o tipo de doença que a afetou tem uma ampliação muito vasta e aí reduzirá mais a possibilidade de cura.

— Disso já fui informada — disse Guida e fez uma pergunta: — E o corte deve ser enorme, não?

— Lógico. Tem mais ou menos um bom palmo, porque além do estômago temos de pesquisar em torno do local da operação.

— Meu Deus, eu ficaria um monstro...

O doutor Inácio Prates protestou:

— Terá uma cicatriz relativamente muito reduzida se, para fazer a sutura, chamarmos um bom cirurgião plástico. Com uns três meses verá que ela se terá reduzido a um pequeno fio, quase invisível.

— E aí poderei dançar, praticar esportes como equitação, por exemplo?

— Bem, eu não diria que a senhora pudesse praticar equitação, porque deve compreender: ela, de certa maneira, *castiga* seu corpo, mas já não se dá a mesma coisa com bons passeios, viagens de carro, até mesmo a dança, sem exagero.

Os dois médicos cumprimentaram Guida com a cabeça e fecharam a porta.

— E agora uma pergunta: eu poderia casar-me? Porque, não sei se o senhor sabe, eu sou viúva.

O médico ficou pensativo.

— Sim, poderá casar, mas seu pretendente deve saber das suas condições para não esperar demais de sua parte, porque ficará muito frágil. Está entendendo, não?

Guida deixou-se cair mais fundo na poltrona. Seus olhos tornaram-se tão duros que o médico se impressionou.

— Sentiu alguma dor?

— Sim, senti uma dor muito profunda: a decisão. E decidi não me operar. Eu não sou mulher para consolar-me com o mínimo de prazeres que a vida possa oferecer-me, doutor. Já é muito tarde para corrigir-me. Pergunto-lhe: o senhor me proporcionará sedativos quando principiarem as dores?

— A senhora está bem consciente de que, sem passar por essa intervenção, terá — e ele procurava ter forças para dizer — no máximo seis meses de vida útil?

— Estou, doutor. Agora, diga-me: as pessoas costumam afirmar que uma grande dor moral pode causar esta doença. Acredita nisso?

— Em alguns casos sim, mas, como a senhora me disse que o seu marido morreu há tão pouco tempo, devo dizer-lhe que estava doente, sem o saber, havia já muitos meses.

O médico tinha necessidade de sair daquele assunto, da vida pessoal da sua cliente, e disse a Guida:

— Para evitar o mais possível as dores deve tomar muito leite, não comer nada que possa dar trabalho ao estômago, como por exemplo: bifes grelhados, enfim toda espécie de alimento que peça muito esforço de digestão ao órgão afetado. Pode comer mamão em quantidade, abacate, bananas, mas não fritas, maçãs assadas e faça *consomê*, sopas passadas no liquidificador. Alimente-se desta maneira, e isso prolongará o estado em que está agora. Sem sentir o mal, embora o tendo. A senhora é católica?

— Fui batizada, casei no religioso, mas a *graça* de que dizem, eu nunca a tive. Quando morava em Roma, ia visitar Santa Teresa d'Ávila — ela enxugou ligeiramente o nariz —, que aparecia como uma noiva, sendo flechada por um anjo-cupido. Eu compreendia que aquilo queria dizer o amor divino. Eu nunca recebi essa flechada, doutor, e acho que vou morrer sem ela.

O médico também estava comovido.

— Dentro de duas semanas volte a nosso consultório. Vou ver se com o regime que lhe dei, seguido à risca, a senhora pelo menos faz com que o seu estado geral não se deteriore. Existem pessoas que recomendariam tratamentos outros, custosos e absolutamente ineficazes no seu caso: o cobalto, a quimioterapia etc., mas para a senhora de nada adiantaria. Pelo contrário, seriam contraindicados, na minha opinião.

Novamente os olhos de Guida petrificaram-se. Depois, disse:

— Vou dizer aos que me conhecem que estou com uma irritação no estômago. Eu sei que o senhor é capaz de guardar o meu segredo, não?

— Sim, minha senhora. Lamento não querer deixar que eu a ajude.

Depois daquela parada da vista e de todo o seu ser, Guida voltou a seu domínio natural. Teve um sorriso encantador para o médico.

— Eu sei que vai gostar muito de mim.

— Pois eu já gosto, saiba.

Ele acompanhou-a até a porta e pensou: "Com toda esta brutal renúncia a uma vida mais longa, esta mulher… quem sabe? Eu poderia amá-la, porque é de uma beleza difícil de esquecer".

## 32

# Esta menina frágil seria a senhora de todo o seu mundo

Do outro lado do rio a vida estava já semiorganizada. Walter, com a facilidade de que dispunha, arranjou logo uma cozinheira dessas gordas, que são as melhores, porque provam o que fazem. Organizou pescarias, e sua irmã ajudou em suas famosas feijoadas, acompanhadas por batidas de todas as qualidades, e, depois de um louco banho no rio, onde os rapazes se lançavam destemidamente porque a corrente era forte, Walter aproveitou para ser agradável a algumas meninas de Laterra e colocou duas possantes cordas nas quais elas podiam agarrar-se e mergulhar.

Numa dessas alegres reuniões da rapaziada, Jussara, com a força da correnteza do rio, desprendeu-se da corda e foi apanhada alguns metros além por Thomaz. Como haviam deixado toalhas na chamada Prainha, ele a envolveu rápido numa delas e levou-a depressa para casa, pois a moça tremia e estava muito pálida e fria. Com muita paciência, enxugou-a rapidamente, fê-la beber uns dois ou três goles de aguardente pura, cobriu-a com o cobertor.

Voltavam as cores às faces de Jussara, e, sem saber como, Thomaz a soergueu do leito e a beijou profundamente na boca, saindo depois ao encontro dos amigos.

Foi o surgir de uma relação não amorosa de todo, mas de bem-querer, de associação para uma vida em começo. Os beijos se repetiam. À noite, quando havia lua, saíam a passear pelas cercanias, e ele ao lado de Walter a enlaçava sem que o irmão percebesse, pressionando a cintura e depois segurando-lhe fortemente a mão. Mas não levaria muito tempo para Walter descobrir o namoro e derramar sua zanga de forma estrepitosa.

— Você não tem vergonha na cara, homem! A gente vem aqui para ajudar, e você, pensando que eu sou cego, pega um namoro violento com minha irmã. Olhe, agora, nada feito. Vamos embora e nossa sociedade está acabada, porque esse negócio de traição eu não perdoo.

Thomaz fingiu perfeitamente uma zanga muito séria. Trancou o rosto e disse:

— Você pode ir embora até hoje se quiser, mas sua irmã fica.

— Ah, e você já chegou até essa sujeira?

— Fica, porque vai casar comigo.

Empertigou-se, bateu no peito, fez uma curvatura e disse, ante os olhos estatelados de Walter:

— Senhor Walter Almeida, neste momento solene, tenho a honra de pedir a mão de sua irmã Jussara em casamento, pedindo-lhe seja transmitida essa importante decisão que tomamos juntos, pois sua irmã, segundo ela própria, também deseja casar comigo, a seu digníssimo pai. — Respirou fundo, fez mais uma curvatura e disse: — O casamento deverá realizar-se o mais breve possível, com a permissão de seu ilustre pai. Era o que eu tinha a dizer.

Walter gritou:

— Parabéns à Pátria e à Família! Então você com esse ar de sem-vergonha queria mesmo casar? E eu de burro só manjava que sua cuca estava cheia de minhocas para depois, já sabe, mandar a Jussara dançar.

*

A casa, construída com tijolo aparente, pintada de branco com seu largo terraço, em breve estaria pronta. O pai de Jussara veio logo dar seu consentimento. A mãe encarregou-se de trazer o vestido da noiva do Rio, e na moradia semiacabada só o quarto dos noivos estava pronto a recebê-los. Vieram muitas pessoas, muitos jovens amigos de Walter. Houve uma serenata com vários violões, depois da cerimônia do casamento na igreja de Laterra. Tia Ziloca foi uma das testemunhas, juntamente com o pai da noiva, por parte de Thomaz, e, por parte de Jussara, duas jovens amigas da vizinhança que vieram como princesinhas rústicas com tiaras de flores do campo à volta da cabeça.

De repente, Thomaz, ao cumprimentar os convidados, entreviu bem diante dele, lá no alto, a face de Guida. Trazia um xale branco, estava imóvel e para ele era como uma pintura numa parede. Nenhuma sensação, senão a surpresa de saber que ela mostrava algum interesse por seu casamento.

Dias depois, Thomaz inscrevia-se em São Paulo para as preliminares do concurso para o Itamaraty. Dentro de dois meses viriam as provas.

*

Quando Guida voltou de São Paulo, de lá trouxe uma quantidade imensa de papéis dourados, prateados, de caixas, de estojos:

— Sabe — disse ela à tia Ziloca, que a fora visitar —, estou preparando a maior festa que já houve por estes lados. Maior mesmo do que nos tempos de dona Olívia.

Tia Ziloca encarou-a:

— Vejo que você não melhorou com esse tratamento médico. E como vai dar festas se está com esta irritação no estômago? Se fosse você, mudava de médico. Que diabo! Uma irritação no estômago a gente cura até com chá de erva-cidreira. E olhe só o regime que ele lhe deu! Você está tomando coalhada, mamão, banana cozida e anda aí tomando uns caldos quentes, em vez de almoçar ou jantar, como qualquer um de nós. Não. Eu não estou contente com a sua cor. Piorou.

Realmente, Guida havia emagrecido mais e, embora usasse maquilagem rosa, ainda mesmo estando sozinha na fazenda, era visível até no fundo dos olhos a sua decadência física.

— Tia Ziloca, se esses *ciganos* que estão morando aí, abaixo do rio, dão festas caipiras e a senhora vai e se diverte como eu vi, prepare-se para uma que vai dar que falar em muitos jornais e até na TV, de que a senhora tanto gosta.

— Que é isso, minha filha, está com mania de grandeza?

— Para a senhora ter uma ideia, o bufê vai ser do Jockey Clube, e a orquestra contratada será a melhor de São Paulo. Dentro de uns dias vou tomar uma secretária em Laterra, para começar a fazer os convites.

A secretária foi contratada. Era uma doce nissei, muito bem-educada. Preparava com justeza a série de endereços, sugerindo nomes de políticos influentes do lugar, ou de mulheres elegantes cujas fazendas ficavam em Laterra mas brilhavam seguidamente nas reuniões sociais de São Paulo. Mitsuko era um espanto. Quando Guida começou a pensar em fazer pequenos embrulhos, ela logo apareceu com vários modelos imitando animais, flores, estrelas, enfim, foi uma descoberta agradabilíssima a daquela bela moça, filha de pais japoneses, mas que escrevia o português com absoluta correção e tinha a finura de trato de uma nobreza verdadeira, não conhecida por tais lados. Maliciosamente Guida se imaginava inspirada por um filme, mas dando às cenas a grandeza de uma festa e a graça legítima de sua generosidade.

Mitsuko veio e venceu. Principiou a organizar também pequenos menus que não fariam mal a Guida, como uma suave mistura de mel e queijo, passado no liquidificador, e fez enroladinhos com vários legumes. A cozinheira Malvina assombrava-se com aquela "comida de passarinho", como chamava, mas Guida aceitava muito bem. Fizera de Mitsuko também uma espécie de confidente respeitosa, e, não raro, dando-lhe o braço, desciam as escadas, davam alguns passos, colhiam flores, e, sempre apoiada em Mitsuko, Guida voltava para casa com um sentimento de ver que, para ela, as estações se sucediam pela última vez.

Vieram os primeiros dias da lavagem do café; a abundante colheita da soja, e, dizendo que não iria comer galinha durante muito tempo, Guida mandou vender mais da metade da barulhenta população do seu aviário. Havia rajadas frescas. Ela pensava que não veria de novo as gordas mangas, as doces jabuticabas.

"Até lá não chegarei."

Como tomara uma decisão muito sua, muito drástica, não se arrependia de ter evitado a operação. Vinha-lhe o gosto de fruir a terra que se renovava, sentindo um enternecimento diferente. Não podia montar a cavalo. Apanhava a rédea que Mitsuko lhe estendia e ia, vagarosamente, puxando o Ruivo pelo caminho do rio, o mais plano, o mais fácil de andar. Como fosse sempre muito carinhosa com ele e, vez por outra, parasse arquejante, o Ruivo, como que compreendendo, parava também e então gentilmente afagava a face de sua dona, com a cara tão comovedora que Mitsuko tinha vontade de chorar, pressentindo que aquele animal, por muito amar Guida, sabia que ela estava doente.

Guida já não viajava mais a São Paulo. O médico vinha vê-la. Quando apareceram os primeiros sinais das dores que se irradiavam até as costas, ele prescreveu-lhe injeções, e a admirável Mitsuko também sabia dar injeções ou massagear os pés frios de Guida e fazia caminhar seus dedos pela coluna da doente para que ela se sentisse mais forte.

Prates soube da própria Guida que em breve receberia o convite para a festa. Encolhida na rede, o riso dolente vibrou.

— Quero apostar que as dondocas de São Paulo jamais terão visto coisa igual.

— Dona Guida, a senhora sabe da sua situação?

— Sim, querido doutor Prates, eu sei. Digamos que é uma festa de despedida de quem vai ficar ausente por muitos e muitos anos. Não estranharão, porque vivi muito no exterior. Quanto a mim, saberei comportar-me de tal maneira que não terei maiores trabalhos.

Chamou Mitsuko.

— Esta moça aqui está fazendo de tudo: desde os convites, os presentinhos que os convidados vão receber, o arranjo da casa, enfim, tudo que poderia aumentar meu cansaço e que agora ela assume por sua própria vontade.

O médico abraçou Mitsuko, pequenina, bonita como uma maçã corada de sol, e disse:

— Só a senhora mesmo, dona Guida, é capaz de criar dedicações iguais. Veja o que aconteceu comigo. Poderia ter ficado até seu inimigo. Meu verdadeiro dever era zangar-me, mandá-la a outros médicos, retirar a minha responsabilidade porque a sua opção foi a pior possível; mas fiquei seu amigo e nada fiz para obrigá-la, quando ainda era possível ser operada.

A rede balançava sob a brisa mais fresca. O risinho vibrou.

— Se eu fosse hoje uma mulher por inteiro, como era antes, o senhor não me escapava, doutor Prates. Posso afirmar.

O médico curvou-se, beijou a testa que fugia de um lado para o outro, segurando a cabeça de Guida entre suas mãos fortes.

— Aqui estão cápsulas das quais não deve abusar, mas que também facilitarão o afastamento das dores e darão o alívio do mal-estar que a senhora infelizmente vai ter quando começar a sentir aquilo que alguns doentes chamam de aperto no peito. Eu não deixarei que isso aconteça com a senhora. Está tudo aí, à sua disposição. Voltarei quando me mandar chamar pelo telefone.

*

Do outro lado do rio, era o orgulho das plantações apontando com vigor e promessas de fartura. A soja já estava aflorando a sua riqueza. A cebola já tinha sido arrancada, e o alho não deveria demorar muito a ser recolhido. Margeando a pequena mata, a cana-de-açúcar disputada por fazendeiros que já possuíam suas miniusinas, mas não tinham ainda bastante material para produzir o álcool, ia alongando as suas varas envoltas em folhas longas e verdes.

A casa que Jussara planejara, pois fora ela que afinal, discretamente, escolhera o noivo, desde que o conhecera, estava já concluída na sua sobriedade. Ela havia trazido muitos discos de Portugal e, às vezes, gostava de reunir amigos. Vestindo um belo traje típico, organizava bailinhos que eram um sucesso. Uma vez por outra, porém, ela surpreendia o passeio de Guida puxando o Ruivo pela rédea. Disse a Thomaz:

— Dona Guida está muito doente. Acho mesmo que você devia deixar toda a sua mágoa de lado e ir visitá-la.

Ele estava tão sereno e tão feliz dentro de seus afazeres e de seus estudos para as preliminares do concurso do Rio Branco que não ficou zangado e até disse:

— Pois se tem pena dela... vá visitá-la. Eu não me oponho, mas nunca mais quero ver aquela que eu chamei, durante anos, de mãe. Nunca mais.

*

Quando Jussara chegou à Fazenda Laterra, bateu muitas vezes à porta. A jovem nissei estava dedicada a seu trabalho de fazer delicadíssimos pequenos embrulhos, e, sob efeito de sedativos, Guida dormia. Maquilada, os cabelos bem tratados, a ampla camisola de dormir de seda rosa, um xale da mesma cor posto sobre os ombros, ela ressonava calmamente em seu quarto, enquanto, verificando que a porta não fora fechada, Jussara ia percorrendo aquele silencioso mundo do casarão.

De súbito Guida despertou e meteu a mão na campainha. Veio Malvina:

— Eu sei que tem gente aí. Nem posso dormir sossegada! Você não atende a porta.

Malvina encontrou Jussara a poucos passos do quarto. Ela recuara um pouco quando ouvira chamar a empregada.

— Tem uma visita aí, dona Guida.

— Pode fazer entrar. É sempre uma distração para quem dorme mais do que vive. Faz já um café bem gostoso e umas broinhas para...

— ... a moça, sim, senhora.

E a "visita" veio chegando um tanto assustada, observando aquela espécie de rainha coberta por lençóis de seda com suas rendas da Bretanha, cercada por móveis altos e semideitada numa cama talhada em madeira de lei vinda dos tempos de dona Olívia, quando mestres marceneiros executavam com modéstia modelos que a aristocracia europeia de então usava. Guida levantou-se um pouco, forçou um sorriso e perguntou:

— Você é a vizinha, não é?

— Sim, dona Guida, sou a sua vizinha. Há muito lhe devia ter feito uma visita, como é o costume, mas estive tão ocupada...

— Com o levantamento da nova casa, as plantações, as festinhas, os banhos no rio e a festa de casamento. Mesmo que eu não quisesse, esta mansão é um observatório sobre sua vida. Todas as janelas da frente e o terraço são voltados para os lados de lá.

— Sim, dona Guida, eu imaginava que a senhora nos visse como parte da paisagem. Mas, como tudo é muito perto, soube que a senhora não está muito bem, tem tido indisposições de estômago. Se precisar de mim, estou a seu dispor.

Guida fechou os olhos. O rosto tremia.

— Muito obrigada. Tenho aqui uma espécie de secretária-enfermeira muito útil, até passar esta fase da doença. Depois, volto para a Europa. Isto aqui é mesmo uma terra de bugres. Não há nada, senão um cineminha em Laterra e o cuidado da fazenda. Ah, quero avisar — Guida ofegava — que vou dar uma grande festa de despedida aqui. A data já está marcada. Se você quiser vir com seu irmão, serão bem-vindos. Mandarei o *pour-mémoire*.

Jussara sentiu uma vaga tonteira.

— A senhora odeia Thomaz, não é verdade?

— Não. Não o odeio. Pode-se odiar a fatalidade, o raio que cai sobre o nosso jardim, a serpente que barafustou pelo interior de nossa casa? Vivi feliz até o dia em que o seu marido, sem ter direito, porque ele não é meu filho, apossou-se da metade de meus bens, por uma fraqueza de Marcos, e tão bem ele se apossou de tudo que até de minha saúde me privou.

— Não diga isso, pelo amor de Deus. A senhora está sendo injusta para consigo mesma. Meu marido, até a leitura do testamento, não sabia o que estaria para vir e como tem uma grande adoração pela memória do pai achou que devia cumprir tudo, conforme a vontade do doutor Marcos.

Guida fechou os olhos. Caiu numa espécie de sonolência. Ao abri-los, disse:

— Estou estranhando você. Vir aqui em casa sem um motivo. Quer ver-me magra, feia, desgraçada para contar a Thomaz?

Jussara fez um rápido sinal da cruz.

— Deus me livre e guarde, dona Guida. Eu vim aqui para oferecer-me em qualquer emergência que precisar de mim. Desejo que fique logo curada e, quando quiser ver-me novamente, mande chamar-me que eu voltarei. Vou-lhe dar um beijo. Um beijo para que a senhora saiba que não existe dentro de mim o menor sentimento contra a sua pessoa.

Beijou-a na testa. Estava febril. Guida olhou-a com espanto e terror. Um dia esta menina frágil, adocicada, seria a senhora de todo o seu mundo. Quando Jussara saiu, ela escondeu o rosto no travesseiro e soluçou tão convulsivamente que as dores lhe voltaram e foi preciso tomar uma injeção e adormecer para suportar aquele peso, aquele aperto, aquele desespero que parecia a chama do inferno a endolori-la.

Jussara, voltando à casa, contou o que se passara no casarão.

— Eu não compreendo o seu ódio para com dona Guida. Ela está para morrer, Thomaz, e eu não quero enganá-lo.

— Foi ela quem me repudiou dizendo que eu não era seu filho, portanto, dentro de sua lógica, ela não deve esperar nenhuma atitude de atenção ou de simpatia da minha parte.

Ela quis afastar-me daqui, dizendo isso, e em parte conseguiu. Agora que Deus tome conta dela. Eu nada posso fazer. Ouça, Jussara, porque ela não vê em mim o filho, e sim a pessoa que tirou dela tantos bens, como esta parte em que vivemos, o lado da mata e a casa de São Paulo que já vendemos para cobrir as despesas. Ela deve conservar, contudo, de mim ainda o terror de que eu vá brigar pelos bens que aquela moradia encerra, mas isso não acontecerá.

*

Arnaldo Giudice recebeu o primeiro convite para a grande festa marcada mais de um mês antes do acontecimento para que todos recebessem seus lembretes. O convite era para um *souper-surprise.*

Arnaldo pensou logo num noivado feliz, na oportunidade que teria de declarar publicamente seu amor e festejar com a mais bela mulher que conhecera uma felicidade que seria o prêmio de seus dias cansados.

Políticos, empresários, vizinhos, todos receberam os convites que chegaram a um número impressionante: mil convidados. Enquanto isso, Mitsuko se perguntava: "Ela resistirá até a festa?".

O próprio médico tinha dúvidas, mas achava, com sua experiência, que ela "esperaria pela festa", por uma dessas vontades sobre-humanas que vencem os piores momentos de fraqueza.

O doutor Prates foi ver Guida e examinou-a delicadamente. Viu que a doença se estendera de maneira assombrosa. O tempo de Guida seria bem mais curto do que ele mesmo pensara, mas estava certo de que ela resistiria, pelo menos até à festa.

— Posso saber — ele perguntou ao beijar as faces pálidas daquela mulher que vira ainda lindíssima — que espécie de surpresa está preparando a senhora?

— Se eu contar, é lógico, não será surpresa.

# 33
# Só três pessoas eu vi encararem a morte de perto

Naquela manhã, apanhando a correspondência da família da mulher, Thomaz encontrou um envelope com as iniciais M.R.E. e as armas da República. As provas preliminares estavam marcadas para daí a vinte dias. Disse a Walter que abrisse bem os olhos para o trabalho da fazenda porque, durante esses dias, iria dedicar-se exclusivamente a seus estudos para um concurso de que diziam ser o mais difícil no Brasil.

Walter — quem diria? — deixara toda aquela empáfia, seus gostosos divertimentos com as garotas e entrava firme no trabalho. O amigo podia descansar, enfiar o nariz nos livros, tapar os ouvidos, queimar as pestanas, que ele de tudo cuidava, até do *rango* que deveria ser trazido de Laterra e posto na geladeira.

Os jornais de São Paulo já davam notas sobre um raríssimo acontecimento na antiga mansão de Vila Laterra: Uma das mulheres mais belas e conhecidas no exterior por sua elegância nos meios diplomáticos, tendo dado uma inesquecível festa na Embaixada do Brasil em Roma no dia dos Reis Magos, agora anunciara um *souper-surprise*, fazendo convites com larga antecedência. Em seguida, viajaria para o exterior e comentavam que a festa de despedida seria requintada, porque ela iria casar-se com o conde Arnaldo Giudice, em Roma, e provavelmente não voltaria tão cedo ao Brasil.

Conforme se organizava o aparato da festa, com um largo toldo acompanhando a extensão da casa do lado direito, preso por vigas com guirlandas de pinheiros que teriam "plantadas" no dia flores frescas, sob o qual uma longa mesa que seria coberta de rendas estava sendo montada com tábuas que deveriam suster a ceia de centenas e centenas de convidados, e lá em cima se abriam portas e se faziam espaços para acolher a multidão deles, a doença repercutia em Guida de forma mais e mais dolorosa e lancinante. Era seu derradeiro desafio, e ela o venceria com sua vontade, pensava, quando conseguia sair daquele torpor e daquela sonolência que os sedativos lhe davam.

Durante todo o tempo em que tomava as injeções, vivia sonhos repetidos, e um deles era o triunfo de Thomaz como que saído da gravura de Piranesi, do século XVIII, vestido de ouro, aclamado como príncipe, e ela miseravelmente decaída — uma mendiga empurrada com energia para fora do Palácio Pamphilj. E vinham outros sonhos, quando Marcos abraçado a Caterina dizia:

— Que um homem preferia na mulher muito mais carne do que ossos — e ria um riso escandaloso e pleno de malícias.

Outro sonho repetido era com a menina que a viera visitar: Jussara. Tinha um ventre enorme e lhe dizia:

— Este inchaço não é de morte, é de vida. — E ela conseguia ver, através das roupas da jovem, o filho que lhe crescia nas entranhas.

Jussara exibia-se:

— O filho que eu não renegarei nunca, e, queira ou não queira, a senhora sabe que tem o seu sangue.

Na confusão dos sonhos, entravam Reis Magos, o médico, Bianca que beijava na boca um Marcos já morto, na entrada do cemitério de Campo Verano, em Roma, e vinham atrozes recordações de um tempo de misérias, transformadas em delírio e unidas a distantes festas no Líbano e às orações sussurrantes dos índios quichés na catedral de um país centro-americano, a repetirem seus casamentos. O delírio lhe trouxe até a canção das bruxas de *Macbeth* que costumava ver nas Termas de Caracala. Mas quem conduzia o estranho lamento era dona Olimpia Maidalchini. Ouviu-se, então, chamando por "Teresa":

— Minha Santa Teresa, manda teu anjo atirar-me aqui a flecha para que eu receba o amor que não recebi!

Ela murmurava essas frases enquanto delirava, e tia Ziloca, de olhos muito arregalados, veio entrando no quarto. Guida continuou por algum tempo a debater-se com seus sonhos e suas visões. Depois, sentou-se na cama, mirando a velha senhora com rancor.

— Vai embora. Eu não quero ninguém aqui.

— Mas, minha filha, eu não sabia que você estava tão doente.

Guida voltou o rosto para o outro lado e retornou a seu meio sono, dizendo espaçadamente:

— Vai em-bo-ra.

Tia Ziloca estava aterrorizada. Chamou Mitsuko.

— O que tem ela?

— Uma doença muito ruim. Ela está morrendo, e o médico — disse a nissei — faz-lhe a vontade não deixando que sinta dores. Já agora não posso esconder da senhora, que é tia dela: dona Guida está com câncer. Podia ter sido operada, mas não quis. Prefere morrer a sofrer o tipo de operação que ela poderia ter feito.

— Mas que operação?

— A retirada do estômago e a ligação com o intestino. Ela poderia ter sido salva se a tivesse feito.

— Meu Deus, por que não me avisaram? Eu a teria feito adormecer e, quando ela acordasse, já estaria operada. Como é que se pode acreditar num médico que deixa sua cliente morrer porque quer morrer?

A nissei baixou os olhos.

— Ela fez a sua escolha, e o médico respeitou. É muito amigo dela e vem à festa para ajudá-la no dia.

Então levou a senhora ao armário, abriu-o e mostrou os três vestidos do mesmo tipo que Guida iria vestir. Tinham enormes mangas, uma gola bem alta e dariam uma belíssima combinação de cores porque seriam o branco, o azul e o amarelo. Usaria uma anágua bem armada e uma pequena tiara de flores azuis, brancas e amarelas nos cabelos.

— Vai parecer mais um anjo do que uma mulher doente — concluiu a nissei.

Entre o dormir e o acordar de Guida, a tia se impacientava.

— Eu queria ao menos falar com ela. Meu Deus, mas isto é uma tragédia. Por que não me avisaram? — perguntava sempre.

Malvina vinha trazer o café e servia a tia Ziloca com os olhos úmidos de pranto.

— Ela já está indo embora. Ela *vai e volta*, mas às vezes diz alto coisas tão esquisitas que a gente acha que ela já está do lado de lá.

A pequena xícara de café tremia nas mãos da velha tia Ziloca.

— Não compreendo por que ela não quis tratar-se.

— O médico vai ser chamado para a festa, conforme ela pediu. Ela vai ter energia bastante para as duas vezes que tiver que aparecer, pois ela só vai aparecer duas vezes. Mais do que isso é impossível — disse Mitsuko.

Agora, Guida aceitava a tia com indiferença, dentro da sua mobilidade entre o sono e a vigília.

— A senhora que viu esta casa no tempo de dona Olívia — antes disso ela ia dizer Olimpia, na confusão com o fantasma de Olimpia Maidalchini — nunca terá tido ocasião de ver uma festa igual à da minha despedida.

A tia cobriu o rosto com as mãos, descobriu-o:

— Quer ao menos dizer por que não se deixou operar?

— Sim, tia, acho que eu ficaria uma sujeira viva. Preferi a festa.

*

Enquanto operários limpavam o caminho em frente ao casarão, discretamente, em seu pequeno carro, Thomaz e a mulher partiam para São Paulo. Dentro de seis dias começariam as provas, e ele queria habituar-se ao lugar onde elas se processariam. Inscreveram-se em São Paulo para essa primeira fase do concurso vinte e oito concorrentes, mas no dia das provas apareceram vinte e cinco.

Havia uma crença geral de que o concurso era dificílimo e, mesmo atravessada essa parte, seria ainda mais pesada a de Brasília, onde terminariam as provas. Os exames seriam muito puxados. Falavam até de perguntas feitas "só para confundir". Enfim, este seria um concurso propositadamente difícil, e muitos dos concorrentes acabavam por interromper as provas antes do fim. Reduziam-se assim as turmas, e o ministro das Relações Exteriores mostrava certa preocupação com isso, determinando aos professores maior dose de simpatia e melhor abertura para os que quisessem entrar na Diplomacia.

Logo que chegou a São Paulo, Thomaz como que deixou de lado todas as preocupações. Não abriu mais os livros. Tinha receio de ficar excessivamente nervoso e abalado com a soma de estudos que já havia feito duramente na fazenda, em cima de sua excelente base obtida em Lisboa, e agora não mais tinha coragem de repeti-los — nem mesmo nalguns pontos, porque a pressão e o medo do insucesso poderiam prejudicá-lo.

Foi descobrir com a mulher os bairros mais nobres de São Paulo. As belas casas do Morumbi, entrou em hotéis que seriam como dos melhores da Suíça ou da Itália, conheceram o Vale do Anhangabaú, com suas gigantescas construções, a avenida 9 de Julho, os bairros do Jardim América, Jardim Europa, plenos de casas risonhas e de jardins tão viçosos e floridos que aí a cidade não parecia mostrar seus pulmões enegrecidos pela poluição das fábricas. Aliás, esses bairros eram de fato os mais poupados pela degradação do ambiente, embora sobre eles voassem baixo os aviões.

Thomaz contactou dois ou três amigos que também vieram do interior e residiam na mesma pensão da avenida Angélica. Uma bela casa, cuja proprietária empobrecera e conseguira sair de dificuldades abrindo sua casa a inquilinos escolhidos — os que trouxessem referências de autoridades —, tal era também o clima de insegurança na belíssima São Paulo.

Os companheiros eram brincalhões: um vinha de Piracicaba, outro de Itu e outro de São José do Rio Pardo, cidade próxima a Laterra. Em meio a algum passeio que fizessem juntos, tomando o metrô e saindo para distantes lugares, um deles fazia perguntas que poderiam cair nos exames:

— Senhores, como encarais a nova perspectiva ditada pela crise mundial de energia?

— Isto não é prova de economia, não. Coisas assim eles fazem para provas de português, estão sabendo?

*

Durante a noite que antecedeu à festa, Guida passou muito mal. Mitsuko ajoelhava-se e pedia:

— Oh, meu Deus, que não lhe seja negado este último prazer.

Pela manhã, chamou o doutor Prates. Guida mal o reconheceu. Falava em nomes diferentes, em Arnaldo Giudice, no conselheiro Fagundes e às vezes zangava-se com Marcos, como se ele estivesse diante dela.

— Não se assuste, Mitsuko. Vamos estimulá-la com transfusão de sangue, com o que ficará perfeitamente de pé. Quanto às dores, prometo que não a deixarei sofrer também. Farei a vontade desta brava e maravilhosa mulher que vê a morte de perto e não tem medo dela.

Fixando-a na sua cama, onde se debatia entre recordações, delírios, transformada numa pequenina mulher, ela que era tão alta, o médico a observava e dizia:

— Só três pessoas eu vi encararem a morte de perto: uma freira, que no meio de suas dores me perguntava: “Falta muito ainda, doutor?". Ela queria que o tempo passasse mais depressa para ir ao encontro daquele para quem se vestira de branco e fizera todos os votos. A outra pessoa foi um médico, um grande médico homeopata que se fez vestir pelos filhos com o seu traje mais elegante. Já não podia deitar-se, pelas dores que sentia no peito. Então, os filhos o ampararam, fizeram-lhe a vontade, e ele teve a última frase de humor: "Vocês queriam que eu comparecesse diante do Senhor vestido de pijama?". O terceiro, ah, o terceiro foi uma maravilhosa criatura, um homem que padeceu terrivelmente e não podendo escrever gravou suas últimas determinações: queria ter missa na igreja tal, rezada por um bispo amigo seu e durante a cerimônia deveriam ser tocadas tais e tais músicas sacras. Escolheu a roupa com a qual o deveriam vestir e até mesmo os botões de punho. Somente durante minha longa vida de médico vi três pessoas que realmente acreditavam na vida além da morte e no encontro com Deus, preparando-se para ela...

Mitsuko interveio:

— Mas dona Guida, creio, não acredita em nada, por isso mesmo é que eu a acho extraordinariamente corajosa, dando esta festa. E eu, que muito creio em Deus e sou afilhada de Nossa Senhora de Nazaré, já pedi que me desse forças para que ela tivesse sua festa como deseja.

E assim foi feito. Houve uma lenta mas segura clarificação do pensamento de Guida, que como de súbito reviveu. Apoiada em Mitsuko e no médico, quis ver o que estavam fazendo. Riu-se de alegria como uma criança diante da beleza da decoração sob o toldo. Estava tudo conforme o seu desejo. Até os galhos enormes, fingindo árvores vivas mas prateados, com frutos pendurados. A febre ia lá pelos trinta e oito graus, o que lhe dava um brilho nas faces, nos olhos profundos. Previu que muita gente chegaria antes, dizendo ao médico:

— O pessoal daqui é desconfiado. Se nós convidamos para as nove, desde as oito estarão aqui por perto para ver se acontece mesmo o que se prometeu.

## 34
# Para que vales e campos?

Às oito horas, Mitsuko e o médico a vestiram com muito carinho: os cabelos louros de seda estavam soltos, bem tratados e compunham a face pequenina tornando-a maior. A pequena tiara de flores do campo posta no alto da cabeça dava-lhe um ar gracioso de menina. E a anágua? E os vestidos? Tudo foi objeto de um cuidado imenso. Nada de apertos, nada de pressa. A anágua, os três vestidos de cores diferentes, a sandalinha de "ouro" bem folgada e, por fim, de acordo com o que recomendou o médico, pois não deveriam começar pela maquilagem, que ela depressa se desvaneceria, Mitsuko aplicou a base de cor rosada, um rosa forte, vivo, alargou-lhe um tanto os lábios com uma tonalidade também rosa. Quanto aos olhos, apenas uma cintilação rosa dourada, acima das pálpebras.

Eram nove horas, e já o barulho dos carros embaixo era ensurdecedor. A orquestra, a melhor de São Paulo como dissera Guida, já tocava, posta ao centro do salão todo aberto aos convidados e dando para a imensa parte protegida pelo toldo, os móveis encostados às paredes. Lá embaixo, muitos se deixavam ficar, diante da magnificência do bufê, abertas já algumas caixas de champanha.

— Doutor, posso tomar champanha?

— Pode, dona Guida. A senhora *hoje* pode tudo.

Pediu a Mitsuko que trouxessem uma taça bem gelada para a senhora. Ela tomou vagarosamente a bebida, enquanto pelo ouvido, lúcida e viva como nunca, percebia os passos dos que chegavam, os risos, a alegria e a expectativa daquela noite.

— Mitsuko — pediu —, apanha a cesta com os primeiros presentes.

Galantemente, o médico deu-lhe o braço como se fosse um convidado, e ela entrou no salão. A música interrompeu-se, e Prates falou por Guida:

— Dona Guida chamou todos os seus amigos para uma grande despedida.

Mais e mais pessoas subiam, e a curiosidade era ilimitada.

— Ela vai dizer apenas umas poucas palavras, porque vai exprimir-se através de lembranças que cada um dos convidados guardará. Todos sabem que ela foi sempre uma grande viajante: viveu na Tailândia, do outro lado do mundo, no Oriente Médio e em muitas capitais. Desta vez, ela não tem ideia de quando poderá voltar, conquanto deseje de novo estar aqui sempre que possa. Às senhoras que vieram à sua festa, ela dedicou pequenos presentes que irão encantá-las estou certo. À meia-noite ela voltará para a despedida final.

Com a mão frágil e trêmula, ela fez um sinal para as senhoras e as jovens que estavam perto e disse:

— Venham, não fiquem acanhadas.

Suportou dar os cinco primeiros presentes, depois foi Mitsuko que terminou a oferenda, enquanto o médico levava Guida para o quarto. A sensação da descoberta foi tão extraordinária que não houve lugar para mais comentários sobre a pessoa de Guida.

— Linda, mas, via-se logo, muito frágil e amparada por aquele senhor desconhecido.

— Mas isto é um anel de brilhantes!

— Não pode ser de brilhantes, porque dona Guida não iria entregar assim uma joia tão fina.

Comparavam-se os presentes. Havia desde as pedras preciosas, os broches antigos, as pulseiras de ouro, as correntes de prata, os medalhões com pedras ricas, até bijuterias muito finas, e isso dava um nervosismo incrível nas mulheres, pois umas se sentiam bafejadas pela sorte e outras se queixavam de que os presentes deveriam ser do mesmo nível. Elas não sabiam que Guida havia entregue uma por uma todas as suas joias desde que casara, incluindo nelas as de dona Olívia que recebera das mãos de Marcos. Alguém lembrou que um dia tal broche fora visto em Guida e ela dissera: "Pertenceu a dona Olívia".

Houve um princípio de escrúpulos: poderiam aceitar estes presentes que eram memórias de uma vida inteira e de outras vidas? Ora, claro que sim, ela não dera uma festa para oferecê-los? Com muita pressa, as senhoras ou fixavam com cuidado no decote os broches que lhes cabiam, ou verificavam se as pulseiras estavam bem fechadas. Outras pediam aos maridos que guardassem em seus bolsos, e uma espécie de frenesi tomou conta da festa.

Avaliavam o recebido. Às vezes até em milhares e até milhões, como foi o caso do anel de brilhantes. Dançaram, uniram elegâncias de São Paulo à rudeza da terra. Guida ria até as lágrimas.

— Foi bárbaro, não foi, doutor? Tenho um presentinho para o senhor. A pérola de meu marido. Deixe-me que eu lhe ponha.

Ele a ajudou, complacente, pois as mãos de Guida tremiam muito. Depois, apanhou-a como uma boneca frágil nos braços, levou-a até a porta entreaberta e disse:

— Veja aí um desfrute como nunca houve.

Era a paixão de tudo quanto se cobiçava, desde o valor das joias às magníficas bebidas que não existiam por aqueles lados; a comida mais requintada e a música alegre, divertida, com a orquestra que se revezava sem parar de tocar.

— Estou um pouco cansada, doutor. Deite-me.

Ele a colocou com muito cuidado no centro da cama. Tomou-lhe o pulso. Estava rápido e fraco.

Doutor Prates deixou que ela descansasse por algumas horas. Juntou-se a ele tia Ziloca.

— Um pandemônio. Como pode deixar sua cliente, que está morrendo, fazer uma festa igual?

— Justamente porque está morrendo, faço-lhe a vontade.

— Os convidados já são uma malta de bêbedos a esta hora. Lá embaixo soltavam gritos, apanhavam as garrafas e bebiam pelo gargalo, sem usar as taças de cristal de minha pobre irmã, que jamais sonharia que a casa fosse invadida por essa gente amalucada. Por mim, se o senhor me ajudasse, eu já punha toda a gente para fora. Isso é demais. Eu já estou ficando até com medo de que eles quebrem tudo.

— Pois vão quebrar mesmo, e a senhora vai assistir.

*

Onze e meia. Um quarto para a meia-noite. Dez minutos para as doze horas, e só o piano teve voz na orquestra. Tocava "La serata è finita", uma das músicas preferidas de Guida, quando na Itália ouvia com delícia aquela *canzone* ao mesmo tempo dolorosa e cheia de amor que exprimia o fim de uma festa.

Ela teve de tomar mais uma injeção para poder pôr-se de pé, ainda mesmo amparada pelo médico. Postou-se junto à música, caminhando com leveza extraordinária, como uma combatente que sabe assumir sua figura diante de uma última batalha. Sua voz soou, ampliada pelo microfone. Era rouca, profunda e como vinda de um momento de amor:

— É meia-noite. Despeço-me dos amigos. Rogo que levem de minha casa tudo aquilo que quiserem — fez um riso difícil —, fora as portas, as janelas, os muros naturalmente. Adeus, até um dia, quando decerto voltarei à Fazenda Laterra e povoarei isto tudo com novos — mal conseguia dizer — objetos.

Os convidados, então, perceberam o que estava acontecendo, porque Prates apanhava subitamente nos braços Guida e a levava para o quarto. Houve alguns momentos de expectativa.

— Será que ela se despede porque sabe que vai morrer?

— Não. Ninguém dá festas nessas ocasiões.

— Mas Guida é diferente.

Na meia confusão que se estabeleceu apareceram os mais atrevidos. O vizinho Gervásio, rápido, ligou o telefone para sua fazenda pedindo um caminhão e seis homens bem fortes, porque deveriam levar móveis pesados.

Foi o começo. Subiram às cadeiras, cortaram com facas lustres de mais de um século. Mulheres avançavam como animais esfaimados para as grandes travessas de prata, atirando ao chão os restos de comida. Brigavam já dois convidados por castiçais de prata, e de cada lado as mulheres afirmavam:

— São nossos. São nossos. Apanhamos primeiro.

O tumulto se generalizava. Lá embaixo, havia o depósito das bebidas. Quando descobriram, foi o escândalo maior. Filhas, genros, amigos associaram-se para levar a maior quantidade possível de champanha, de uísque, de vinhos caros da França, dos melhores *vintages* do Porto. Os músicos continuaram a tocar até que os últimos convidados, atropeladamente, deixando cair cristais e pratarias, desceram as escadas. Antes deles, o vizinho Gervásio havia encostado seu caminhão, carregado os melhores móveis e os belos retratos dos antepassados da família, cujas molduras ele admirava muito, "pois já não se fazem iguais". Em meio ao desvario e à cupidez daquelas terríveis cenas, em que pessoas chamadas de bem perdiam totalmente a dignidade, disputando umas com as outras, testemunhas silenciosas se retiraram dali com aquela espécie de vergonha que existe e que é a dos outros. Não eram poucas as pessoas que compreenderam que o saque legitimado por uma oferenda partia de uma festa organizada por uma mulher que agora bem se via estava muito perto de morrer.

Era madrugada. Tia Ziloca segurava a mão de Guida que disse:

— Agora que o barulho passou, estou com muito sono. O Arnaldo vai chegar atrasado.

Tia Ziloca não compreendeu, senão depois, quando Mitsuko passou-lhe um envelope para vir a ser entregue ao conde Arnaldo Giudice. Prates ajoelhou-se junto à cama e disse ao ouvido de Guida:

— Agora dorme. Você foi a mulher mais maravilhosa que eu conheci e a mais corajosa também.

Beijou-lhe os doces cabelos: "Como a teria amado!".

*

A casa estava silenciosa. A música findara quando Arnaldo Giudice subiu o lance de escadas e, já ao princípio da luz do dia, pôde avaliar aquela incompreensível destruição.

Malvina enxugava os olhos no avental e dizia:

— Queriam levar até as minhas panelas que a patroa me deu antes de pensar em fazer a festa. Ah, mas eu enfrentei a canalha. Enfrentei mesmo, e elas estão guardadas, graças a Deus. O senhor já deve saber o que aconteceu, não é?

Levou Arnaldo Giudice até o quarto onde Guida, com seu magnífico traje de festa, sua guirlanda de flores, parecia dormir. Mas não estava dormindo, e Arnaldo compreendeu. Abraçou-se com sua frágil *bambola* e disse chorando, num desespero que não conhecia limites:

— *Ma perchè, perchè! Io* teria ido ao fim do mundo — voltava ao português — para encontrar o melhor médico e curar a minha adorada Guida.

— Eu sou médico — disse o doutor Prates. — Ela poderia ter sido salva, mas não quis operar-se. Respeitei sua escolha.

A tia entregou ao conde o envelope que Mitsuko lhe dera. Maquinalmente, derramando ainda muitas lágrimas, ele o abriu: "A meu inesquecível e único amigo, com toda a saudade de sua Guida". Junto, num gracioso embrulho, o broche de esmeraldas e a pequenina carta que continha um complemento: "Leve também o quadro de Dufy, seu presente. E adeus para não sei quando. Guida".

— *Ma come è possibile! Dio mio, come è possibile?*

Guida já havia obtido permissão do prefeito para ser enterrada na Fazenda Laterra. A lápide de mármore estava pronta: GUIDA e a data de sua morte, mais nada. Escolhera a sombra de um chorão-salgueiro e confiara a Mitsuko que era para que ele fingisse dor, fingisse pranto, sobre ela.

Na manhã seguinte Thomaz voltava. Já havia sido avisado por Walter, que ficara em casa, pelo telefone.

Fizera provas muito boas e estava animado quando a notícia chegou.

Compreendeu a devastação da casa. Guida tudo dera a estranhos para que nada lhe coubesse e, ao andar por aqueles mundos devastados, pensava que nada mais ali recordaria Guida. De súbito, ouviu o resfolegar de Ruivo, cuja dona pedira para que ele fosse sempre bem tratado e solto até o fim de sua vida. Ruivo encostava a cabeça na escada como a afagar-se nela e a esperar aquela porção de açúcar que nos últimos tempos, com muita dificuldade, ela lhe dava.

Thomaz desceu as escadas. Quis afagar o animal, e ele, como que raivoso, largou-se por aquela manhã ainda vermelhenta e galopou ao lado do rio numa incrível rapidez, tão rápido que Thomaz pensou, ao vê-lo desaparecer:

— Agora, ela está livre também, cavalga com ele. Meu Deus! Onde? Para que vales e campos?

**FIM**

# Dinah, caríssima Dinah: uma escrita múltipla com voz única

A reedição de *Guida, caríssima Guida*, originalmente publicado em 1981 — quando Dinah Silveira de Queiroz já ocupava a cadeira 7 da Academia Brasileira de Letras, a segunda mulher imortal da ABL, eleita em 7 de abril de 1980 —, finaliza o ciclo de romances escritos por Dinah e encerra também a coleção de seus romances que iniciamos em abril de 2020 com a nova edição de *A muralha* e depois, fora da ordem cronológica de lançamento original, *Floradas na Serra* (2021), *Margarida La Rocque: a ilha dos demônios* (2022), *Verão dos infiéis* (2023) e *Os invasores* (2024). Ainda em 2022, transformamos seus dois livros de contos de ficção científica, *Eles herdarão a Terra* (1960) e *Comba Malina* (1969), no volume único *Dinah Fantástica: contos de ficção científica reunidos*.

Mas a jornada ainda não acabou: até 2027 traremos a coletânea de crônicas *Café da manhã* (1969) e também em volume único as duas obras de contos *A sereia verde* (1971) e *As noites do morro do encanto* (1957).

Consideramos Dinah uma autora de escrita múltipla: foram três romances históricos, três romances "contemporâneos", dois livros de ficção científica — tornando-se autora pioneira no gênero no Brasil —, dois livros de contos e um de crônicas. Dinah não seguia uma fórmula; cada uma de suas histórias tem personalidade própria, com personagens femininas fortes e de vozes únicas, que lutavam em seu tempo e espaço.

Às exceções de *Floradas na Serra*, seu livro de estreia — que esgotou a tiragem logo após o lançamento —, e *A muralha*, sua obra mais conhecida, hoje nos parece que Dinah era lida apenas por certo nicho de leitores, como ainda acontece com escritoras e escritores muito bons. Como se suas obras não conseguissem alcançar o grande público. Participamos de diversas feiras literárias, e o mais curioso para nós é escutar de estudantes universitários que nunca ouviram falar de Dinah Silveira de Queiroz. Esse desconhecimento se tornou um grande desafio para a Instante, quando assumimos a missão de apresentar a obra completa de Dinah, em novas edições revistas e atualizadas, para novos leitores, além de permitir àqueles que leram as obras no passado reviver suas memórias afetivas com personagens que um dia os emocionaram.

Hoje, *A muralha* está nas mãos de alunos do Ensino Médio de todas as escolas públicas do Brasil, e em breve *Floradas na Serra* será distribuído para os estudantes dos Anos Finais do Ensino Funadamental, em particular 8º e 9º anos, por meio do PNLD (Programa Nacional do Livro e do Material Didático). A autora também está presente nas salas de leitura da SME-SP (Secretaria Municipal de Educação de São Paulo).

Dinah Silveira de Queiroz é uma das maiores escritoras brasileiras. Ao longo destes cinco anos assistimos à sua redescoberta, sempre embalada pela cobrança e pela gentil espera de leitoras e leitores pela próxima reedição. Foi por acreditar em sua multiplicidade e sua potência que a Instante apostou e transformou essa redescoberta em missão. E assim seguimos com nossa Dinah, caríssima Dinah, sempre à mão.

**Editora Instante**

# Sobre a autora

Dinah Silveira de Queiroz nasceu em 1911, na cidade de São Paulo, em uma família profundamente dedicada às letras: filha de Alarico Silveira, advogado, político e autor da Enciclopédia Brasileira; sobrinha de Valdomiro Silveira, um dos fundadores da literatura regional brasileira, e de Agenor Silveira, poeta e filólogo; irmã de Helena Silveira, contista, cronista e romancista, e do embaixador Alarico Silveira Junior; e prima do contista e teatrólogo Miroel Silveira, da novelista Isa Silveira Leal, do tradutor Breno Silveira, do poeta Cid Silveira e do editor Ênio Silveira.

*Floradas na Serra* é seu primeiro livro. Lançado em 1939, tem como personagem principal Elza, que viaja para Campos do Jordão para tratar-se de tuberculose, doença que na época tinha elevadas taxas de mortalidade no país, e se apaixona por Flávio, também em tratamento. Tornou-se de imediato um best-seller — a primeira edição esgotou-se em pouco mais de um mês. Após ser contemplado com o Prêmio António de Alcântara Machado, da Academia Paulista de Letras (1940), foi editado na Argentina e em Portugal. No Brasil, foi adaptado para o cinema em 1954, em filme estrelado por Cacilda Becker e Jardel Filho, e tornou-se um sucesso da cinematografia nacional.

Em 1941, publicou o volume de contos *A sereia verde*. Uma das histórias, intitulada "Pecado", foi traduzida para o inglês por Helen Caldwell e obteve o prêmio de melhor conto latino-americano, escolhido entre cento e cinquenta obras de ficção.

*Margarida La Rocque* (1949) logo despertou a atenção de editores estrangeiros. A personagem que dá título ao livro confessa sua história a um padre: a trágica profecia que precedeu seu nascimento, a mocidade cercada de cuidados e mimos, o casamento, até chegar ao ponto central da trama — o período em que foi abandonada em uma ilha habitada por animais e seres estranhos. Foi vertido para o francês, com o título de *L'île aux démons* [A ilha dos demônios], e recebeu da escritora Colette o elogio "Le meilleur démon de notre enfer!" [O melhor demônio do nosso inferno]. Foi também lançado na Espanha e no Japão.

ACERVO DA FAMÍLIA

Dinah Silveira de Queiroz

Depois de ter sido apresentado em capítulos na revista *O Cruzeiro*, o romance *A muralha* foi publicado integralmente em 1954. O livro, que homenageia a terra onde nasceu, foi outro best-seller. Recebeu a Medalha Imperatriz Leopoldina por seus méritos históricos, e, no ano de seu lançamento, a autora foi contemplada com o Prêmio Machado de Assis, da Academia Brasileira de Letras, pelo conjunto de sua obra. *A muralha* foi por várias vezes objeto de adaptação no rádio e na TV brasileiros e lançado em Portugal, no Japão, na Coreia do Sul, na Argentina, na Alemanha e nos Estados Unidos.

*Os invasores* (1965) foi elaborado enquanto a autora morava em Moscou e retrata o período em que a cidade de São Sebastião do Rio de Janeiro foi atacada por corsários franceses, ressaltando a coragem da população — em especial das mulheres — ao enfrentá-los. Já *Verão dos infiéis* (1968) foi escrito enquanto ela vivia em Roma e aborda um relevante aspecto político com o qual o Brasil lidava àquela época: a ditadura militar. A obra de Dinah abrange romances, crônicas, contos, artigos e dramaturgia — e a ficção científica nacional teve na autora uma pioneira, uma vez que foi das primeiras a publicar dois livros de contos nesse gênero: *Eles herdarão a Terra* (1960) e *Comba Malina* (1969), os quais a Instante compilou no volume *Dinah Fantástica: contos de ficção científicos reunidos — Eles herdarão a Terra e Comba Malina* (2022).

São também de sua autoria: *As aventuras do homem vegetal* (infantil, 1951), *O oitavo dia* (teatro, 1956), *As noites do Morro do Encanto* (contos, 1957), *Era uma vez uma princesa* (biografia, 1960), *A princesa dos escravos* (biografia, 1966), *Café da manhã* (crônicas, 1969), *Eu venho* (Memorial do Cristo I, 1974), *Eu, Jesus* (Memorial do Cristo II, 1977), *Baía de espuma* (infantil, 1979) e *Guida, caríssima Guida* (romance, 1981). Em 1980, Dinah Silveira de Queiroz tornou-se a segunda mulher eleita para a Academia Brasileira de Letras (a primeira havia sido Rachel de Queiroz). Faleceu dois anos depois, em 1982, aos 71 anos.

# Sobre a concepção da capa

Com seu estilo característico de desenhos ricos em detalhes que retratam cenas campestres ou históricas, *Toile de Jouy* é a clássica estampa francesa que inspirou esta e as demais capas dos romances de Dinah Silveira de Queiroz publicados pela Instante.

Para compor a figura de Guida, a ilustradora relacionou suas pesquisas a Lady Di, ícone fashion da década de 1980. A personagem usa um vestido com mangas bufantes, transparências e drapeados, dado que o exagero é uma das características da moda da época. Sua pose é delicada, e seu sorriso elegante esconde o vazio emocional e a solidão.

As esculturas são representações da Vênus e do busto da Medusa. Sendo a deusa do amor, a primeira simboliza a beleza e a feminilidade; já Medusa, com seu olhar petrificante, marca o poder da beleza da mulher que desafia os homens e traz destruição. Essas figuras complementares caracterizam a dualidade da protagonista — entre o desejo e o castigo.

O pórtico e as colunas remetem ao cenário do romance, no qual o esplendor da arquitetura convive com o desgaste do tempo. As ruínas evocam também a passagem da autora por Roma, misturando autobiografia e ficção.

Quando a história nos transporta para o interior paulista, há a referência à fazenda de café de Laterra. É o regresso de Guida às origens.

No Império Romano, as rosas eram símbolos de luxo. Eram associadas ao silêncio e ao segredo. São flores de beleza efêmera, mas de espinhos duradouros — assim como Guida.